कीलें

कीलें

एस.आर. हरनोट

वाणी प्रकाशन

प्रकाशन के उत्कृष्टतम 62 वर्ष

सजिल्द प्रथम संस्करण : 2019
सजिल्द दूसरा संस्करण : 2025

vaniprakashan.com

वाणी प्रकाशन

4695, 21-ए, दरियागंज, नयी दिल्ली-110 002

फ़ोन : + 91 11 23273167, 23275710

शाखाएँ

अशोक राजपथ, पटना-800 004, बिहार

कॉफ़ी हाउस कैम्पस, महात्मा गांधी मार्ग, प्रयागराज-211 001, उत्तर प्रदेश

महात्मा गांधी अन्तरराष्ट्रीय हिन्दी विश्वविद्यालय, वर्धा-442 001, महाराष्ट्र

sales@vaniprakashan.in
vaniprakashan@gmail.com

Keelein
by S.R. Harnot

ISBN : 978-93-88684-76-7
Collection of Stories

मूल्य : ₹ 395

जी.एस. ऑफ़सेट, दिल्ली-110 095 में मुद्रित

वाणी प्रकाशन का लोगो मक़बूल फ़िदा हुसैन की कूची से

देश और विदेश के उन
आदरणीय आलोचकों, लेखकों और प्रिय पाठक मित्रों के लिए
जिनकी प्रेरणा और स्नेह ने मुझे इस संग्रह तक पहुँचाया है।

अनुक्रम

भागादेवी का चायघर

भागा चाय बेच रही है।

उसे नहीं पता कि चाय बेचकर अमेरिका जाया जा सकता है। दुनिया के सबसे शक्तिशाली आदमी से मिला जा सकता है। रूस, चीन, भूटान, ब्राजील, नेपाल और जापान की यात्राएँ की जा सकती हैं। म्यांमार, ऑस्ट्रेलिया, साईचीन और मॉरीशस का भ्रमण हो सकता है। श्रीलंका, फ्रांस, जर्मनी और कनाडा घूमा जा सकता है। उसे नहीं मालूम चाय बनाते–परोसते वह मन की बात भी कर सकती है...जितना चाहे झूठ–सच बोल सकती है।

वह इस बात से अनजान है कि चाय बेच कर अच्छे दिन भी आते हैं।

भागा नहीं जानती कि वह चाय एक बेहद संकटग्रस्त समय में बेच रही है। एक सुन्दर पहाड़ी लड़की का इस बियाबान में चाय के साथ रहना आग के साथ रहना है। समुद्रतल से ग्यारह हज़ार पाँच सौ फुट की ऊँचाई पर चाय बेचना हिमालय को चुनौती देने जैसा है।

भागा इस बात से बेख़बर है कि चाय के गिलास के साथ वह बार–बार बिक रही है। बेची–ख़रीदी जा रही है। उसके मोल–भाव हो रहे हैं। बोलियाँ लग रही हैं। गुपचुप होती इस ख़रीद–फ़रोख़्त में बाज़ार का हर आदमी शामिल है। नेता–राजनेता, सरकारी, अर्ध–सरकारी और कार्पोरेट चेहरे शामिल हैं। युवा और अधेड़ हैं। वरिष्ठ और अति वरिष्ठ हैं। गँवई और शहरी हैं। इतिहासकार और समाजशास्त्री हैं। यात्री और सैलानी हैं। कवि, लेखक और पत्रकार हैं। फ़िल्मकार और नाटकबाज़ हैं। कार्टूनिस्ट और चित्रकार हैं।

इन लोगों और सैलानियों से कहीं ज़्यादा ख़तरनाक देश–विदेश की कम्पनियों के कर्मचारियों और अधिकारियों का यहाँ आकर चाय पीना है। कुछ दिनों से उनकी आवाजाही बढ़ रही है। चाय के साथ वे हर उस चीज़ को निगलना चाहते हैं जो उनके फ़ायदे में हैं। भागा का चायघर

उनका पड़ाव बन गया है। मंज़िल तो कहीं और है। उसके रास्ते झील, मन्दिर और घने जंगल से होते हुए शिखरों तक पहुँचते हैं।

वे लोग चाय पीते हुए सहज नहीं दिखते। बैठने की मुद्राएँ, शारीरिक भंगिमाएँ, हावभाव और मनःस्थितियाँ वहाँ के अनुकूल नहीं हैं। उनकी आँखों से अजीब–सी विकिरणें भीतर आ रही हैं। उन्हें केवल महसूस किया जा सकता है, देखा नहीं जा सकता। बहुत बार वे गुपचुप भीतर चाय बनाती भागा पर आक्रमण कर देती हैं। इस अप्रत्याशित हमले की कोई शक्ल नहीं है। आकार नहीं है। दृश्यरूप और आयतन नहीं है। उसकी आकुलता बढ़ने लगती है। धड़कनें तेज़ होने लगती हैं।

उसे लगने लगता है कि कोई हिम–मानव हवा में समाहित होकर अपने खूँखार पंजे उसकी तरफ़ बढ़ा रहा है। वह सिहर उठती है। चाय का पतीला भभकती आग पर उलट पड़ता है। आग और चाय एक बवण्डर में तब्दील हो जाती है। भागा को ऐसा भ्रम होता है मानो कोई भयंकर बर्फीला तूफ़ान जंगल को लीलता हुआ चायघर में घुस गया है...वह अन्धी और बहरी हो गयी है। भट्‌ठी की लकड़ियाँ चटकने और तड़कने लगती हैं। धुएँ और राख का वह चक्रवात अन्दर कुछ पलों के लिए एकछत्र साम्राज्य स्थापित कर देता है। चारों तरफ़ एक ऐसा रेडिएशन फैल जाता है जिससे उसका शरीर तीखी जकड़न महसूस करता है। उसकी साँसें फूलने लगती हैं। वह कुछ पल के लिए आँखें बन्द कर लेती है। धीरे–धीरे उसे महसूस होता है कि झील के किनारे स्थित मन्दिर के गर्भगृह से उठकर बूढ़ी नागिन माँ उसमें समा गयी है। वह अपने भीतर के तेज़ और आत्मबल को पुनः अर्जित करके उन विकिरणों को नेस्तनाबूद कर देती है। भट्‌ठी की आग पुनः सुलगकर लपटों में बदल जाती है। वह दोबारा चाय बनाने लग जाती है।

उसके साथ प्रायः ऐसा होने लगा है। भागा उन विकिरणों से बार–बार दो चार होती रही है। बार–बार लड़ती रही है। यह सकारात्मक से नकारात्मक की लड़ाई है। इस भिड़न्त की कोई आवाज़ नहीं है। शोर नहीं है। हो–हल्ला नहीं है। एक गहरा सन्नाटा होता है जिसके भीतर सब कुछ तीव्रता से घटता जाता है।

वह सहज होकर बाहर आती है और सभी के आगे से चाय के जूठे गिलास उठाती है। गिलासों में बची चाय की बूँदों में मानो वह रेडिएशन

घुलमिल गया है। भीतर जाकर उस जूठन को धोती है। माँजती है। पर वह धुलती कहाँ है। उँगलियों के पोरों में चिपक जाती है। हाथों में चिपट जाती है। उसी चिपचपाहट के साथ वह जी रही है। चाय बना रही है और बेच रही है।

भागा के भीतर भी भट्ठी जैसा कुछ जलता–भभकता रहता है। उसकी आँच, उसका ताप, उसकी गर्माहट, उसकी जलन वही महसूस कर सकती है। वह अपने गाँव के घर के चूल्हे और चायघर की भट्ठी का अन्तर समझती है। चूल्हे की आग की मिठास और भट्ठी में जलती लकड़ियों का अवदाह दोनों उसके भीतर है। पर जब से वह चाय बेचने लगी है उसके अपने भीतर वह गाँव–घर का चूल्हा नहीं है, एक भट्ठी सुलगती–धधकती रहती है। उसकी लपटें किसी दूसरे को नहीं दिखतीं। धुआँ–धुआँर नहीं दिखता। भागा देख सकती है। वे निरन्तर उसकी आँखों में दहकती रहती हैं। वह इन्हीं जलती आँखों से बाहर की दुनिया देखती है। चाय पीते हुए घुमक्कड़ों को परखती है। कारोबारियों को समझती है। उनके मन–मस्तिष्क में भाप बन कर उतरती है और जान जाती है कि उसमें क्या कितना अच्छा और गलत है। पर उसे कहीं भी कुछ अच्छा नहीं दिखता। सभी के भीतर एक जंगल उग आया है। उसमें अनगिनत गुफाएँ मौजूद हैं। उनके दरवाज़ों पर खूँखार बाघ, चीते और तेंदुए अपने–अपने शिकारों पर झपटने के लिए आतुर बैठे हैं।

उसे पता है बचाव में ही बचाव है। इतनी ऊँचाई पर अस्थायी तौर पर रहना ख़तरे से ख़ाली नहीं है। यह उसका स्थायी घर नहीं है। गाँव का घर नहीं है जहाँ एक आँगन होता है। आँगन में क्यारियाँ रहती हैं। साथ एक गौशाला होती है जिसमें गाय, भैंसें, भेड़–बकरियाँ बँधी रहती हैं। पराल और खजूर की मंजरियों पर बैठे उसके सास–ससुर होते हैं। उछल–कूद करते अपने स्कूल के बस्तों, किताबों और कापियों के साथ बच्चे होते हैं। पलैण पर चरान के लिए कुल्हाड़ी की धार माँजता उसका पति होता है। पखलों की सीमाएँ निर्धारित करता आँगन की मुँडेर पर बैठा एक कुत्ता होता है। दाना चुगती गौरैया होती है और उन पर झपटने को आतुर किसी किल्टे या डाल के पीछे छिपी बिल्ली होती है। भागा कहीं भी आ जा सकती है। सभी को उसकी ज़रूरत है। बाहर–भीतर वही है। हर औरत एक घर की ज़रूरत होती है। आँगन की ज़रूरत होती है। चूल्हे को भी एक औरत ही चाहिए होती है जो लकड़ियों के साथ हर पल, हर रोज़ तिल–तिल जलती

रहे। चूल्हे के आँवदों पर रखे पतीलों–डिबड़ियों में रखी दाल की तरह उबलती–खौलती रहे। यह खौल और उबाल ही जैसे उनका जीवन है।

पहाड़ के जिस दर्रे पर गाड़ियाँ और बसें रुकती हैं उसकी ऊँचाई समुद्र तल से ग्यारह हज़ार के क़रीब है। यहीं से पूर्व की ओर घने पेड़ों और विशाल चट्टानों के बीचोबीच एक सरपीली–सी चौड़ी पगडण्डी पहले भागा के चायघर पहुँचती है फिर झील तक जाती है। इस विशाल दर्रे की पीठ पर घना जंगल मौजूद है। देवदार और बान है। चीड़ और बुरांश है। डायनासोरों जैसी भयावह चट्टानें हैं। दर्रे के ओर–छोर लम्बी और चौड़ी घाटियाँ हैं जिनके पाँव एक तरफ़ बहती सतलुज नदी में तो दूसरी तरफ़ ब्यास नदी में डूबते हैं। नदियाँ किसी घबराये हुए साँप की तरह नीचे की ओर दौड़ रही हैं मानो उनके पीछे दुश्मनों की फ़ौजें अत्याधुनिक हथियारों से लैस आक्रमण के लिए आमादा हों। निजी कम्पनियों के लोगों के साथ कई नेता और अफ़सर जैसे इन्हें जगह रोक–रोक कर जमींदोज़ करने के लिए व्याकुल हों। जब वे पकड़ी जाती हैं तो खूँखार मशीनें उन्हें पीस–पीस कर ऐसे तड़पाती है कि उनकी भयानक गर्जनाओं से पहाड़ दहल जाते हैं। छोटी–बड़ी परियोजनाओं के भारी–भरकम बोझों से वे थकी–हारी घ़ाटियों के बीच अधमरी–सी सोयी दिखती हैं। कभी जागती हैं तो उनका आक्रोश आसमान पर होता है। वे अपने प्रतिबन्धों को भारी उफान से तोड़ती चलती हैं और उनके रास्ते जो भी आये उसे लील लेती हैं। जब वे शान्त होती हैं तो दुनिया उन्हीं की आँखों से उजास देखने लगती है। घर, गाँव, शहर और महानगरों तक में उसी की चकाचौंध रची–बसी है।

दर्रे से ऊपर की ओर विशालकाय पहाड़ भी कुछ वैसे ही लगते हैं। मानो वे अपने साथ जंगलों, झीलों, जानवरों और पंछियों को किन्हीं ख़तरनाक हमलों से बचाते हुए बादलों के बीच ले जा रहे हैं। इन्हीं धारों और घाटियों के आर–पार और मध्य असंख्य–अनगिनत छोटे–बड़े गाँव और पहाड़ी बाज़ार बसे हैं। सीढ़ीनुमा खेत हैं। उन्हें एक–दूसरे से जोड़ती पगडंडियाँ हैं। नालों–झरनों से आती–बहती कूहलें हैं। पानी की बावड़ियाँ हैं। गेहूँ, मक्की और जौ पिसते घराट हैं।

इन्हीं के बीच से प्रधानमन्त्री सड़क योजना के तहत सड़कें निकल रही हैं। उन पर गैंती, झब्बल और फरुए से काम करते कामगर नहीं हैं।

उनके मेट और उप–मेट नहीं हैं। लम्बी–लम्बी गर्दनों वाले डायनासोरों की माफ़िक आधुनिक मशीनें, बुल्डोजर और पैने दाँत वाले आरे हैं जो पलभर में जंगलों, पेड़ों, खेतों और घासणियों को निगलते और उनकी छातियों को चीरते हुए आगे बढ़ रहे हैं। वे जहाँ भी अपना मुँह मारते हैं ज़मीन ऐसे उधड़ती है मानो बाघों ने किसी गाय या भैंस के शरीर चीर दिये हों। बीच–बीच में जब डायनामाइटों के धमाके होते हैं तो पहाड़ दहाड़ते–चीखते हुए बिखर जाते हैं। उनके तीव्र धमाकों से जंगल, जानवर और गाँव सहम जाते हैं।

भागादेवी का चायघर किसी गाँव की सड़क पर नहीं है। पहाड़ी बाज़ार में नहीं है। वह गाँव से बहुत दूर एक निर्जन जगह पर है। शान्त और एकान्त में है। वीरान और बीहड़ में है। वह विशाल चट्टानों से सनी एक पहाड़ी की ओट में निर्मित है। उसे अनगढ़े पत्थरों से चिना गया है। उसका कोई आकार नहीं है। रंग–रूप नहीं है। वह नाप–नपाव से भी नहीं बना है। दो कमरे हैं। छतों पर देवदार और बान की टहनियों की घनी परतें हैं। पहाड़ी घर जैसी ढलवाँ छत मोटे–लम्बे पत्थरों से छवाई गयी हैं। भीतर रसोई है जहाँ भागा भट्ठी जलाती है। सामान रखती है। पीछे की ओर छोटा–सा दरवाज़ा है जिससे पहाड़ी के भीतर बनी एक गुफा में घुसा जा सकता है। गुफा काफ़ी खुली है। इसी दरवाज़े से उसमें प्रकाश जाता है। हवा प्रवेश करती है। भागा और उसके बच्चे आते–जाते हैं। यह उनका अपना निवास है। सुरक्षित पनाह है। जब भागा को गाँव नहीं जाना होता है तो वह बच्चों के साथ वहीं रह लेती है।

भट्ठी के साथ एक खिड़कीनुमा जगह है जिससे भागा बाहर देख सकती है। आने–जाने वालों पर नज़र बनाये रखती है। वहीं से चाय के ऑर्डर लेती है। मौसम अच्छा हो तो लोग बाहर बैठना ज़्यादा पसन्द करते हैं। चायघर के इस आँगन में सात प्लास्टिक की मेज़ें हैं। सभी के साथ दो–दो कुर्सियाँ हैं। आँगन को पत्थर की दीवार से ओटा गया है। दो फुट की इस दीवार पर कई जगह बोरियाँ और मक्की के पत्तों के बने पटड़े रखे हैं। उन पर भी लोग आराम कर सकते हैं। बैठ कर चाय पी सकते हैं। बीड़ी–सिगरेट फूँक सकते हैं। चोरी–छिपे सुल्फा–भाँग के सुट्टे मार सकते हैं। ज़र्दा दाँतों और होंठो के बीच ठूँस सकते हैं। कोकाकोला और पेप्सी के बीच छुपाई शराब पी सकते हैं।

मौसम खराब हो तो बाहर से मेज़ें और कुर्सियाँ भीतर रख दिये जाते हैं। इस घर में सामने और दोनों तरफ़ तीन हिदायती काग़ज़ के बोर्ड लगे हैं जिन्हें कापियों के गत्तों पर चिपका रखा है। ज़रूर यह काम बच्चों का किया लगता है। एक में लिखा है...'खाने की चिजों के लिफ़ाफ़े और बचा हुआ कचरा दस्तबिन में डालें।' यहाँ चीज़ों शब्द के 'च' में छोटी 'इ' की मात्रा पड़ गयी है। दस्तबिन में 'ड' तथा 'ट' की जगह 'द' और 'त' लिख दिया है।

डस्टबिन पत्थरों से चिन कर बनायी गयी है जो पानी के छोटे टैंक जैसी दिखती है। भीतर से वह धुएँ की वजह से काली हो गयी है। देर शाम इसमें एकत्र हुए कचरे को भागा जला दिया करती है। दूसरे पर लिखा है–बीड़ी–सिगरट के टोटे टर्रे में डालें।' इसमें एशट्रे की जगह टर्रे हो गया है। तीसरी हिदायत दारूबाजों के लिए हैं–'करपेया शराब न पीएं और प्लास्टक की खाली बोतलें कूड़दनी में ही डालें।' इधर कृपया की जगह 'करपेया' और कूड़ादानी के स्थान पर 'कूड़दनी' लिख दिया है। प्रवेश–द्वार पर जो बोर्ड चिपका है उसे काले, लाल और हरे स्केचपेनों से गत्ते पर सफ़ेद काग़ज़ चिपका कर लिखा गया है–चायघर। इसके साथ चाय का रेट लिखा है–चय दस रुपये। यहाँ चाय से 'आ' की मात्रा गुम हो गयी है।

इन हिदायतों के बावजूद लोग अपनी मर्ज़ी के मालिक हैं। प्लास्टिक की मेज़ों पर जगह–जगह सिगरेट–बीड़ी बुझाने के निशान हैं। हालाँकि दो–तीन टूटी हुई प्लेटें हैं जो राखदानियों का धर्म निभाती हैं। पर लोग अपना धर्म नहीं निभाते। वे जहाँ–तहाँ अधजले टुकड़े ठूँस देते हैं। कई बार वे अधजली बीड़ी या सिगरेटों को नीचे फेंक देते हैं जिससे धुआँ निकलता रहता है। चीज़ों को खा–पीकर जहाँ–तहाँ फेंक देते हैं। भागा उन पढ़े–लिखों की आदतों से ख़ूब कुढ़ती है। खीजती है और भीतर से हिदायतें देती जाती है। कई लोग अपनी गलती सुधार लेते हैं पर अधिकतर ग़ौर नहीं फरमाते। वह कई बार हैरान होती है कि विदेशी पर्यटक जो केवल घूमने की गर्ज से यहाँ आते हैं वे कभी ऐसा नहीं करते। ख़ाली लिफ़ाफ़ों और बोतलों को कूड़ादान में डालते हैं। सिगरेट को ख़ूब बुझाकर राखदानी में फेंकते हैं। चाय के पैसों का भुगतान करते हुए उनके चेहरों पर विनम्रता होती है। भागा को आश्चर्य होता है कि उसके अपने घर–गाँव और देश के संस्कार बाहर कैसे चले गये हैं। अदब और तमीज़ सीमाएँ क्यों लाँघ गये हैं।

इस चायघर के लिए जो दरवाज़ा है वह मेहनत से बना है। ज़रूर किसी जानकार अनुभवी मिस्त्री ने बनाया होगा। इसमें रंद–रंदाई का कोई काम नहीं है केवल बान और चीड़ की मोटी टहनियों को काट कर एक–दूसरे से जोड़ा गया है। यह इतना पक्का और मज़बूत है कि दस जवान भी यदि तोड़ना चाहें तो नामुमकिन है। इस दरवाज़े के पीछे कई चीज़ें लटकी रहती हैं।

बाहर बैठे लोग कनखियों से भागा के रूप–रंग और पहनावे को झाँकते नहीं थकते। उनकी निगाहें चाय पर कम भागा पर ज़्यादा जमी रहती हैं। उसके चेहरे पर हमेशा एक गँवई ठाठपन बसा रहता है। सिर पर हमेशा रंगदार धाठू बाँधती है और अपने लम्बे बालों को रंगीन पुरान्दू में गूँथकर रखती है। माथे पर सिन्दूर का टीका होता है जो शाम तक चाय के भाप से उसकी भौंहों और नाक तक फैल जाता है। कानों में चाँदी के लम्बे काँटे झूलते उसके गालों को सहलाते रहते हैं। बायें नथुने में सोने की बारीक बाली है। वह हमेशा बन्द गले का लम्बा कुर्ता पहनती है जिस पर कई कंठियाँ लटकी रहती हैं। उँगलियों में चाँदी की दो अँगूठियाँ पहनी हैं जिनमें हरे और लाल रंग के नग जड़े हैं। कलाइयाँ लाल काँच की चूड़ियों से भरी हैं जो बराबर खनकती रहती हैं। उसका मधुर संगीत चायघर से निकल कर बाहर बिखरा रहता है। कुर्ते पर भूरी–सफ़ेद ऊन की सदरी ख़ूब जँची रहती है। इसकी जेबें भागा की तिजोरियाँ हैं जिनमें चाय के पैसे ठुँसे रहते हैं।

भागादेवी के अपने कई चेहरे हैं, जिन्हें बाहर से देखना नामुमकिन है। वह कभी देवदारुओं की तरह आसमान की ऊँचाइयों पर होती है। तो कभी हिमालय की चोटियों की तरह अडिग और बर्फ़ की तरह कठोर और कोमल। कभी बुरांश के फूलों की तरह रम्य, ख़ूबसूरत और सुगन्धित तो कभी बाघ की तरह खूँखार और बलिष्ठ। कौओं की तरह चालाक और तीव्र। आभी की तरह निश्चल, फुर्तीली और समर्पित।

भागा ने इन पेड़ों, जंगलों, जानवरों और पंछियों की तरह अनेक मौसम देखे हैं। परखे हैं। ओढ़े–बिछाये हैं। वह भारी बर्फ़बारी में उसे चीर कर चलना जानती है। आँधी–तूफ़ान से लड़ना जानती है। उसकी निगाहें मौसमों के बदलते तेवरों पर हमेशा रहती हैं। ये निगाहें चाय बनाते हुए हर शख़्स के हाव–भाव की पहचान करती रही हैं। वह हवा से आगे सोच

लेती है। पहाड़ों से ऊँचा देख लेती है। झील से ज़्यादा गहरे डूब लेती है। पगडंडियों से कहीं लम्बा चल लेती है।

चायघर के कुछ आगे पेड़ों के मध्य विशाल झील है। उसके किनारे बूढ़ी नागिन का मन्दिर है। झील और बूढ़ी नागिन का रिश्ता सदियों पुराना है। पहाड़ी शैली में बने इस मन्दिर की ढलवाँ छतें स्लेट से छवाई गयी हैं। गर्भगृह के भीतर बूढ़ी नागिन माँ की पत्थर की प्रतिमा स्थापित है। वह नौ नागों की माँ मानी जाती है। बाहर चारों तरफ़ खुला बरामदा है। इस स्थल का सौन्दर्य देखते ही बनता है। झील की अलौकिकता अचम्भित कर देती है। आर–पार की ऊँची पहाड़ियों पर क़तारों में बान के वृक्ष ऐसे लगते हैं मानो गाँव की औरतें झुण्डों में बैठी लोकगीत गा रही हों। इसी झील के अद्‌भुत और दैविक आकर्षण की वजह से वर्ष भर हज़ारों सैलानी यहाँ आते–जाते हैं। प्रकृति को दुल्हन के रूप में शृंगारित यहाँ देखा जा सकता है। चारों ओर दूर–दूर तक फैली पहाड़ियाँ हरे वनों से सजी–धजी रहती हैं। बर्फ़ से ढके इनके शिखरों का अप्रतिम बाँकपन सभी को अपनी ओर खींचे रखता है।

भागा एक और ज़िम्मेदारी निभा रही है। भागा सुबह–शाम चायघर से लेकर झील और मन्दिर तक फैला कचरा साफ़ कर लेती है। यह प्राकृतिक नहीं है मानवनिर्मित है। वे जहाँ बैठते–खाते हैं, वहीं खाली बोतलें और लिफ़ाफ़े फेंक देते हैं। प्रकृति उनके लिए विशाल मंच हैं। जहाँ वे उसके अभिभूत कर देने वाले सौन्दर्य का मंचन देखते हैं, पैसे चुकाते हैं और घर लौट जाते हैं। पहाड़, नदी, झरने, झीलें, जंगल, वहाँ के आदमी और जानवर उनके लिए उस मंच के किरदार भर हैं।

भागा अकसर सोचती है कि अब झील में पड़े तिनके और पत्ते उठाने आभी नाम की चिड़िया बहुत कम आने लगी हैं। उनकी बिरादरी बहुत कम हो गयी है। उनकी संख्या घटती जा रही है। भट्‌ठी जलाते ही वह एक बत्ती धूप, जल का लोटा और एक–आध जंगली फूल अपने साथ ले जाकर उसके दरवाज़े पूजा करने चली जाती है। घी के चढ़ावे से लथपथ बूढ़ी नागिन जड़ हो गयी है। भागा को इस तरह माँ की मूर्ति पर घी डालना अच्छा नहीं लगता है। वहाँ इतनी सर्दी होती है कि घी डालते ही जमने लगता है। माँ का सिर, माथा, आँखें, नाक, मुँह, कान और पूरा शरीर घी

की जमाहट से ओतप्रोत है। मानो वह पत्थर की आदमक़द प्रतिमा नहीं, घी से सना कोई बुत हो।

बूढ़ी नागिन के लिए घी की पूजा लगती है। सर्दियाँ शुरू होने से पहले एक निर्धारित दिवस पर गाँव के सारे लोग एकत्रित होते हैं और सभी घरों का घी इकट्ठा कर लिया जाता है। फिर मुख्य पुजारी अपने कारदारों के साथ बूढ़ी नागिन माँ को घी से नहलाता है। पिघले घी की धार भीतर से मन्दिर की सीढ़ियों से उतरती हुई झील के जल में समाहित हो जाती है। इसके बाद झील की परिक्रमा की जाती है और एक बर्तन से घी की धार बना कर किनारे–किनारे डाली जाती है। यह परिक्रमा कई बार दोहराई जाती है और ध्यान रखा जाता है कि घी की धार न टूट पाये। ये रस्में गाँव की सुख–समृद्धि के लिए हैं। बच्चों के उज्ज्वल भविष्य के लिए हैं। साल फ़सल के लिए हैं। हारी–बीमारी के परित्राण के लिए हैं और विशेषकर प्रकृति को प्रकृति की तरह रखे रहने के लिए हैं।

विशेषकर भागा आभियों के बचे हुए जीवन के लिए गुहारती रहती है। झील के सौन्दर्य को बरकरार रखे रहने के लिए विनती करती है। भागा जानती है कि झील का निर्मल और सुन्दर रहना चाय बनाने और पिलाते रहने के लिए ज़रूरी है। जंगलों का बचे रहना ज़रूरी है। बुरांश का खिले रहना ज़रूरी है। मोरों का नाचना ज़रूरी है। बर्फ़ का गिरना ज़रूरी है। देवदारुओं का ज़िन्दा रहना ज़रूरी है। कितनी सारी ज़रूरतें हैं जिन्हें भागा बचाये रखना चाहती है। ये बचाव आज के क्रूर और हत्यारे होते समय से है। न्यायहीन और कुप्रबन्ध व्यवस्था से है। धृष्ट, निर्लज्ज, बेलिहाज और बेसलीका तथाकथित यात्री–मनुष्यों से है। इसीलिए वह जंगल का वैभव, साम्राज्य, विराटता और सर्वोच्चता बरकरार रखना चाहती है। मोरों की कूहकें, मोनालों, जुजुराणा, तीतरों और दूसरे पंछियों द्वारा गाये जाने वाले भ्याग और साँझ के गीत सुरक्षित रखना चाहती है। बाघों, भालुओं और चीतों के आक्रमण, युद्ध, पैंतरे और उनके भय को महफूज रखना चाहती है। भागा जानती है इन सभी का बचे रहना उसका अपना बचना है। मानवता का बचना है। गाँव, देश और दुनिया का बचे रहना है।

झील भागा पर भरोसा करने लगी है। उसके लिए वह आभी चिड़िया हो गयी है। बूढ़ी नागिन का उस पर भरोसा बढ़ा है। जंगल उस पर एतबार करने लगा है। जानवरों का यकीन भागा पर है। बान, बुरांश, चीड़ और द्रेवदारुओं की विश्वसनीयता उस पर है। मोर, कोयल, मोनाल और

जुजुराणा उसके सहारे–सहारे खाना चुग लेते हैं। जंगली माँओं के कई बच्चे उसके चायघर के पीछे की झाड़ियों और चट्टानों के बीच खेल–कूद लेते हैं। कितनी बार ऐसा हुआ है कि भागा ने भारी बर्फ़बारी या दूसरे कारणों से जंगली माँओं से बिछुड़े बच्चों को अपने चायघर में पनाह दी है। उनके नन्हों को अपने दोनों बच्चों के साथ दूध–रोटी खिलाई है। अपने दुधुओं से दूध पिलाया है। उन्हें अपने बच्चों की तरह पाला है।

भागा का बचपन इसी झील और जंगल के बीच बढ़ा–पला है। वह जब अपने पिता के साथ भेड़–बकरियों के रेवड़ के साथ यहाँ आती थीं तो बूढ़ी नागिन के मन्दिर की सीढ़ियाँ और आँगन उसका खेलघर होता था। वह दिन भर छोटे–छोटे मेमनों के साथ यहाँ खेला करतीं। तभी वह देखती कि जैसे ही कोई बान का पत्ता या घास का तिनका झील में गिरता तो अचानक एक छोटी–सी चिड़िया कहीं से प्रकट होती और उसे उठा कर ले जाती। पिता ने बताया था कि इस चिड़िया का नाम आभी है। भागा उसे आभी–आभी करके दिन भर पुकारती रहती थी। फिर वे एक से दो और दो से चार हो जातीं। कुछ अपने नन्हे–नन्हे बच्चों के साथ भी आतीं जो शायद उन्हें झील से पत्ते और तिनके उठाना सिखाया करतीं। उन्हें अपना काम सिखातीं ताकि बड़े होकर वे अपनी ज़िम्मेदारियाँ निभा सकें। यह सिलसिला दिन भर चलता। लेकिन समय के साथ–साथ जैसे यहाँ लोगों की आवाजाही बढ़ी, आभियों ने अपने काम का समय बदल लिया। वे उस समय पत्तों को उठाने आतीं जब शाम ढलने लगती। उन्हें पता होता कि अब वहाँ कोई नहीं आयेगा।

भागा अपने बचपन में लौटने लगती है। आठवीं में थी जब उसकी शादी बालेराम से हुई थी। वह नौवीं कक्षा में पढ़ता था। शादी के बाद उसने पढ़ाई छोड़ दी थी। भागा चाहती थी कि वह स्वयं आगे पढ़े। दसवीं के बाद कॉलेज जाये लेकिन उसके पिता ने उसकी शादी करके अपने घर और सिर का बोझ उतार दिया था। पढ़ाई छूट गयी और एक पारिवारिक जीवन जीने के लिए विवश होना पड़ा। उसके दो बच्चे हुए। एक बेटी और एक बेटा। बेटी तीसरी में पढ़ रही है और बेटा आठवीं में हो गया है।

बालेराम पहले गाँव–परगने में मेहनत–मज़दूरी करता रहता था। सड़क और जंगलायत में घ्याड़ी लगाता था। कुछ दिनों के बाद वह लकड़ी के चरानियों के साथ रहने लगा था। उसे हथ–आरा खींचने और कुल्हाड़ी चलाने का अच्छा अभ्यास हो गया था। वह इस काम में पारंगत हो गया

था। पेड़ काटने में उसका कोई सानी नहीं था। दूर–दूर से लोग उसे इस काम के लिए ले जाते थे। उसी के गाँव के तीन और लड़के थे जो इस काम में उसके साथ रहने लगे थे। इसी वजह से जंगलायत के ठेकेदार उसे सूखे पेड़ों की कटाई और चिराई का काम देने लगे थे। बर्फ़बारी के कारण जो पेड़ गिरते उनकी कटाई–चिराई भी अब उसी के ज़िम्मे थी। पहले बालेराम ईमानदारी से अपना काम करता था। लेकिन धीरे–धीरे उसे आभास होने लगा था कि जंगलायत महकमे के कई कर्मचारी और अधिकारी ठेकेदारों के साथ मिलकर जंगलों और जानवरों को कितना नुक़सान पहुँचा रहे हैं। बालेराम देखता कि सूखे और गिरे हुए पेड़ों के साथ न जाने कितने ज़िन्दा देवदारु और बान कट रहे हैं जिन्हें चोरी–छिपे भारी दामों पर बेचा जाता है। उन सभी को सूखे या गिरे–उखड़े हुए दर्शाया जाता। अपनी ज़ुबान बन्द रखने के लिए बालेराम को शराब, मीट और कुछ पैसे मिल जाते थे। उसे अब इन सभी की आदत पड़ने लगी थी।

इन्हीं धन्धो को पनाह देने के लिए झील के साथ बालेराम को जंगलायत विभाग ने चाय का काम शुरू करने के लिए एक जगह दे दी थी। अब वह उनके भरोसे का आदमी बन गया था। वहाँ दिखावे के लिए चाय बनती और बेची जाती पर रात को अवैध रूप से कटे पेड़ों की लकड़ियाँ रखी जातीं और कई जानवरों को मार कर उनकी खालें निकाली जातीं। उनके मोल–भाव वहीं तय होते। बालेराम को शराब और भाँग का ख़ूब चस्का लग गया था जिसकी वजह से वह घर भी बहुत कम आता। भागा बहुत परेशान रहने लगी थी। परिवार में उसके बूढ़े–सास–ससुर थे। दो बच्चे थे। उनकी पढ़ाई का ख़र्चा था। पशु थे। भेड़–बकरियाँ थीं। कुछ ही दिनों में बहुत–सी बकरियाँ बिक गयीं जिससे घर और पढ़ाई का ख़र्चा चलता रहा। वह अपने पति को बहुत समझाती पर उस पर कोई असर न होता। वह जब भी घर आता शराब पीकर आता। उसके साथ हमेशा दो–तीन लोग होते। भागा के लिए अपने सास–ससुर का ख़ूब सहारा था और उनके लिए भागा का। वे अपने बेटे से बहुत परेशान हो गये थे। पर भागा ने कभी उन्हें बेटे की कमी महसूस नहीं होने दी। वे भेड़–बकरियाँ और पशु चरा लेते। खेतों में काम कर लेते। अब भागा ही उनका भी सहारा थी।

एक दिन पेड़ की कटाई करते–करते उसके पति का पैर कट गया। इस कारण वह तक़रीबन छह महीने तक काम पर नहीं जा सका। उसने भागा को मजबूर कर दिया कि वह चाय बेचने का काम करे। वह जानता

था कि उसे एक अच्छी जगह जंगलायत ने दी है जिससे चार पैसे मिलते रहेंगे। मन ही मन एक घबराहट भी थी कि भागा के होते हुए दूसरे धन्धे वहाँ कैसे चलेंगे। भागा ने न चाहते हुए भी हामी भर ली। जब वह वहाँ गयी तो भीतर का नज़ारा देख कर दंग रह गयी। जगह–जगह शराब की ख़ाली बोतलें बिखरी थीं। बीड़ी–सिगरेट के बुझे हुए टुकड़ों के ढेर लगे थे। नमकीन के अनगिनत ख़ाली लिफ़ाफ़े जहाँ–तहाँ पड़े थे। और जब उसने ढारे के पीछे मोरों और मोनाल के पंख और उनके कटे पैर देखे तो वह भौचक रह गयी। उसकी समझ में आने लगा था कि यहाँ चाय कम और ग़ैरकानूनी धन्धे ज़्यादा होते हैं।

उसने जैसे–कैसे इस ढारे की सफ़ाई की और गाँव के मज़दूरों की सहायता से इसकी मरम्मत कर उसे एक सुन्दर चायघर में तब्दील कर दिया। जंगलायत के लोगों ने जब देखा कि अब वहाँ पहले जैसे अवैध काम न हो सकेंगे तो उन्होंने भागा को तंग करना शुरू कर दिया। उनकी कोशिश थी कि इस जगह को किसी दूसरे ऐसे आदमी को दे दिया जाये जो बालेराम की तरह उनके ग़लत कामों में शरीक रहे। लेकिन भागा ने दबंगता से उनका सामना किया। उसका साथ उसकी पंचायत की प्रधान सुमिता ने दिया जो महिला आरक्षण की वजह से प्रधान चुनी गयी थी। सुमिता उसके साथ ही पढ़ती थी। उसने उसे सारी बात बताई थी। सुमिता ने बालेराम की बीमारी का सहारा लेकर जंगलात महकमे के बड़े अधिकारियों से मिलकर वह जगह भागा के नाम करवा दी थी। भागा ने अब मन लगाकर काम शुरू कर दिया था।

वह घर का कामकाज निपटा कर रोज़ दस बजे वहाँ पहुँच जाती। दिन भर चाय बेचती और शाम ढलते घर आ जाती। उसका गाँव लगभग पाँच किलोमीटर दूर नीचे नदी के पास था। रोज़ दस किलोमीटर का आना–जाना। सुबह–शाम घर का ढेरों काम। चायघर को आते हुए पीठ पर कई किलो बोझा। वह हिम्मत से डटी रही थी। अब बच्चे स्कूल के बाद भागा के पास ही आ जाते और वहीं पढ़ते रहते। भागा के लिए उनका बड़ा सहारा हो गया था।

तक़रीबन एक साल बाद भागा का पति बालेराम चायघर तक आने लगा था। वह एक टाँग से लँगड़ा हो गया था। इस कारण उसका बोझ भी

भागा पर ही था। उसकी आदतें अभी भी नहीं सुधरी थीं। वह किसी न किसी से दारू–भाँग मँगवा लेता और नशे में धुत्त रहता। एक–दो बार पुराने साथियों के साथ उसने चायघर में शराब पीने का प्रयास भी किया लेकिन भागा ने सख़्त मना कर दी थी कि इस तरह के काम वह बर्दाश्त नहीं करेगी। इसके बाद भी जंगलायत महकमे के कारकुन बालेराम के द्वारा भागा को मनाने के चक्कर में रहते कि पहले की तरह चायघर में उनके धन्धे जमे रहें लेकिन वे कभी भी सफल नहीं हो पाये थे।

कुछ दिनों से भागा के पति के साथ कई मोबाइल कम्पनियों के कर्मचारी और अधिकारी भी आने लगे थे। भागा उस समय बहुत घबरा जाती जब वह बाहर बैठे इन अज्ञात और अनपेक्षित लोगों के मध्य अपने पति को बैठे देखती है। वे इस प्रयास में थे कि उनका नेटवर्क पहाड़ों के दूर–दराज इलाकों तक पहुँचे। हर घर और हर हाथ में उनके मोबाइल हों। वे काफ़ी देर भागा के चायघर के बाहर बैठे रहते और चाय पीते रहते। वहीं बैठकर अपनी दूरबीनों और कुछ दूसरे यन्त्रों से जंगल के ऊपर शिखरों को निहारते और अपनी डायरियों में कुछ नोट करते जाते। उनका आना–जाना बढ़ने लगा था। उनके पास बड़े–बड़े कैमरे होते जिनसे वो दिन भर जंगलों के बीच जाकर जानवरों, पक्षियों और पेड़ों के चित्र खींचते और उनकी फ़िल्में बनाते। ऊँची धारों पर जाकर इधर–उधर का जायज़ा लेते रहते।

उन कम्पनियों के लोगों के साथ अब आसपास और उसी के गाँव के कुछ बेरोज़गार युवा भी होते जो उनके पिट्ठू, दूरबीनें और कैमरे उठाये रखते। वे भागा के चायघर के बाहर प्लास्टिक की कुर्सियों पर बैठते। सिगरेटें फूँकते रहते और बार–बार जेबों से डिब्बियाँ निकाल कर उसमें ठूँसा तम्बाकू हथेलियों पर झाड़ते और मुँह में ठूँसते जाते। कुछ देर बाद उनकी आँखें किसी अजीब से सुरूर में ऊँघने लगतीं। बावजूद उसके उनमें खुमार चढ़ा होता, उन्माद भरा होता। सन्देह और जनून की लाल परतें बिछी होतीं।

कुछ दिनों में ही भागा के चायघर के साथ बड़े–बड़े खम्बे और छतरियाँ जमा होने लगी थीं। वहाँ से वे पहाड़ी के शिखर पर पहुँचती रहीं और बहुत कम समय में वहाँ विशाल टावर खड़े हो गये जिनमें अनगिनत उल्टी छतरियाँ टँगी दिखने लगी।

भागा झील के उस पार बुरांश फूलने पर सप्ताह में एक आध बार चली

जाती है। उसकी पीठ में किल्टा होता है। दराट साथ रखना वह कभी नहीं भूलती। बुरांश के फूल तोड़ती वह बहुत ऊपर चली जाती है। उसे बुरांश का जूस बनाना अच्छा लगता है। वह कई बोतलें अपने इस्तेमाल के लिए बनाये रखती है। भागा देखती है कि टावरों तक चौड़ा रास्ता बन गया है। वह पगडण्डी नहीं रही है जो गाँव के पैरों लगी होती थीं। उसे कम्पनी वालों ने बाज़ारी पैरों से रौंद दिया है। वे उसी पर चलकर पहाड़ों के शिखरों तक आते–जाते हैं। उनके साथ उसका पति भी लंगड़ाता चलता रहता है। वह गाँव–पहाड़ के लोगों के पैरों को जानती है। उनकी मीठी आहटों को पहचानती है। पगडंडियाँ और जंगल भी जानते हैं।

इन पैरों की आहटों से पंछी नहीं डरते। मोर अपनी मोरनियों के साथ बिन बादल नाचने लगते हैं। कोयलें कुहकने लग जाती हैं। बन्दर और गुरिल्ले पेड़–दर–पेड़ उछल–कूद मचाने लगते हैं। हिरणों के झुण्ड बीहड़ों से चरान्दो में चरने लगते हैं। वे ऐसे शोर मचा रहे होते हैं मानो इण्डिया–पाकिस्तान का क्रिकेट मैच चल रहा हो। वे इन पैरों की विनम्रता जानते हैं। भद्रता और कृतज्ञता समझते हैं। वे इनके अपनत्व की आहटों से वाकिफ़ हैं। वे जंगल को क्रूरता से इस्तेमाल नहीं करते। कोई स्वार्थ या व्यापार उसमें निहित नहीं होता। महज़ छोटी–छोटी ज़रूरतें पूरी करते हैं। बुरांश के फूल तोड़ लेते हैं। काफल चुग लेते हैं। दो जून रोटी पकाने के लिए चूल्हाभर लकड़ियाँ निकाल लेते हैं। अपनी गाय–भैंसों के लिए पत्तियाँ सहेज लेते हैं। घास काट लेते हैं और चरान्दों में भेड़–बकरियाँ और पशु चुगा लेते हैं। दाल–रोटी चलाने के लिए गुच्छियाँ तलाश लेते हैं। अपनी खच्चरों के साथ पहाड़ी के उस पार आवाजाही कर लेते हैं। औरतें पगडंडियों के किसी कोने में घास की गड्डियाँ सिर से उतार कर पल दो पल किसी पेड़ की छाँह में बैठ कर सुस्ता लेती हैं। अपने दुख–सुख लगा लेती हैं। गंगी–झूरी गा लेती हैं। बीड़ियाँ पी लेती हैं।

पर कम्पनी के लोगों के पाँव जब से यहाँ दौड़ने लगे हैं पगडंडियाँ भयाकुल रहने लगी हैं। देवदारों की व्याकुलता बढ़ी है। बान और बुरांश आतंक में रहते हैं। उनकी टोह में रहते–बसते जानवर और पंछी खौफ़जदा हो गये हैं। भागा को आश्चर्य होता है कि उसके अपने गाँव, पंचायत, परगने और ज़िले–राज्य तक के अधिकारी जब इन बाहरी लोगों के साथ होते हैं तो उनके पाँव भी उन जैसे हो जाते हैं। उनके बूटों की थपथपाहट से झील थरथराने लगती है। बूढ़ी नागिन माँ सहमी मन्दिर के गर्भगृह में

निश्वास दुबक जाती है। आभियाँ कहीं नहीं होतीं। बाघिनें अपने बच्चों को समेटे चट्टानों के मध्य बनी गुफाओं में हो लेती है। सांभर, हिरण और घोरल का कहीं अता–पता नहीं होता। यानी जैसे जंगल पर कोई भयावह आक्रमण हो गया हो।

भागा उन पैरों से ज़्यादा पहाड़ियों के शिखरों पर गगनचुम्बी टावरों से डरने लगी है। कम्पनियों के ये टावर दूर–दूर से दिखते हैं। वे अपने–अपने नेटवर्क को दुरुस्त और संचालित करने में लगे हुए हैं। भागा का मोबाइल भी इसी से चलता है। पर जब से ये टावर लगे हैं भागा चिड़चिड़ी सी हो गयी है। उसके सिर में बिन वजह दर्द रहने लगा है। चाय बनाते और बाहर आते–जाते जब उसकी नज़र उन छतरियों से टकराती है तो पूरे बदन में एक सिहरन–सी दौड़ने लगती है। सिर से कानों के ऊपर से नीचे उतरता सरकता जैसे कोई कीड़ा हो। इन छतरियों को देखकर उसे कुछ ऐसा ही महसूस होता है जैसे चाय पीते हुए लोगों की उपस्थिति में होता रहा है। कोई अदृश्य प्रहार और अदृश्य विकिरणें जैसे उस पर आक्रमण करने को आतुर हों।

कम्पनी के लोग भागादेवी की चाय से प्रसन्न हैं। इस निर्जन में उसके चायघर से खुश हैं। उसके अप्रतिम पहाड़ी सौन्दर्य से अविभूत हैं। उसके हाव–भाव, उसकी कामकाज में स्फूर्ति उन्हें प्रभावित कर रही है। झील और वहाँ का अद्भुत सौन्दर्य जैसे भागा में सिमट कर रह गया है। कम्पनी के लोग जानते हैं कि यह ऐसा पर्यटन स्थल बन कर उभर रहा है जहाँ हज़ारों–लाखों देशी–विदेशी सैलानी आ रहे हैं। वे भागा में अपने फ़ायदे देख रहे हैं। लाभ देख रहे हैं। क्रेडिट और डेबिट देख रहे हैं। बाज़ार देख रहे हैं। अपने–अपने प्रोडक्ट के प्रचार–प्रसार की अपार सम्भावनाएँ भागा में तलाश रहे हैं।

वे सीधे भागा से बात करना नहीं चाहते। उनकी हिम्मत भी नहीं होती। वे भागा के तेवरों से वाक़िफ़ हैं। उसकी दबंगता से परिचित हैं। पर उनके पास अनेको तरीके हैं। उन्हें अपना सामान बेचना है। नेटवर्क बेचना है। वे किसी भी कीमत पर भागा का इस्तेमाल अपने फ़ायदे के लिए करना चाहते हैं। उसके लिए वे उसके पति को चुनते हैं। उसके द्वारा वे भागा तक पहुँच सकते हैं। अपने उत्पाद को प्रचारित कर सकते हैं।

इससे पहले कम्पनियों में आपसी डील ज़रूरी है। क्योंकि धारों पर

जो टावर लगे हैं वे बहुत–सी कम्पनियों के नेटवर्क को संचालित करते हैं। कोई भी पीछे नहीं रहना चाहता। वे अपने मोबाइलों को हर घर में पहुँचाना चाहते हैं। हर हाथ में देना चाहते हैं। उनके पास तरह–तरह के पैकेज हैं। भागा के लिए भी एक बड़े पैकेज की ऑफर उन्होंने तैयार कर ली है। कई दिनों से कम्पनियों के एग्जेक्यूटिव्स आपस में भिड़ रहे हैं। उसमें जी, ए, बी, एम, वो और आर कम्पनियाँ शामिल हैं। सभी प्राइम लोकेशन के लिए लड़ रही हैं। सभी चाहते हैं कि भागा की छाती वाली जगह उन्हें मिले जिसे वे प्रधान स्थल मानते हैं। वे उससे नीचे ऊपर बात नहीं करना चाहते। कई दिनों की माथापच्ची के बाद वे आपस में करार करते हैं। एक समझौता होता है जिसके लिए कम्पनियाँ एक–दूसरे के लिए लाखों की कीमत देती हैं। उसी के आधार पर वे भागा के पति को समझाते हैं कि वह भागा को मनाएँ कि दिनभर चाय बेचते हुए उनके मोबाइल और नेटवर्क का प्रचार करें। वे प्रारम्भ में 5 लाख सालाना का पैकेज देंगे और वर्ष–दर–वर्ष दस प्रतिशत बढ़ाते जायेंगे। यही नहीं उसके अपंग हुए पति को वे टावरों की चौकीदारी करने के लिए सात हज़ार प्रतिमाह अलग अदा करेंगे। बालेराम जब सुनता है तो उसकी बाँछें खिल जाती हैं। उसे अपने कानों पर विश्वास ही नहीं होता कि बिना मेहनत और कामकाज के इतना धन मिलेगा। इसके लिए उसे भागा को मनाना होगा। वह जानता है कि जिस ग़रीबी में वे रह रहे हैं भागा कभी इनकार नहीं करेगी।

पर्यटक सीजन में भागा कई बार बच्चों के साथ चायघर में ही रुक जाती है। आज भी वह गाँव नहीं जायेगी। काम निपटाते–निपटाते साँझ ढलने लगी है। बालेराम भी यहीं डटा है। वह दिनभर कम्पनियों के लोगों के साथ घूमता और शराब पीता रहा है। बालेराम की यह ख़ासियत रही है कि वह जितनी भी शराब पी ले वह आपा नहीं खोता। लड़खड़ाता गिरता नहीं है, बल्कि और जोश से भर जाता है। इसी जोश से वह भागा को मनाना चाहता है। आखिर पाँच लाख कम नहीं होते और ऊपर से उसकी अपनी नौकरी। वह आज भागा के साथ ही रहना चाहता है। बहुत दिनों बाद ऐसा हुआ है कि वह चायघर में रुक रहा है।

भागा को पति का अपने साथ चायघर में रहना अच्छा लग रहा है। उन्हें अकेले में बातें करने की फुर्सत भी कहाँ मिलती है। वह बहुत–सी

बातें करना चाहती है। अपने दुःख–सुख बांटना चाहती है। उसके पास कई चीज़ें हैं। कई योजनाएँ हैं। कई प्रस्ताव हैं। बहुत सी शिकायतें हैं। पर भागा को नहीं पता बालेराम के दिमाग़ में क्या चल रहा है। आज वह उसका पति नहीं है, मल्टीनेशनल कम्पनी का एक शातिर बिचौलिया है। एजेण्ट भर है। उसे अपनी पत्नी को पाँच लाख रुपये में बेचना है। वह इस ऑफर को किसी भी कीमत पर हाथ से जाने नहीं देना चाहता। वह धीरे–धीरे अपनी बात पर आ रहा है। भागा को इस पैकेज के बारे में बताता है तो वह एक पल के लिए चौंक जाती है। उसके चेहरे पर क्षणभर के लिए ऐसी चमक उभरती है मानो सुबह का सूरज उग रहा हो। पाँच लाख की राशि और पति की नौकरी छोटी बात नहीं है। भागा की समझ में नौकरी वाली बात तो आती है पर वह पाँच लाख वाली बात समझ नहीं पाती। पति से विस्तार से समझना चाहती है कि पाँच लाख कम्पनियाँ किस चीज़ के लिए दे रही हैं।

वह बता रहा है कि उसके लिए भागा को उन कम्पनियों के बैनर अपने शरीर पर लगाने होंगे। कम्पनियों ने आपस में करार कर लिया है कि शरीर का कौन–सा भाग किस कम्पनी का होगा। 'जी' और 'ए' कम्पनी का बैनर छाती जैसी प्राइम लोकेशन पर लगेगा। 'बी' का सिर और माथे पर। 'वो' का पेट पर और 'आर' कम्पनी का कमर से नीचे की ओर।

भागा पति के मुँह से यह सुनकर सन्न रह जाती है। अचम्भित हो जाती है। यह ऐसा अप्रत्याशित और अकल्पनीय हमला है जिसने उसे भीतर तक बेध दिया है। दहला दिया है। उसके भीतर एक ज्वालामुखी फूट रहा है। भागा अपने पति की आँखों में झाँकती है। वे गहरे उन्माद, जुनून और मद से भरी हुई है। पुतलियों पर उसे कम्पनी के लोग नाचते दिख रहे हैं। वे भयंकर असुरी मुखौटे पहने हुए ताण्डव कर रहे हैं। वे सभी को भूमण्डलीय बाज़ारी पैरों तले रौंदते हुए उन विशाल टावरों में लगी उल्टी छतरियों में पसर रहे हैं। वह देख रही है कि उसके सामने उसका पति नहीं बाज़ार का कोई कुख्यात बनिया बैठा है जो उसका मोल–भाव कर रहा है। वह थोड़ा सहज होती है तो आँखें डबडबा जाती हैं। छलछला जाती हैं पर उसे आँसुओं पर नियन्त्रण करना आता है।

'तो आप अब मुझे बेच रहे हैं। मेरे जिस्म का सौदा कर रहे हैं?'

'ये सौदा बुरा नहीं है भागा। दिन भर तू चाय बेच कर कितना कमा लेती है...इन कम्पनियों के लिए इतना भर करके तू चाय के साथ–साथ

मुफ़्त में इतने पैसे कमा लेगी...इसमें बुरा क्या है...? तुमको अपने शरीर के ऊपर कम्पनियों के आकर्षक बैनर ही तो लगाने हैं जो तुम्हारे लिए विशेष तौर पर तैयार होंगे। तुमको कुछ बोलना नहीं है। कहना नहीं है। करना नहीं है। बस चाय बेचनी है। सर्व करनी है। लोग स्वयं उन्हें देखेंगे। देखते रहेंगे। कोई तेरे को छुएगा थोड़े ही। सभी करते हैं। पाँच लाख की रकम कम नहीं होती भागा। इतने पैसे के लिए तो कुछ भी किया जा सकता है।'

उसकी हिम्मत भागा की तरफ़ देखने की नहीं हो रही है। पर आवाज़ में किसी सौदागर जैसी खनक है। आत्मविश्वास है।

भागा के कलेजे में पति का वह 'कुछ' शब्द गहरे चुभ गया है। दिल छलनी हो रहा है। उसे लगता है कि उसके सामने अब बालेराम नहीं मोबाइल टावर खड़े हैं जिनकी छतरियों से विकिरणों का मायाजाल उस पर आक्रमण करने को लालायित है। पहले ये प्रहार, आघात और हमले उसे बाहर के लोगों से झेलने होते थे। लेकिन आज तो अपने भीतर से ही हो रहे हैं। वह जानती है कि अन्दर के हमले कितने तीव्र और तकलीफ़देह होते हैं जिनसे पार पाना कठिन है। भागा का बदन भट्ठी की तरह तपने लगा है। पसीने से उसका बदन तरबतर है। चाय की जूठन की तरह उसकी चिपचिपाहट उसके पूरे शरीर में फैलती जा रही है।

बालेराम बोले जा रहा है।

'तुम तो वैसे भी इतनी सुन्दर हो। लोगों की निगाहें तुम पर लगी रहती हैं। वे तुम्हारी चाय कम तुम्हारे जिस्म को ज़्यादा देखते हैं। बड़ी–बड़ी छातियों के कारण ही 'जी' और 'ए' कम्पनियों ने तुम्हारी इस उम्दा जगह को ख़रीदा है। उनका शेयर इसीलिए सबसे ज़्यादा है।'

भागा को स्वयं पता नहीं चलता कि वह पति के मुँह पर एक ज़ोरदार तमाचा कब धर देती है। तमाचा इतने ज़ोर का पड़ता है कि वह भागा के पास से कई फुट दूर लुढ़कता हुआ दरवाज़े के पास जा गिरता है। उसका मुँह टेढ़ा हो गया है। उसे इस बात का भान तक नहीं था कि भागा इतनी आक्रामक भी हो सकती है। भागा जानती है कि वह वापिस वार करेगा इसलिए वह भट्ठी से जलती हुई मोटी लकड़ी हाथ में उठा लेती है। उसकी आँखें, चेहरा लाल हो गया है। वह गुस्से से काँप रही है। उसका पति कनखियों से उसे देखता है तो लगता है सामने भागा नहीं है, बाघिन है जिसने अपना जबड़ा और पंजे शिकार के लिए अग्रसर कर लिए हैं। वह कभी भी झपट कर उसके शरीर को नोच–नोच तक निगल

सकती है। वह वहाँ से भागने में ही भलाई समझता है। अपने बदन को सँभालता, लँगड़ाता वह बाहर कहीं अँधेरे में गुम हो जाता है। बच्चे माँ के इस रूप को देखकर अचम्भित हैं। उनकी समझ में कुछ नहीं आ रहा है। वह दोनों बच्चों को अपनी छाती से भींच कर फूटफूट कर रो देती है।

तभी दरवाज़े में हल्की–हल्की हूँकों के साथ खरखराहट होने लगती है। कोई जैसे दरवाज़े को खोलना चाह रहा हो। भीतर एक सन्नाटा ओढ़ लेता है। घुप्प अँधेरा हो गया है। भागा अपने को सामान्य करते हुए बच्चों को अलग करती है। दियासिलाई लेकर लालटेन जला देती है। दरवाज़ा पूरी तरह बन्द नहीं है। पुनः हूँ हूँ की ध्वनि के साथ एक नन्हाँ सा सफ़ेद पंजा दरवाज़े के बीच में हिलता दिखता है। भागा झटपट दरवाज़ा खोलती है तो देखती है कि एक सफ़ेद मादा भालू का बच्चा भीतर आने का प्रयास कर रहा है। वह उसे उठाने से पहले बाहर का ज़ायज़ा लेती है। भालुओं और बाघों की गन्ध महसूस करती है। वह उनकी गन्ध से भली–भाँति परिचित है। आश्वस्त होकर उस नन्हे रूई के फाए जैसे बच्चे को अपनी गोद में उठा लेती है। वह जानती है किसी शिकारी ने फिर मादा भालू को मार दिया होगा। वह भीतर से दरवाज़ा बन्द करके लौटती है तो बच्चों के उदास चेहरे खिल जाते हैं। भागा ने अभी भी उसे अपनी छाती से भींच रखा है।

पहल 100 पहल : अंक–100, 2015 (2015) अंक

कीलें

वह हाँफता हुआ गाँव के चौपथ पर पहुँचता है। माथा और मुँह पसीने से तरबतर है। भीतर के कपड़े भीग गये हैं। उनकी लिज़लिज़ाहट उसे बेहद परेशान किये हुए है। कमीज़ और बनियान गीली होकर बुरी तरह पीठ से चिपक गयी हैं। वह खड़े–खड़े अजीब तरीक़े से कन्धे उचकाता है जिससे चमड़ी में चिपटी बनियान थोड़ा ढीली हो जाये। उसकी यह मुद्रा किसी ब्रेकडांस के स्टैप जैसी है। गले के नीचे कमीज़ के तीन बटन खुले हैं। वह बनियान के अगले सिरे को एक उँगली से बाहर खींचता है और ठोड़ी नीचे कर भीतर कई फूँकें मारता है। ऐसा करने से कुछ राहत मिलती है। दायें कन्धे पर चमड़े का बैग है जिस पर स्वेटर लटक रहा है। स्वेटर की एक बाजू का मुँह ज़मीन से घिसटा हुआ है जिससे ख़ूब सारा घास उसमें फँस गया है। बायें हाथ में कोट है। पौष का शुरुआती महीना है। ज़्यादा गर्मी भी नहीं है। परन्तु उसका यह हाल सड़क से लगभग पाँच किलोमीटर की खड़ी चढ़ाई चढ़कर हुआ हैं।

वह जैसे ही सुस्ताने लगता है अचानक दो–तीन कुत्ते भौंकते हुए उसकी तरफ़ लपकते हैं। वह सहम जाता है। सामने एक दुकान है। वहाँ बरामदे में ताश खेलने के लिए चौकड़ी बैठी है। दो–चार तमाशबीन हैं जिनके बीच एक–दो बच्चे भी हैं। एक अधेड़ पत्ता फेंकते हुए बैठे–बैठे कुत्तों को दुत्कार देता है तो वे चुपचाप पीछे की ओर भाग जाते हैं। उस आदमी की साँस में साँस आती है। कुछ देर वहीं खड़ा होकर अपने थके शरीर और बेदम साँस को सन्तुलित करता है। शरीर की गर्माहट ठण्डी हवाओं से शिथिल पड़ने लगी है। उसे हल्की सर्दी का एहसास होता है। दो–चार क़दम आगे बढ़कर अपना बैग दुकान के बरामदे के एक किनारे रखता है और स्वेटर की बाजू से घास झाड़ कर पहन लेता है। गला प्यास से बुरी तरह सूख रहा है।

'थोड़ा पानी मिलेगा?'

उसने बिना किसी सम्बोधन के ताश की चौकड़ी की तरफ़ निवेदन किया है।

अपना ध्यान ताश के पत्तें पर टिकाए वही अधेड़ आवाज़ सुन कर पूछता है, 'कौन जात हो?'

'पण्डित।'

जात बताते हुए उसके चेहरे पर श्रेष्ठता की ग़ज़ब की चमक प्रकट हो जाती है। इस प्रकटन में जैसे शरीर की थकान छू–मन्त्र हो गयी है।

अधेड़ भी हल्का–सा मुस्कराता है और पास खड़े लड़के को पानी लाने भेज देता है। लड़का दुकान में घुस कर पीतल के लोटे में पानी ले आता है और उसे पकड़ा देता है।

लोटा पकड़ते ही वह एक पल रुक कर गिलास का इन्तज़ार करता है, पर लड़का उसके मुँह के आगे खड़ा रहता है। वह गिलास माँगने की हिम्मत नहीं जुटा पाता और झटपट खड़ी गर्दन कर पानी मुँह में उड़ेलने लगता है। एकाएक खँखार आती है और आधा पानी नाक–मुँह से बाहर निकल जाता है। सभी उसकी तरफ़ देखने लगते हैं। अधेड़ सचेत करता है, 'राम राम से भाई।'

लड़का होशियार है वह फुर्ती से चार क़दम पीछे हट जाता है ताकि जूठे छींटे ऊपर न पड़े। वह सहज होकर फिर पानी गटकने लगता है और खाली लोटा थमाते हुए उसी लड़के से पूछता है, 'वह देवता कहाँ है? उसके पास जाना है।'

उसके इस तरह पूछने से लड़के के चेहरे पर भय पसर जाता है। वह बिना कुछ बोले लोटा भीतर छोड़ कर कहीं गुम हो जाता है।

अधेड़ ने उसका प्रश्न सुन लिया है। जान जाता है कि वह आदमी कहाँ जाना चाहता है। पर अनसुना कर देता है। सभी ताश में मग्न हैं और बच्चे सरें बनते देख रहे हैं। किसी का भी ध्यान उसकी तरफ़ नहीं है मानो अब उसकी उपस्थिति के वहाँ कोई मायने नहीं रह गये हैं। जैसे वह वहाँ है ही नहीं। जैसे उन लोगों के लिए उसके वहाँ होने या न होने से कोई मतलब नहीं है।

तभी एक अन्य लड़का हाथ में बाँसुरी लिए पशुओं को हाँकता ऊपर की ओर से नीचे आ रहा है। वह आदमी रास्ता छोड़कर एक तरफ़ हो जाता है। जैसे ही लड़का उसके पास पहुँचता है, वह बहुत धीमी आवाज़

में पूछता है, 'उसके पास जाना है...मतलब देवता के पास...यानी कि नंगा देवता के पास।'

लड़का ऐसे रुकता है मानो उसके सामने कोई डरावना साँप अचानक फन फैलाये खड़ा हो गया हो। उस आदमी को हिकारत से देखता है। मन में वही छुपे–बैठे सवाल उठने लगते हैं। एक पल के लिए मन में आता है कि उसके मुँह पर थूक दे। जितना हो सके भला–बुरा कहें, पर चुप रहता है। किसी तरह वह अपने को अनुशासित करता है। उस आदमी के कपड़ों से लग रहा है कि वह अच्छे घर का पढ़ा–लिखा है। अच्छी नौकरी–पेशा है। इस तरह के लोगों से उस सहित गाँव के बच्चे–बूढ़े बहुत अर्से से वाक़िफ़ हैं, यानी जब से गाँव बसा होगा तभी से।

'देखो बेटा, मैं बहुत दूर से आया हूँ। लौटना भी है। पखला हूँ। पहली बार यहाँ आना हुआ है।'

वह आदमी उसके आगे गिड़गिड़ाने लगा है।

लड़का उलझना नहीं चाहता। वह बाँसुरी से ऊपर की तरफ़ इशारा करता है और आगे निकल जाता है।

असमंजस की स्थिति है। दो–चार क़दम ऊपर देता है और पीछे हट कर ताश खेल रहे गवइयों के पास जाकर हाथ जोड़ देता है, 'मुझे बहुत दूर लौटना है। ऊपर से दिन ढल रहा है। कोई गूर या पुजारी चलता मेरे साथ तो अच्छा होता। मैं उसका मेहनताना दे दूँगा।'

वही अधेड़ उसकी तरफ़ एक सरसरी निगाह देता है और ताश खेलते–खेलते समझाने लगता है, 'देखो भाई उसका चौंतरा ऊपर पहाड़ी पर है। हमारे गाँव में उसका नाम नहीं लेते न कुछ बताते हैं। आप दूर से आये हैं इसलिए बता रहा हूँ कि उसका कोई यहाँ पुजारी नहीं है। गूर नहीं है। जो कुछ करना है अकेले करो। तरीक़ा तो किसी ने समझाया होगा ही।'

'जी...जी...वह तो समझाया है, जिस ओझा ने यहाँ भेजा है, उसी ने।'

'तो जाकर वैसा ही करो, अकेले, यहाँ से कोई नहीं जायेगा, न जाता है।'

उस अधेड़ के चेहरे पर हल्की–सी खीज उभरती है। वह आदमी अन्दाज़ा नहीं लगा पाता कि यह ताश के खेल में बाधा के कारण है या उसके इस तरह पूछने की वजह से।

वह चुपचाप जी...जी...जी....शब्द को चबाता हुआ जल्दी–जल्दी ऊपर चढ़ने लगता है।

वह जैसे ही पहाड़ी पर पहुँचता है उसे चौंतरे पर काठ की काली आदमक़द मूर्ति दिखती है। उसकी बाँछें खिल जाती हैं। चेहरे पर ग़ज़ब की चमक है जैसे उसे बरसों का खोया कोई स्वर्ण का ख़ज़ाना मिल गया हो या कि वह अपने जीवन का कोई बहुत नेक काम करने जा रहा हो। अपना बैग एक तरफ़ रखता है और मूर्ति के सामने जाकर खड़ा हो जाता है। पल भर में भीतर भरा द्वेष और नफ़रत चेहरे पर घोर वैमनस्य के भाव उत्पन्न कर देते हैं। आँखों में ख़ून उतर आता है। वह अपने शत्रु का कई बार नाम लेता है। उसके बाप का नाम लेता है। गोत्र और पता बताता है। धूप–रोट जला–चढ़ा कर तीन मोटी–मोटी कीलें मूर्ति की छाती में गाड़ देता है। उसके बाद अपने दायें पैर के जूते से मूर्ति की ख़ूब पिटाई करता है। यह सब करने के बाद उसके चेहरे पर सुकून है। थकान नहीं है। मन शान्त है। जैसे मनों बोझ सिर पर से उतर गया हो। अपना काम करने के बाद वह चौंतरे से ऐसे नीचे उतरता है मानो किसी बड़े पुरस्कार को प्राप्त कर लौट रहा हो।

देवता की जगह गाँव के काफ़ी ऊपर एक ऊँची पहाड़ी पर है। वहाँ छोटा–सा चौंतरा बना है। इसे अनगढ़े पत्थरों और मोटी रोड़ी–सीमेण्ट से चिना–पोथा गया है। रास्ते से ऊपर चढ़ने के लिए बतौर सीढ़ी एक शिला ज़मीन में टिकाई गयी है। पीछे की तरफ़ छोटा–सा टीला है जिसके सहारे वह आदमक़द लकड़ी की मूर्ति स्थापित है। देखते ही उसके निपट नंगा होने का एहसास हो जाता है। इसी कारण उसे नंगा देवता कहते हैं। खुले आसमान के नीचे पीठ के बल पीछे की ओर हल्की–सी झुकी इस मूर्ति ने अनगिनत बरसातों और बर्फ़ के मौसमों का कहर सहा होगा। भीषण गर्मी झेली होगी। आँधियाँ–तूफ़ान बरदाश्त किये होंगे। इसे बनाने में कौन–सी मज़बूत लकड़ी इस्तेमाल की गयी होगी, इसका अनुमान लगाना मुशकिल है। परन्तु चार–पाँच सौ सालों से इसे इसी तरह देखने की बात बताई जाती है। निपट नंगी मूर्ति के गले से नीचे पूरी छाती में जगह–जगह चार, पाँच और छह–छह इंच की कई कीलें ठोंकी गयी हैं। वर्ष भर इनकी संख्या सौ से ज़्यादा चली जाती है। फिर देवता का गूर इन्हें विशेष विधि से निकालता है और फिर वर्ष भर के लिए वही सिलसिला शुरू हो जाता है।

मूर्ति के ओर–छोर कई लोहे की जंग सनी गुरजें गड़ी हैं जिनमें अनगिनत लोहे के छोटे–बड़े कड़ोले पिरोए गये हैं। कुछ चपटे हैं जिन्हें किसी लोहार से घड़ाया गया है और कुछ मोटी तारों को मोड़ कर बनाये गये हैं। ऐसे ही बहुत से कड़ोले चौंतरे के आसपास ज़मीन पर भी बिखरे पड़े हैं जो जंग से गल–टूट कर अपनी शक्लें आधी–अधूरी कर बैठे हैं। जगह–जगह गेहूँ के आटे की चुखटियाँ रखी गयी हैं जिन्हें आगन्तुकों ने देवता को रोट के रूप में चढ़ाया है। इनके बीच काली और लाल रंग की चींटियाँ पसरी हुई हैं। बीच–बीच में दो–चार कौवे और मैनाएँ बारी–बारी आकर दो–चार चोंचें मार जाते हैं जिस कारण उनकी चोंचें आगे से हल्की सफ़ेद हो गयी हैं। यह तभी होता है जब गाँव के कुत्ते यहाँ नहीं आते, अन्यथा वे आटे को चाट–चाट कर सफाचट कर जाते हैं।

दायें तथा पीछे की ओर भयंकर ढाक हैं। नीचे देखने पर आँखें पथरा जाती है और दिल भय से काँपने लगता है। दूर नीचे पहाड़ी नदी ऐसे बह रही है जैसे कोई भयानक कोबरा फुँफकारता हुआ अपने शिकार की तलाश में भागा जा रहा हो। उस पार भी पथरीले पहाड़ हैं जो ऊपर पहुँच कर विशाल लम्बी धारों का निर्माण करते हैं। जगह–जगह विशालकाय चट्टानें एक–दूसरे के ऊपर ऐसे दिखती हैं जैसे डायनासोरों के सदियों पुराने अवशेष उनमें चिपटे पड़े हों। लगता है जैसे आसमान इन्हीं धारों की पीठ पर टिका हुआ हो। कहीं–कहीं ज़रूर जंगली झाड़ियों की हरियाली है और इधर–उधर घासणियाँ हैं। उन तक पहुँचने के लिए नदी के किनारे से कई रास्ते ऊपर चढ़ते हैं और धारों पर गुम हो जाते हैं। ये ऐसे दिखाई देते हैं जैसे किसी युवा ने फ़िल्मी स्टाइल में अपने बाल कटवाकर उनके बीच कई सीधी धारियाँ बना दी हों। इनके बीच कई औरतें अपनी–अपनी बकरियों के साथ घास काटती नज़र आ जायेंगी। ये जब अपने–अपने घरों को क़तारों में लौटती हैं तो लगता है किसी कम्प्यूटरीकृत पेण्टिग को माउस से हिलाया जा रहा हो।

लोग इस देवता का इस्तेमाल अपनी दुश्मनी और बदला लेने के लिए करते हैं। उनका विश्वास है कि अपने जिस सरीक या शत्रु को वे देवता लगा देंगे उसका सर्वनाश निश्चित है। इस अधर्म को अंजाम देने के लिए किसी गूर–चेले की ज़रूरत नहीं है। पुजारी–कारदार की आवश्यकता

नहीं है। पंची–पंचायत की दरकार नहीं है। इसके लिए गुहार लगाते वक़्त भेडू–बकरा भी नहीं चाहिए। जिसे इन्तकाम लेना है वह उस आदमी की तरह चुपचाप यहाँ आता है। धूप जलाता है। एक दो चुखटियाँ आटे की मूर्ति के आगे चढ़ाता है और फिर अपने इच्छित शत्रु का नाम अति घृणा और क्रोध से लेता है। उसे जितनी गालियाँ दे सकता है देता है। ऐसा करते उसकी आँखें और मुँह लाल हो जाता है। पूरा बदन भभकने लगता है। क्रोध, खीज और दहक से ओंठ फड़फड़ाने लगते हैं। जितनी भी दुष्कामनाएँ, ईर्ष्या, दुर्भाव और बदख्वाही भीतर भरी होती है, देवता के सामने प्रकट होने लगती है। जैसे वह यहाँ सदियों से इसीलिए है। उसी की सुनने बैठा है।

मन की सारी भड़ास निकलते ही वह जेब से तीन या पाँच लोहे की कीलें निकालता है और पास पड़े किसी पत्थर से देवता की छाती पर ठोंक देता है। एक–एक कील के साथ वह देवता को अमुक का सर्वनाश करने के लिए प्रतिबन्धित करता जाता है। उसके बाद अपने दाहिने पाँव का जूता खोलता है और तड़ातड़ उस मूर्ति के सिर और मुँह पर दे मारता है। उसे जलील करता है। थूत्कारता है। फ़जीहत करता है। जैसे वह देवता नहीं उसका अपराधी हो। अपना दुश्मन हो। कील ठोंकते और जूतों का प्रहार करते हुए वह अपने शत्रु का नाम लेता जाता है...जा देवा उसका सत्यानाश कर। वह अन्धा हो जाये। लूला–लँगड़ा होकर घूमे। उसका कुछ न रहे। टब्बर मार हो जाये। वह ऐसी बीमारी से मरे जिसका इलाज न हो। उसके बीवी–बच्चे मर जायें। पशु मर जाये। खेती–बाड़ी नष्ट हो जाये। यानी जितना बुरा वह बोल सकता है बोलता जाता है। कुछ देर बाद चेहरे पर एक कुटिल मुस्कान छा जाती है। आँखें अजीब तरह से चमकने लगती हैं। जैसे उसने आज जीवन का कोई सर्वोत्तम कार्य कर दिया हो। जूते पहनता है और चला आता है।

इस तरह के दृश्य शास्त्री तिथोराम के छोटे बेटे कलमदत्त उर्फ़ कलमु ने पशु चराते और स्कूल से आते–जाते झाड़ियों और चट्टानों के पीछे से छुप–छुप कर बहुत बार देखे हैं। आठवीं में पढ़ता है। अच्छे–बुरे की ख़ूब पहचान है। दुश्मन–दोस्त का फ़र्क़ मालूम है। जात–कुजात जानता है। ऊँच–नीच समझता है। पर जब कोई यहाँ आकर अपने सगे भाई, सगे

चाचा और सगे सम्बन्धी के अनिष्ट के लिए देवता को विवश करता है तो उसके रोंगटे खड़े हो जाते हैं। कलेजा बाहर को आने लगता है। कलमु के बालमन में भीतर ही भीतर जैसे कहीं–कुछ टूटने लगता है। दरकने लगता है कि अपने ख़ून के रिश्तों में भी क्या इस तरह कीलें गाड़ी जा सकती हैं?

वह उसी देवता से पूछना चाहता है कि क्या हमारे पुरखों ने तुझे इन्हीं कारगुजारियों के लिए यहाँ लाकर पूजा था। क्या तू सचमुच किसी के इन निष्ठुर आह्वानों से उसकी स्वार्थपूर्ति के लिए इस काठ की मूर्ति से निकल कर उधर चला जाता है? यह सोचते हुए वह कई बार निर्भयता से चौंतरे पर जाकर देवता के सामने खड़ा हो जाता है। आँख से आँख मिलाता है। वह देवता से सीधा संवाद करना चाहता है। कीलें ठोंक कर नहीं और न ही जूता मार कर। विनम्रता और स्नेह से। भोले और निश्छल मन से। अपने गाँव के नाते–रिश्ते से।...कि क्यों बार–बार वह दूसरों के हाथों अपने सीने को छलनी करवाता रहता है। घोर अपमान सहता रहता है।

लेकिन कलमु बात करे भी तो किससे...? वहाँ तो कोई देवता नहीं है। काठ की मूर्ति है जो जड़ है। भावहीन है। कहीं कोई अनुभूति नहीं। अभिव्यक्ति नहीं। उसे लगता है कि मूर्ति का सिर है पर दिमाग़ नहीं है। कान हैं पर सुनते नहीं हैं। आँखें हैं पर देखती नहीं हैं। नाक है पर सूँघता नहीं है। मुँह है पर जुबान नहीं है। दिल है पर धड़कता नहीं है। बाजू–टाँगें हैं पर कोई हरकते नहीं करतीं। परन्तु जैसे ही कोई यहाँ आकर उसके सीने में कीलें ठोंकने लगता है, उसे जूतों से पीट–पीट कर जलील करने लगता है तो मानो यही उसकी संजीवनी है। दिमाग़ किसी आधुनिकतम यन्त्र जैसा चलने लगता है। आँखें देखने लगती हैं। कान सुनने लगते हैं। नाक सूँघने लगता है। दिल धड़क रहा है। बाजू–टाँगों के साथ पूरे शरीर में उसके अजीबोगरीब हरकतें होनी शुरू हो गयी हैं। वह देवता से अचानक भूत–पिशाच में बदल जाता है। अब जैसे वह सम्पूर्ण पैशाचिकता से अपने दल, बल और अस्त्र–शस्त्र के साथ आक्रमण के लिए तैयार हो।

कलमु के हृदय में कई दिनों से अनगिनत सवाल पनप रहे हैं, पर जवाब नहीं है। जिज्ञासाएँ हैं पर समाधान नहीं है। उलझनें हैं पर सुलझाव नहीं है। न पिता उर्फ़ पुजारी तिथोराम के पास, न बड़े देवता के गूर और किसी कारदार के पास, न स्कूल में मास्टरों के पास। न किसी गाँव वाले के पास। जब भी वह पूछता है तो सभी के चेहरों पर एक अप्रत्याशित

भय प्रकट होने लगता है, माथा पसीने से तरबतर। भीतर को धँसती आँखें मानो माथे पर से कोई बिच्छू सरकता हुआ मुँह पर चला आया हो और वह अभी डंक मार देगा। झुँझलाहट से बात को टाल जाते हैं, यही कह कर कि, 'राम...राम...बेटा, उसका नाम मत लईयो।' पर उसे एक आस है कि उसी देवता के गूर शुंगलू दादा के पास ज़रूर उसका कोई उत्तर होगा।

उसके मस्तिष्क में पिता और गाँव वालों की हिदायतें विचरने लगती हैं। कि बच्चे और औरतें उस जगह न जायें। मूर्ति को देखने से बचें। अपने पशु वहाँ न ले जायें। दुधारू गायों पर उसकी दृष्टि न पड़े। अन्ध आस्था है कि जो बछिया वहाँ गयी वह गाभन नहीं होती। दुधारू गायें दूध नहीं देतीं। भेड़ों की ऊन उनके शरीर में ही गल–सड़ जाती है। लड़कियाँ देख लें तो वर नहीं मिलते। शादियाँ नहीं होतीं। बच्चे बिगड़ने लगते हैं। स्कूल नहीं जाते। हमेशा फेल होते रहते हैं। गाँव पर संकट के बादल मँडराने लगते हैं।

लेकिन कलमु सातवीं तक कभी फेल नहीं हुआ है। क्लास में हर बार अव्वल आया है। हारी–बीमारी नहीं लगी है। बोल–चाल और समझ–बूझ में तो कई बार मास्टरों को मात दे जाता है। अपने घर–गाँव वालों को हैरान–परेशान कर देता है। दो चार गायें–भैंसें हमेशा ओबरे में सुई रहती हैं। रज के दूध–घी होता है। देसी बैलों की जोड़ी ख़ूब पली–बढ़ी है। जब उसके पिता खेतों में हल जोतते हैं तो उनकी तेज़–मस्त चाल देखते ही बनती है। सरीक मुँह में उँगलियाँ दबाये रह जाते हैं। भेड़–बकरियाँ भी ख़ूब मेमने जाये रखती हैं। ऊन–बकराथा में कभी कोई कमी नहीं हुई है। घर में उन्हीं से बने पट्टु और खारचे सभी ओढ़ते–बिछाते हैं। उन्हीं की कताई से कोट बनकर पहने जाते हैं। अनाज की कमी नहीं है। खेती–बाड़ी ख़ूब हरियाती है। फ़सलें देती है। आज तक घर में भी कोई बीमार नहीं हुआ है न ही घर में कोई अनहोनी घटी है।

कलमु जब किसी आदमी को देवता की छाती में कीलें ठोंकते देखता है तो भीतर तक दहल जाता है। यह दहल टीवी और रेडियो के समाचार और भी तीखी कर देते हैं। पहले घर में टीवी नहीं था तो वह बस रेडियो के साथ हर वक़्त चिपका रहता था। समाचार सुनते रहना उसे अच्छा लगता था। जब से टीवी लगा है, सब कुछ आँखों के सामने घटता चला जाता

है। जैसे पूरा देश उसके घर में घुस आया है। नये–नये समाचारों और सीरियलों की दुनिया की चकाचौंध उसे विस्मित किये रहती है। वहाँ भी उसे लगता है कि सब कुछ अच्छा नहीं है। भाई, भाई की छाती में कील ठोंक रहा है। दोस्त, दोस्त की छाती में। पति पत्नी, और पत्नी पति की छाती में। पड़ोसी, पड़ोसी की। बेटा पिता को नहीं बख्श रहा है। सास के पास बहू के लिए कीलें हैं और बहू के पास सास के लिए। बहन के पास भाई के लिए और भाई, बहन के लिए लेकर चला है। यानी कोई भी रिश्ता बिना कील के नहीं रह गया है। एक जाति दूसरी जाति की छाती पर कीलें गाड़ रही है। एक देश की कील दूसरे देश की छाती पर है। एक धर्म दूसरे धर्म की छाती छलनी कर रहा है। राजनीति, राजनीति की छाती बीन रही है। कलमु देखता है कि कोई भी ख़ाली हाथ नहीं है। हर आदमी के एक हाथ में कील है और दूसरे में जूता है। अपने स्वार्थ के लिए कोई किसी को बख्शना नहीं चाहता। जैसे पूरी दुनिया में दुश्मनाई, घृणा और नफ़रत की खेती हो रही है। विश्वासघात हो रहा है। पीठ में छुरे घोंपे जा रहे हैं। वह यह सब देख कर सोचता रह जाता है कि उन चीज़ों का उसके गाँव के देवता से कोई वास्ता तो नहीं है?

इस तरह के कृत्यों को देखते–सुनते और उन पर सोचते हुए कलमू का सिर चकराने लगता है। जब कुछ नहीं सूझता तो हताश–निराश वह कभी अपने पशुओं के बीच चला जाता है तो कभी अपने किताबों के बस्ते को एक ओर छोड़ कर किसी चट्टान पर बैठ कर बाँसुरी बजाने लगता है। वही एक धुन...जिसे वह बार–बार बजाया करता है–

'चढ़ेया तख्ते ओ मोहणा चढ़ेया तख्ते,
आया मरने ओ मोहणा आया मरने,
भाईयाँ री कीतीयाँ ओ आया मरने।'

(हिमाचल प्रदेश के एक ज़िले बिलासपुर का यह प्रसिद्ध लोकगीत है। वहाँ के मोरसिंघी नामक गाँव का निवासी मोहण बहुत भला आदमी था। उसका भाई बिलासपुर के राजा के पास नौकरी करता था। उसने एक दिन किसी वजह से अपनी पत्नी की हत्या कर दी और मोहण को कहा कि वह इस हत्या का अपराध अपने सिर ले ले। उसने भाई की आज्ञा का पालन किया और फाँसी चढ़ गया।)

हालाँकि यह लोकगीत जिसे वह बाँसुरी पर बजाता है, उसके क्षेत्र का नहीं है फिर भी न जाने क्यों रेडियो से उसने कई बार सुन कर

आत्मसात कर लिया है। इसकी लम्बी धुन जैसे उसके मन में घर कर गयी है। यही नहीं इस लोक गीत के पीछे की कथा भी उसने रेडियो पर कई बार नाटक के रूप में सुनी है। उसे याद है अपने स्कूल के टूर्नामेण्ट में जब उसने इस गाने को पहले गाकर और बाद में बाँसुरी पर सुनाया था तो कई पल बच्चों और मास्टरों के बीच सन्नाटा पसर गया था। सभी की आँखें नम हो गयी थीं और उसे सर्वश्रेष्ठ गीत और बाँसुरीवादक का पुरस्कार भी मिला था।

उसका पिता तिथोराम शास्त्री खुद गाँव के बड़े देवता का पुजारी और सरपंच है। इतने बड़े देवता की दो–दो ज़िम्मेदारियाँ भाग्य से मिलती हैं। उसी के लिए उसने शास्त्री की नौकरी तक छोड़ दी है। गाँव परगने में दूर–दूर तक उसकी अच्छी–खासी साख बनी है कि तिथोराम ने ये सब देव–सेवा के लिए किया है। पर तिथोराम जानता है नौकरी से ज़्यादा मान–प्रतिष्ठा देवता के साथ है। दबंगता देवता के साथ है। सर्वोच्चता देवता के साथ है। सवर्णता देवता के साथ है। देवता के बाद उसी की प्रतिष्ठा है। जो चढ़ावा मन्दिर में आता है, उसी के पास उसका भण्डार भी है। वह कितना रखे, कितना लगाये या कितना इस्तेमाल करे कोई कुछ नहीं कहता। कोई नहीं पूछता।

बड़े देवता महाभारत के महान योद्धा बताये जाते हैं, जो देवरूप में यहाँ प्रकट हुए थे। गाँव की पहाड़ी पर जिस देवता की छाती पर कीलें ठोकी जाती हैं और अपने–अपने स्वार्थ साधने की गरज से जूतों से पिटाई होती है उसका हालाँकि बड़े देवता से कोई लेना–देना नहीं है, पर गाँव के लोगों ने इन्हें एक–दूसरे से जोड़ दिया है। बड़े देवता का गूर और दूसरे कारकुन विशेष अवसरों पर ही वहाँ जाते हैं। यह अवसर साँझी देव पंचायतों का होता है। पहाड़ी पर चौंतरे के साथ एक कोठीनुमा चौरस कमरा बना है जिसकी छत सुन्दर स्लेटों और देवदार की लकड़ी से छवाई गयी है। यह चारों तरफ़ से खुला है। फ़र्श रंगीन टाइलों से निर्मित है। अब बड़े देवता का गूर ऊबड़–खाबड़ चौंतरे या ज़मीन पर तो नहीं बैठेगा, इसलिए अलग से यह स्थान बनाया गया है। पंचायत में नंगे देवता का गूर भी वहीं सामने बैठता है। दूर–दूर से लोग यहाँ फरियादें लेकर आते हैं। दोष निवारण होता है। इसी दिन यह भी तय होता है कि किस–किस

के घर जाना है। जिस घर या व्यक्ति पर देवता लगाया होता है उसे अन्य पूजा–सामग्री के साथ ख़ूब हट्टे–कट्टे भेडू के प्रबन्ध के लिए भी कहा जाता है ताकि देवता को उसकी पीठ पर बिठा कर वापिस लाया जाये।

तिथोराम शास्त्री के मन में भी अर्से से एक कील चुभती रही है कि नंगे देवता का स्थान गाँव के बड़े देवता के सिर पर क्यों बना है। जिसका गूर एक बाहर की जात का है। वह उस देवता को भी बाहर की बिरादरी से ही मानता है। लेकिन उसका भय इस चुभन को भीतर ही भीतर दबाये रखता है। क्योंकि यही भय नंगे देवता की सत्ता है। ताकत है। उच्चता है। जिसके आगे पण्डितों और ठाकुरों के मुँह पर ताले जड़े हैं। वैसे भी बड़े देवता और पूरे पण्डितों के गाँव के सिर पर बैठे उस देवता के वर्चस्व और प्रताप से ही यहाँ दूर–दूर से लोगों का आना–जाना लगा रहता है। खाना–पीना होता है। मांस–भात की धामें लगती हैं। इन सभी में भी फ़ायदा तिथोराम शास्त्री का ही ज़्यादा है। पुजारी और सरपंच होने के नाते औरों से अधिक देव–भाग उसे ही मिलता है। जिसे वहाँ जाना होता है वह बड़े देवता के पास भी ज़रूर माथा टेक लेता है। रुपया–पैसा चढ़ाया जाता है। छेलू–बकरा दिया जाता है।

तिथोराम शास्त्री जब से पुजारी हुआ है उसका कच्चा मकान दो मंज़िला हवेलीनुमा हो गया है। इकतीस हाथ लम्बा और उन्नीस हाथ चौड़ा। पूरे घर में देवदार की लकड़ी लगी है। आगे और दायें–बायें बरामदा है जिसकी ग्लेजें रंगीन शीशों से दूर तक चमकती हैं। हर सुख–सुविधा का सामान भीतर है। तिथोराम शास्त्री ने घर के एक बड़े हाल में सेमसंग का 48 इंच स्क्रीन वाला स्मार्ट टेलीविज़न लगाया है। टाटा स्काई की डिश लगी है। सौ–पचास लोगों के लिए बिस्तरे हैं। थालियाँ–गिलास हैं। जो कुछ सोना–चाँदी है वह शहर के एक बैंक के लॉकर में सुरक्षित है। दो–तीन बचत खाते भी हैं। कुछ पैसा शेयर बाज़ार में भी लगा है। अपने साथ पत्नी और बच्चों तक की जीवनबीमा पोलिसियाँ भी ले रखी हैं। दबदबा इतना है कि कभी–कभार जब कोई सरकारी अफ़सर, पंचायत के प्रधान, पक्ष–विपक्ष के छोटे–बड़े नेता गाँव आते हैं तो उठने–बैठने और रहने के लिए तिथोराम का ही घर होता है। उस दिन देवता को अर्पित दो–तीन बकरे ज़रूर कटते हैं। महँगी अंग्रेज़ी शराब होती है। बिना सक्रान्त देवता

की पंची भी हो जाती है। उनको देवता का आशीर्वाद मिल जाता है। सभी को ख़तरा पहाड़ी पर रहने वाले देवता से होता है कि कहीं किसी ने लगा तो नहीं दिया है। उसकी छाती में उनके नाम की कीलें तो नहीं ठोंक दी हैं। इसलिए उस देवता के गूर को भी उस दिन बुला लिया जाता है। निर्धारित पंचायतों में तो वह आता ही है। क्योंकि बड़े देवता का काम–धन्धा उसी से ज़्यादा चलता है। ख़ज़ाना उसी से भरता जाता है। भेड़ू–बकरे उसी के नाम से आते हैं।

नंगे देवता का गूर शुंगलू लोहार है। पुश्त–दर–पुश्त उनके परिवार से ही उस देवता का गूर नियुक्त होता है। शुंगलू की उम्र अभी दो कम पचास हुई है। देवता के नाम से लम्बे बाल हैं जिन्हें वह सफ़ेद पगड़ी बाँध कर ढके रहता है। चौड़ा माथा है जिस पर बह किसी विशेष लकड़ी की राख का लम्बा–चौड़ा तिलक लगा रखता है। लम्बी काली दाड़ी है। गोल–मटोल मुँह है। छह फुट का जवान देखने में भी सुन्दर है। वह सक्रान्त या दूसरी देव पंचायतों को पहले दिन गाँव पहुँच जाता है और तिथोराम शास्त्री के यहाँ रुकता है। निम्न जाति का होने से वह घर की दूसरी मंज़िल पर नहीं आ सकता। इसलिए उसके लिए नीचे की मंज़िल में एक कमरे में सोने–बैठने का प्रबन्ध किया जाता है। उसका गाँव दस मील से भी दूर है। नंगे देवता के साथ उसी गाँव के लोहारों का बोल बँधा है। वैसे भी वह कोई ब्राह्मण देवता नहीं है। निम्न जाति का देवता है, जिसके लिए कोई पण्डित या ठाकुर गूर कैसे हो सकता है।

शुंगलू जब भी तिथोराम के घर आता है तो सबसे पहले चुपके से वह कलमु के लिए देवता की गणत करवा लेता है कि कहीं उसका प्रकोप बेटे पर तो नहीं आ गया है। ऐसा वह इसलिए करता है कि कलमु बहुत जिद्दी है। उसकी समझ में पिता की कई बातें नहीं आती हैं। तिथोराम समझाता है कि गाँव में जो निम्न जाति के बच्चे हैं वह उनसे दूर रहा करे। जब स्कूल जाये तो उनसे अपना बस्ता न छुवाए, ऐसा करके उसकी रोटियाँ भोट जायेंगी यानी अपवित्र हो जायेंगी। अपने स्कूल में भी कलमु को यह बात खटकती है कि जब दोपहर का खाना परोसा जाता है तो बच्चों को जाति के नाम पर अलग–अलग क्यों बिठाया जाता है। वह देखता है कि ब्राह्मण बिरादरी की एक अलग पंक्ति होती है। ठाकुरों की

दूसरी। लोहार के दो–चार बच्चे तीसरी में बैठते हैं जबकि चौथी में दूसरी बिरादरी के बच्चे होते हैं। सबसे दूर बेचारे जूते गाँठने वाले कामगारों के बच्चे बिठाये जाते हैं और कई बार तो उन तक खिचड़ी या खाना बँटते–बँटते ख़त्म हो जाता है।

कई बार मास्टर कलमु को टोक देते हैं पर वह नहीं मानता। उन्होंने तिथोराम को भी उसकी शिकायत की है पर उस पर कोई असर नहीं होता। वह पता नहीं क्यों कभी इस जात–बिरादरी के झंझट में पड़ा ही नहीं। इसलिए जब शुंगलू गूर उनके घर आता है तो वह उसी के पास डेरा जमाकर बैठ जाता है और देर रात कथा–कहानियाँ सुनता रहता है। तिथोराम इससे बहुत चिढ़ता है। कई बार तो उसे शक होने लगता है कि कलमु में सारे के सारे गुण निम्न जाति वालों के पसरे हैं, कहीं वह शुंगलू का ही जाया तो नहीं....? ऐसा सोचते ही उसका माथा ठनकने लगता है। सिर में झनझनाहट होती है और वह कनखियों से अपनी पण्डिताइन को निहार लेता है। दिमाग़ को एक झटका–सा लगता है कि उसकी भी सोच कितनी नीचे जा रही है। पण्डिताइन बेचारी भली औरत है। शुंगलू को अपना छोटा भाई जैसा मानती है। अब जब मुँह भर वह उसे भाई बोलती है तो ऐसा सोचना भी पाप है, तिथोराम अपनी सोच पर ही कुढ़ने लगता है।

उस नंगे देवता के नाते शुंगलू की पूछ बड़े देवता के गूर और पुजारी से ऊपर ही रहती है। क्योंकि वही जानता है कि यदि उस देवता को किसी ने लगा दिया है तो उसे हटाना किस विधि से है। बड़ा देवता भी उसे नहीं हटा सकता। न उसके क्रिया–कलापों में बाधा डालता है। शुंगलू गूर सिद्ध है। देवता उसकी मुट्ठी में है। उसका बोल रखता है। मान–मर्यादा रखता है। इज़्ज़त–प्रतीत बनी रहती है। गाँव, पंचायत, परगने और उससे भी दूर पहाड़ों में उसकी पूछ है। मान–सम्मान है। लोग देव दोष हटाने उसे आये दिनों ले जाते हैं। पर बड़े देवता के साथ उसका भी वचन है। जब तक उसे बड़े देवता के आदेश नहीं हो जाते वह कहीं नहीं जाता। उसकी आज्ञा–आदेश सिर माथे। जब इजाज़त मिलती है तो वह अकेला नहीं जाता। तिथोराम शास्त्री साथ होता है। दो–तीन कारदार और दो मज़दूर जो (खाड़ू) भेड़ को देवता के चौंतरे तक लाने में मदद करते हैं।

जहाँ शुंगलू और कारदार जाते हैं वहाँ ख़ूब आदर–सत्कार होता है। धाम लगती है। रातभर पूजा–पाठ होता है। सुबह चार बजे नंगे देवता के दोष निवारण का समय होता है। उसे उस घर–परिवार से जाना होता है। जिसे लगाया गया है उसको छोड़ना होता है। शुंगलू देवता का आह्वान करता है। सामने एक लोहे के छोटे से पात्र में कोयले जल कर भभक रहे होते हैं। उसमें धूप डाला जाता है। वह कई बार अपने बालों को उस पर से घुमाता है। उनमें धुआँ रचाता है। कुछ देर में उसका शरीर काँपने लग जाता है। सिर की पगड़ी गिरने लगती है तो तिथोराम सँभालता है। शुंगलू के बाल खुल जाते हैं।

अब वह शुंगलू लोहार नहीं है। देवता है। सामने लोहे का शंगल रखा रहता है जिसे एक लम्बी किलक के साथ गूर कई बार अपनी पीठ पर पटकता है। उस घर के लोग हाथ जोड़ कर खड़े रहते हैं। वह उठता है सबके ऊपर से अपना लोहे का शंगल घुमाता है। एक कारदार के पास लोहे की बड़ी गुरज होती है। जिसे भी सभी पर से सात बार घुमाया जाता है। दूसरा कारदार उस लोहे के पात्र को उठाता है और आँगन में ले आता है। गूर और सभी लोग बाहर आ जाते हैं। भेड़ा लाया जाता है। कई मन्त्र बोले जाते हैं। मन्त्रों से उसे बाँधा जाता है। उसमें देवता का दोष परिवार या जिसके लिए लगाया होता है, आ जाता है। अब आग से भरे पात्र को भेडू की पीठ पर रखा जाता है और इसी के साथ सभी लोग वहाँ से निकल पड़ते हैं। शाम तक उन्हें वापिस गाँव पहुँचना होता है। वे सीधे चौंतरे पर नंगा देवता के पास जाते हैं। भेड़े को खड़ा करके दिखाते हैं कि वह उसका दोष वापिस ले आये हैं। एक चट्टान के पीछे गाँव का एक व्यक्ति तेज़ धार वाले दराट को उठाये रहता है। भेड़े को घसीट कर उसके पास ले जाते हैं और वह पल भर में उसकी गर्दन धड़ से अलग कर देता है।

अब धाम का समय है। गाँव के लोगों को पहले ही फ़ोन करके बता दिया जाता है कि वे भेडू लेकर पहुँच रहे हैं। इस समय कहीं कोई भय नहीं है। नंगा देवता का नाम लेने से भी कोई नहीं डरता। बड़े देवता के गूर, कारदार, बजंतरी और गाँव के मर्द और बच्चे सभी धाम का आनन्द लेते हैं। बस औरतें वहाँ नहीं जातीं जिनके लिए खाना घर ले जाया जाता है। शास्त्री तिथोराम, शुंगलू गूर को तो घर के लिए भी कच्चा मांस मिल जाता है। इसके बाद उस परिवार को जिसका दोष निवारण हुआ है फ़ोन

पर सूचित किया जाता है कि देवता ने उनका भेडू ख़ुशी–ख़ुशी स्वीकार कर लिया है। अब वह इसके दोष से मुक्त हैं।

कलमु को यह तमाशा लगता है। खेल लगता है। अन्ध विश्वास जैसा कुछ लगता है। मनगढ़न्त जैसा लगता है। वह मांस–भात का शौक़ीन भी नहीं है। घर में भी जब मांस पकता है तो कलमु नहीं खाता। उस दिन उसे ख़ूब घी–शक्कर मिलता है पर वह उसे भी बाहरी मन से गटकता है। उसे यह कभी नहीं भाया कि अपने मज़े के लिए देवता के नाम पर भेडू–बकरे की गर्दनें काटी जायें। इस मजमे में कभी भी शामिल नहीं होता जिसके लिए उसे तिथोराम शास्त्री की झाड़ें सुननी पड़ती हैं। नाराज़गी झेलनी पड़ती है।

कलमु टेलीविज़न देखने का शौक़ीन तो है ही। उसके लगने के बाद कलमु के मज़े ही मज़े हैं। जब वह स्कूल के काम से फारिग होता है तो इसी के आगे बैठ कर समाचार सुनता रहता है। कोई सीरयल देख लेता है। देश–दुनिया की ख़बरों में उसका मन लगा रहता है। पशु चुगाते वक़्त भी दो चीज़ें हमेशा उसके पास रहती हैं। बाँसुरी और किताब। उसका मन दूसरे बच्चों के साथ खेलने में भी नहीं रमता। तिथोराम शास्त्री कभी–कभी उसकी आदतों को देख कर हैरान हो जाता है। सोचता है कि कलमु वक़्त से पहले ही बड़ा और समझदार होने लगा है। वह अपने बाद उसी को पुजारी और सरपंच के पद पर आसीन होते देखने लगा है। परन्तु कलमु की अपने गाँव के बड़े देवता के कार–भण्डार और पूजा–अर्चना में कोई दिलचस्पी नहीं है। तिथोराम चाहता है कि वह उसके साथ देवता की पंची–पंचायत में चला करे। जब देवता का रथ–छत्तर दूसरी जगह जातरा के लिए जाता है तो साथ रहे, पर वह हमेशा इन कामों से टलता रहा है। स्कूल के काम का बहाना कर देता है। पेट या सिर में दर्द बता देता है। उसकी माँ उसके मन को समझती है, इसलिए तिथोराम को समझाती है कि बच्चा है, क्यों जबरदस्ती करते रहते हो। बड़ा होगा ख़ुद अपने खानदान की ज़िम्मेदारी समझेगा। तिथोराम मान तो जाता है पर मन तरह–तरह की शंकाओं में उलझने लगता है। वही एक बेटा है। तीन बहनें हैं, जो अब परायें घरों की अमानतें हो गयी हैं।

कलमु जब देश–विदेश के समाचारों में आतंकवादियों के कहर देखता

है तो उसका सिर घूम जाता है। बड़ी स्क्रीन पर बम फटने, बन्दूकें चलने और लोगों के हताहत होने की लाइव तस्वीरें उसे विचलित कर देती हैं। जिस दिन पेशावर में आतंकियों ने स्कूल के 132 बच्चों की निर्मम हत्या कर दी थी उस दिन उसने रोटी तक न खायी थी। उसका पिता और माँ हैरान–परेशान हो गये थे कि इस तरह के समाचारों को वह क्यों अपने दिल से लगा लेता है। लेकिन ये घटना छोटी नहीं थी। तिथोराम की बिरादरी के लोग भी शाम को वहीं टेलीविज़न देखने आ जाया करते थे। वे भी इस भयंकर घटना को देखकर दंग रह गये थे। आज तिथोराम शास्त्री यह ज़रूर सोच रहा था कि उसने घर में इतना बड़ा टीवी और टाटा स्काई की डिश लगाकर गलत किया है। उसके मन में भी दहशत है।

कलमु दूसरे दिन अनमने मन से स्कूल गया था। आज प्रार्थना की जगह मास्टरों ने सभी बच्चों को बुलाकर दो मिनट का मौन रखा था। स्कूल के ब्लैकबोर्ड पर आज के समाचार लिखने की बारी भी कलमु की थी। इसलिए वह आधा घण्टा पहले पहुँच गया था। उसने स्कूल के अख़बार की कोई हैडलाइन नहीं देखी थी। अन्यथा समाचार लिखने के लिए बच्चे हिन्दी के पहले पृष्ठ से नकल कर लिया करते थे। उसने आते ही भीतर से चौक उठाया था और ब्लैक बोर्ड के पास जाकर भरी आँखों से लिख दिया था–

'पाकिस्तान के पेशावर में 132 स्कूली बच्चों की आतंकियों ने निर्मम हत्या की।'

'हत्या की' शब्द लिखते हुए उसने चौक को इतने ज़ोर से ब्लैकबोर्ड पर दबाया था जैसे कचहरी में कोई जज मौत का फ़ैसला लिखते हुए अपने पैन के निब को काग़ज़ पर दबा कर तोड़ देता है।

जिन बच्चों ने समाचार नहीं सुने थे उन सभी ने ब्लैकबोर्ड से जानकारी हासिल कर ली थी और बाद में स्कूल के प्रधानाचार्य ने इस दुखद घटना को मौन सभा में विस्तार से बताया था। आज किसी का मन न पढ़ने का था न पढ़ाने का, इसलिए स्कूल से जल्दी छुट्टी हो गयी थी। यही सब शायद और स्कूलों में भी हुआ होगा। सभी ने उन मासूम बच्चों की याद में मौन रखा होगा, कलमु सोचता–सोचता घर चला आया था।

आज कलमु का मन पीठ पर उठाये किताबों के बस्ते से भारी है। उसके साथ उसके गाँव–बेड़ के बच्चे हैं पर लगता है कि वह निपट अकेला है। वह चल नहीं रहा है बल्कि पगडण्डी उसे खींचती चली जा रही है। पैरों टाँगों में जान नहीं है। जैसे वह बैसाखियों के सहारे चल रहा है। मुश्किल से साँस आ रही है। उसे लगता है हर तरफ़ एक गहरा सन्नाटा पसरा हुआ हैं। घासणियों में कोई हलचल नहीं है। आर–पार औरतें घास तो काट रही हैं पर जैसे उन्होंने मौन व्रत ले रखा है। उनकी दराँटियाँ चुप हैं। कलाइयों में चूड़ियों की छनछनाहटें ख़ामोश हैं। पेड़ों और झाड़ियों से पंछियों की चहचहाहटें नहीं आ रही हैं। वे चुपचाप शोकाकुल बैठे हैं। कलमु को हर चीज़ शोकाकुल लग रही है। भयातुर लग रही है। जैसे काले कपड़ों से मुँह ढके शिकारी पेड़ों, पत्थरों, नालियों और घास की ओट में हथियारों से लैस घात लगाये बैठे हैं। वह ज़ोर से चिल्लाता है,

'भागो...भागो...कोई है जो हमें मार देगा...भागो।'

साथी बच्चे उसकी चिल्लाहट सुन कर भागने लगते हैं। गाँव के समीप पहुँच कर उन्हें समझ नहीं आता कि वे भाग क्यों रहे हैं। डरे हुए क्यों हैं। क्यों कलमु आज इतना विचलित और सहमा हुआ है। वह उससे पूछना चाहते हैं पर वह कहीं नहीं है।

कलमु सीधा पहाड़ी पर नंगा देवता के चौंतरे पर चला गया है। अपने बूट भी नहीं खोले हैं। पीठ में कापियाँ–किताबों से भरा बस्ता है पर उसे लगता है उसमें एक सौ बत्तीस मासूमों की लाशें हैं। भागते हुए उसके माथे और मुँह पर से पसीने की बूँदें गिर रही हैं, पर उसे लगता है जैसे उन लाशों से ख़ून टपक रहा है। कुछ पल वह लकड़ी की मूर्ति के सामने निस्तब्ध खड़ा रहता है। नज़रें मूर्ति की छाती पर गड़ी अनगिनत कीलों पर चली जाती हैं। उसे महसूस होने लगता है जैसे वह, वह नहीं है उस आदमक़द मूर्ति में तब्दील हो गया है। वे कीलें उसकी अपनी छाती पर गड़ी हैं। वह अथाह वेदना से कराहने लगता है। चौंतरे पर बस्ते समेत गिर जाता है और छटपटाते हुए अपनी छाती से एक–एक कर उन्हें निकालने का प्रयास करता है। पर उनकी जड़ें जैसे बहुत गहरी हैं। वे बहुत भीतर तक धँसी हुई हैं। इस प्रयास में वह अपनी छाती पर से कमीज़ के चिथड़े–चिथड़े कर देता है।

काफ़ी देर के बाद उसे होश आता है। वह लड़खड़ाता हुआ ऐसे उठता है जैसे कुश्ती के अखाड़े में हारा हुआ पहलवान उठ रहा हो। इस

उठापटक में उसकी बाँसुरी बस्ते से चौंतरे पर गिर गयी है। वह एकटक उसे देखता है और उठा लेता है। नम आँखें हैं, उँगलियाँ बाँसुरी के घरों पर दौड़ने लगती हैं। फिर वही मोहणा के गीत की दर्दीली धुन बजती है–

किस बजणी ओ मोहणा, किस बजणी,
पंजबन्द मुरली ओ मोहणा, किस बजणी।
आया मरना वो 'मोहणा, आया मरना,
भाइए री कितिए हो मोहणा, आया मरना।

'यानी अब कौण मेरी बाँसुरी बजायेगा मोहणा, क्योंकि तू तो अपने भाई के लिए मर रहा है। उसका धोखा तेरी ज़िन्दगी ले रहा है।'

कलमु होठों से जैसे ही मुरली हटाता है उसके आगे टीवी स्क्रीन दौड़ने लगती है। वही मंज़र, वही शोर, वही धमाके, वही गोलियों की तड़तड़ाहट और वही स्कूल की वर्दियों में लिपटे ख़ून से लथपत छोटे–बड़े बच्चों के शरीर। वह कौंधती बिजली की माफिक उठता है और मूर्ति के सिर पर अपनी बाँसुरी पटक देता है। भीतर भरी वेदनाएँ तीव्र आक्रोश में बदल गयी है। वह मूर्ति उर्फ देवता से आँखें मिलाकर बात कर रहा है,

'देख देवता, तेरी छाती पर जितनी कीलें हैं तूने उतनी ही दुश्मनियाँ निभाई है। पता नहीं कितने बरसों से तू एक कठपुतली की तरह अनजाने लोगों के स्वार्थ के लिए इस्तेमाल हो रहा है। देख...मैं तो तेरे गाँव का हूँ...तेरा अपना हूँ...तूने मेरा बचपन देखा है...मैं तो हमेशा तेरे साथ रहा हूँ...कभी डरा नहीं...आज तू मेरा एक काम कर दे...एक पुण्य का काम...।''

कलमु अपने बस्ते में से कई कीलें निकालता है। पास से पत्थर उठाता है और कहने लगता है,

'जा...आज तुझे दूसरे देश जाना है। उनका सर्वनाश करना है जिन्होंने उन मासूम बच्चों को मारा है। वे बचने नहीं चाहिए। उन्हें ऐसी सज़ा मिले जिसकी उन्होंने कभी कल्पना तक नहीं की है। जा...चला जा...। देख मैं उनके नाम नहीं जानता। गोत्र नहीं जानता। उनके बाप के नाम भी मालूम नहीं हैं मुझे। पर इतना जानता हूँ कि उनका कोई धर्म नहीं हैं। वे किसी मज़हब के नहीं हो सकते। वे आदमी भी नहीं है। किसी भयंकर और विषैली जाति के खूँखार भेड़िए हैं...तू छोड़ना नहीं उनको...।'

यह गुहार लगाते हुए कलमु कई कीलें पत्थर के साथ उस मूर्ति की छाती में ठोंक देता है। फिर अपने पाँव से दोनों जूते निकालकर पीटता रहता है। थक–हार कर पता नहीं कब वह बेहोश हो गया है।

किसी ने तिथोराम शास्त्री को ख़बर कर दी है। शुंगलू गूर भी आज उसी के साथ है। वे दोनों भाग कर चौंतरे के पास पहुँचते हैं और वहाँ का मंज़र देखकर दंग रह जाते हैं।

कलमु बेसुध पड़ा है। उसके आसपास किताबें–कापियाँ बिखरी हैं। जूते के चिथड़े मूर्ति के आसपास हैं। कुछ दूर लोहे के कड़ोलों के बीच टूटी हुई बाँसुरी है जिसके एक–दो घर बचे हुए हैं। तेज़ हवा जब उन घरों से टकराती है तो किसी लोकगीत के बोलों की सी धुन की आवाज़ें आने लगती हैं।

बया : जनवरी–मार्च, 2015

फूलों वाली लड़की

वह फूल बेचा करती थी।

बच्ची अनाथ थी। जिस भिखारी ने उसे पाला था लोग उसे गीतु के नाम से जानते थे। वह कभी–कभार कोई न कोई गाना गा लिया करता था जिस वजह से पहले गीतराम और बाद में गीतु हो गया। शहर की जिस सँकरी गली में वह बैठता उसके सामने खुली सड़क थी और उस पार फूलों की एक बड़ी दुकान। दुकान लाला भगतमल की थी। गीतु की एक ही आँख थी। उसकी बायीं बाजू किसी पेड़ की अधकटी टहनी की तरह नीचे लटकी रहती थी जिसमें कोई जान नहीं थी। पूरी तरह से केवल एक ही टाँग काम करती जिस कारण वह मुश्किल से लांग देकर चलता था। चलते वक़्त उस टाँग पर पूरे शरीर का भार सिमट जाता और उसकी छाती में इस तरह खिंचाव पड़ता मानो किसी रबड़ की शीट को खींचा जा रहा हो। गीतु गहरी साँस लेता जिससे उसकी आँखें और चेहरा लाल हो जाता। नाक से पानी बहने लगता जिसे वह झटपट अपनी सदरी के पल्लू से पोंछ देता और हल्का–सा आगे झुक कर चलने लग जाता। गीतु का यह हाल बचपन में अधरंग की वजह से हो गया था। दायाँ बाजू ठीक था जिसकी कोहनी के पास वह एक पुरानी बाल्टी लटकाये रखता था।

गीतु सिर पर एक बदरंग पहाड़ी टोपी पहने रखता जिसके आगे लगी लाल रंग की पट्‌टी एक तरफ़ से ऐसे मुड़ी रहती मानो किसी पेड़ के तने से छिलका उचड़ा हो। टोपी के नीचे से उसके लम्बे अनधोये काले–सफ़ेद बाल ओर–छोर ऐसे निकले रहते मानो भागने को आतुर हों। उसके पास एक झोला था जिसमें कुछ सामान रखा रहता। इसकी डोर वह अपने सिर पर पहनी टोपी के बीच फँसाए रखता जो चलते हुए बार–बार उसकी पीठ पर उछलता रहता। डोर की रगड़ से टोपी के बीच हल की फाट जैसी आकृति बन गयी थी जिससे लगता कि टोपी के कभी

भी दो भाग बन कर गिर जायेंगे। झोले के सामान के बीच एक खंजरी ठुँसी होती जिसे गीतु तभी निकालता जब कभी उसे गीत गाना होता। उसे लम्बी धुनों के पहाड़ी बिछोह गीत गाने अच्छे लगते थे। गाते–गाते वह इस तरह रम जाता कि गीत उसकी आँखों से आँसू बन कर झरने लगते। उस समय न केवल आसपास के दुकानदारों का ध्यान उसकी तरफ़ जाता बल्कि आते–जाते लोग भी एक पल के लिए ठिठक जाते। खंजरी और गाने की मिठास कई पलों तक उन सभी के कानों में गूँजती रहती। एक हाथ से खंजरी का बजाना किसी को भी विस्मित कर जाता था। उस दिन उसकी बाल्टी में अच्छे–खासे नोट जमा हो जाते। फूल की दुकान का मालिक भगतमल उसे कहता रहता कि वह रोज़ गाया करे लेकिन गीतु ऐसा नहीं करता। वह सप्ताह में एक–दो बार ही कुछ देर के लिए गाता था। कई बार तो सप्ताह निकल जाता पर वह नहीं गाता।

वह अपने बैठने की जगह से एक इंच भी नहीं हिलता था। पीछे एक टेलीफ़ोन का खम्बा था जिसमें वह पीठ धँसाये रहता। बैठते ही लोहे की बाल्टी को नीचे रखता तो ठनक की आवाज़ सबसे पहले लाला भगतमल या उसके नौकरों के कानों में टकराती और धीरे–धीरे आस–पड़ोस में फैल जाती। इस आवाज़ को सुनने की उन्हें बरसों से आदत थी। आवाज़ जैसे ही कानों में टनकती, वे अपनी–अपनी गर्दनें दुकानों और घरों से बाहर निकाल उसे ज़रूर देखते। जैसे वह भी उनकी दिनचर्या का हिस्सा हो। गीतु अभी बैठा ही होता कि सबसे पहले जो दुकानदार चाय बनाता या मँगाता उसे काग़ज़ के गिलास में ज़रूर नौकरों के हाथ भेज दिया करता। इस तरह उस बाज़ार में कमाने और माँगने का धन्धा एक साथ चलता रहता।

एक दिन जब गीतु के साथ लाला भगतमल और दूसरे लोगों ने छोटी–सी बच्ची को बैठे देखा तो एक–दो ने ज़रूर आवाज़ लगाकर उसके बारे में पूछा था। उसने किसी के भी प्रश्न का उत्तर नहीं दिया था, बस हँसते हुए टाल गया था। उसकी वह हँसी सामान्य नहीं थी। उसमें एक अनजान डर और प्रसन्नता दोनों शामिल थे। भय बच्ची को लेकर इसलिए था कि कहीं कोई ग़लत इल्ज़ाम उस पर न लगा दे कि उसने उस नन्ही को भीख माँगने की गर्ज से चुराया है। ख़ुशी यह थी कि उसका अकेलापन दूर होने लगा था। कई दिनों तक तो वह बच्ची के साथ सहमा–सहमा

रहता था। जो भी आता उसे लगता कि वही उसका वारिस होगा। कभी कोई पुलिस वाला वहाँ से गुज़रता तो उसकी घिघ्घी बँध जाती। पर यह उसका भ्रम था। क्योंकि इस ज़माने में एक बच्ची को तलाशने कौन आता? गीतु की ज़िम्मेदारियाँ बच्ची को लेकर बढ़ने लगी थीं। क्योंकि बच्ची दिन भर कई–कई बार खाने को माँग लेती थी। साथ ही वह इधर–उधर भी चली जाती और गीतु को बार–बार उठकर उसे अपने पास लाना पड़ता। दूध की आदत वह उसे नहीं डालना चाहता था क्योंकि कई बार तो एक थैली ख़रीदने के पैसे भी उसे नहीं मिल पाते थे।

गीतु को बच्ची एक शाम बस स्टाप पर रोती हुई मिली थी। सूरज ढलते हुए वह जब अपनी रहने की जगह को जाता तो उसे बस स्टेशन से होकर गुज़रना पड़ता था। वह एक आध घण्टे किसी सुरक्षित कोने को तलाश कर बैठ जाया करता ताकि आने–जाने वाले एक आध रूपया उसकी बाल्टी में डाल दें। उसकी नज़र यात्रियों के बैठने की जगह पर पड़ी तो देखा कि वहाँ एक नन्ही जान सिसक रही है। जब काफ़ी देर के बाद भी किसी ने उसकी सुध नहीं ली तो वह उसके पास चला गया था। लड़की केवल रोना जानती थी। उसने अन्दाज़ा लगाया कि उसकी उम्र दो–ढाई साल होगी। उसने बड़े प्यार से बच्ची को अपने पास बिठा लिया और काफ़ी देर उसका अता–पता पूछता रहा। माँ–बाप के बारे में जानकारी लेने की कोशिश करता रहा लेकिन बच्ची जो कुछ बोलती थी वह समझ में नहीं आता था। उसने पास की दुकान से पाँच रुपये का एक चिप्स का पैकेट लेकर उसे खाने को दिया तो उसकी सिसकियाँ कम हो गयी थीं। गीतु बहुत देर उस बच्ची को अपने साथ घुमाता रहा कि कोई तो आकर उसे ले जायेगा लेकिन कोई नहीं आया। निराश होकर वह उसे अपनी खोली में ले गया था। उसे गीतु पुलिस के हवाले भी कर सकता था, पर उसने ऐसा नहीं किया था। इसके पीछे शायद उसका अकेलापन था। एक लालच था कि बच्ची को वह अपने सहारे के लिए जैसे–कैसे पाल लेगा। उसे यह भी विश्वास हो गया था कि उसे जानबूझ कर किसी ने यहाँ छोड़ा है।

जिस किसी ने भी वह बच्ची उसके साथ देखी, सभी ने यही सोचा था कि वह उसके किसी साथी–संगी की होगी और भीख माँगने में उसकी मदद करेगी। पर गीतु नहीं चाहता कि बच्ची भीख माँगे। उसने बहुत से सस्ते किस्म के खिलौने बच्ची को लेकर दे दिये थे ताकि वह दिनभर व्यस्त रहे। वह इस बात का विशेष ध्यान रखता था कि बच्ची शहर के

आवारा भिखारी बच्चों से दूर रहे। क्योंकि वह जानता था कि बहुत से ऐसे परिवार शहर की ढलानों में अवैध रूप से ढारे बनाकर बस गये थे जो छोटे बच्चों से दिन भर भीख मँगवाते थे। उन्हें वे देर रात तक यह सिखाते कि भीख कहाँ–कहाँ और क्या कह कर माँगनी है। ये बच्चे तीन साल से पाँच–छह साल तक के होते। इनमें कई ज़्यादा उम्र की लड़कियाँ भी थीं। छोटे बच्चों में केवल एक कुरता पहनाया जाता और हाथ में कटोरा देकर उन्हें नंगे पाँव निर्धारित जगह पर बिठा दिया जाता। छोटी बच्चियों को शहर के मन्दिरों के रास्तों पर रखा जाता। उनके सिरों पर माता को भेंट की जाने वाली लाल चमकीली चुनरियाँ बाँध दी जाती थीं। उनके कटोरों में तरह–तरह के भगवानों की कटी–फटी तस्वीरें होतीं। जिन जगहों पर बच्चियों को दिन भर ज़्यादा भीख मिलती, उनके लिए उनके माँ–बाप धूप का एक पैकेट और दियासलाई की डिबिया ख़रीद कर दे देते ताकि वे अपने–अपने कटोरे में रखे भगवान जी के लिए धूप जला दिया करें।

चलने–घूमने लायक हो गयी लड़कियाँ हमेशा खाली हाथ रहतीं। वे शहर के बाज़ारों में कहीं भी दो या तीन के झुण्डों में किसी भी पर्यटक, नये विवाहित जोड़े या परिवार के पीछे तब तक पड़ी रहतीं जब तक कि उन्हें पैसे या कुछ खाने की चीज़ें न मिल जायें। जब ये बच्चे या बच्चियाँ जवानी की दहलीज पर पहुँचते तो तरह–तरह के ग़लत धन्धों में पड़ कर पैसे कमाने लग जाते। इसका परिणाम शहर में आये दिनों घरों और दुकानों में चोरियाँ होतीं और लड़कियाँ बालिग होने से पहले ही गर्भवती हो जातीं।

गीतु इन शातिर आवारा बच्चों से उस बच्ची को बचाये रखना चाहता था ताकि किसी ग़लत धन्धे में न पड़ जाये। वह इस बात को लेकर ज़रूर सोचता कि सरकार या प्रशासन इनके लिए कुछ क्यों नहीं करते? क्यों इन्हें आवारागर्दी करने के लिए खुला छोड़े रखते हैं। उसकी समझ में यह नहीं आता कि जब प्रशासन ने आवारा कुत्तों और पशुओं के लिए शहर से दूर बाड़े बना दिये हैं और वहाँ उनके लिए भोजन तक का प्रबन्ध है तो फिर इन जीते–जागते इनसानों के बच्चों के लिए ऐसी क्यों कोई योजना नहीं बनायी जाती जिससे ये पढ़–लिख कर कुछ अच्छा काम कर सकें न कि भीख माँगें और बड़े होकर उल्टे–सीधे काम करने लगें। उसे याद है कि कई बार शहर के कुछ छुटभैए नेताओं ने, जिनका काम महज प्रचार बटोरना होता था, ज़िला प्रशासन के दफ़्तर के बाहर पशुओं और कुत्तों के रहने की जगह बनाने के लिए आमरण अनशन तक किये थे परन्तु उन नेताओं

को कभी इन बेघर भीख माँगने को मजबूर बच्चों की याद नहीं आयी थी।

बच्ची जब खेल—कूद कर थक जाती तो उसकी गोद में सिर रख कर सो जाया करती। वह रात को भी उससे चिपक कर सोयी रहती। उसके सोने से पहले वह कोई बाल गीत ज़रूर गाता ताकि बच्ची उस मीठी धुन में गहरी नींद सो जाये। कई बार गीतु करवट तक न बदलता कि कहीं नन्ही की नींद न टूट जाये। बच्ची के ये स्पर्श उसे माँ बनाये रखते। उसके मन में अथाह प्यार की नदियाँ बहती रहतीं। उसे लगता जैसे वह अपंग गीतराम नहीं बल्कि एक बच्ची की माँ या बाप दोनो हैं। उसने अपनी बाल्टी को अब अपने झोले के साथ लटकाना शुरू कर दिया था क्योंकि उसका सलामत हाथ बच्ची का सहारा था। वह उसके हाथ को चलते हुए हमेशा पकड़े रखती थी। चलते हुए गीतु को महसूस होता कि उसके साथ कोई नन्ही बच्ची नहीं बल्कि बाल कृष्ण चल रहे हैं और वह दुनिया का सबसे बड़ा और भाग्यवान इनसान है। इसी तरह चलते, उठते—बैठते उसने बच्ची को सौ तक गिनती भी सिखा दी थी। बच्ची ने अब सिक्कों और कुछ नोटों को पहचानना भी शुरू कर दिया था।

बच्ची बड़ी हो रही थी। अब अचानक इधर—उधर गली में भी निकल जाती और बच्चों को खेलते देखती रहती। उसका मन उनके साथ खेलने को करता पर कोई उसके साथ नहीं खेलता। गीतु ने जब देखा कि वह अब बाज़ार में घूमने—फिरने के साथ बोल भी लेती है तो एक दिन उसने लाला भगतमल से विनती की कि वह कुछ फूल बच्ची को बेचने के लिए दे दिया करें। बिक जाये तो उसी में से कुछ मेहनताना उसे दे दें। पहले तो लाला राजी नहीं हुआ लेकिन बार—बार निवेदन करने के बाद उसने यह बात मान ली थी। उसने रोज़ बच्ची को प्लास्टिक में लिपटे पाँच गुलाब के फूल देने शुरू कर दिये थे। पहले ही दिन बच्ची उन पाँचों फूलों को बेचने में कामयाब हो गयी थी और जब उसने पचास रुपये गीतु को दिये तो उसके चेहरे की चमक देखने वाली थी। गीतु ने बच्ची को ही लाला के पास इन पैसों को देने भेजा था। वह भाग कर दुकान में चली गयी। पचास रुपये पकड़ाते हुए वह जैसे ही लौटने लगी तो लाला ने आवाज़ मार कर उसे रोक दिया और पचास रुपये में से दस रुपये उसे दे दिये थे। दस का नोट पकड़ कर वह गीतु की तरफ़ ऐसे भाग रही थी मानो

सोने का मैडल जीत कर लायी हो। बच्ची जितने में उसके पास पहुँचती उससे पहले ही लाला ने गीतु को आवाज़ दे कर बता दिया था, 'अरे गीतु! देख तो, तेरी तारा ने आज दस रुपये कमा लिए हैं।'

उसके कानों में यह आवाज़ रेशम की तरह पड़ी थी। लाला के तीन शब्द उसके ज़हन में ऐसे उतर कर बैठ गये मानो तपती दोपहर में लम्बी यात्रा करने के बाद कोई यात्री पीपल की ठण्डी छाँह में बैठ गया हो। वह इन शब्दों को बार–बार दोहराता रहा था...तारा...दस रुपये। गीतु के लिए ये महज़ शब्द नहीं थे बल्कि उसके अपंग जीवन में मिला पहला सम्मान और प्यार जैसा कुछ था। आज तो उस बच्ची का नामकरण भी हो गया–तारा। दुकानदार ने तो अचानक इसलिए कह दिया था कि वह पिछले कितने दिनों से गीतु का उमड़ता स्नेह उस बच्ची के लिए देख रहा था, सचमुच वह उसकी आँखों का तारा ही हो गयी थी। दूसरे पहली बार दस रुपये की कमाई उसके लिए सम्मान था जो दिन भर या अब तक के जीए जीवन की बड़ी उपलब्धि थी। एक शुरुआत भी थी कि उसकी तारा को आज से इज़्ज़त का काम मिल गया है और पहली बार, पहले ही काम से उसने दस रुपये कमा लिए थे।

तारा जैसे ही गीतु के पास पहुँची उसने उसे अपनी बाँहों में भींच लिया था। आँखें छलछला रही थीं। जिस किसी ने भी उन दोनों को उस पल देखा था उनके क़दम एक पल के लिए ठिठक गये थे, जैसे गीतु के उन आँसुओं की बूँदें उनकी आँखों में चली गयी हों। उनके हाथ अनायास ही जेबों में चले गये थे और दो–चार रुपये जो हाथ आये, भीख के कटोरे में डालते रहे थे। आज वह बहुत ख़ुश था कि तारा सचमुच उसकी न केवल आँखों का तारा है बल्कि जीने का सहारा भी है।

अब तारा को काम मिल गया था। दुकान खुलते ही वह वहाँ से पाँच फूल ले लेती और दिन भर उन्हें बेचने के लिए इधर–उधर भागती फिरती। कई बार वे आधे दिन में ही बिक जाते तो दुकानदार पाँच फूल और उसे दे देता। इस तरह कई बार तो वह बीस और तीस फूल तक बेच देती थी। अब उसे एक दो मालाएँ भी बेचने के लिए मिलने लगी थीं।

तारा के पास पूरे कपड़े भी नहीं थे। गीतु इस स्थिति में नहीं था कि उसे नये कपड़े लेकर दे। फूल बेचने से जो कमाई तारा करती हालाँकि उसे

गीतु के पास दे दिया करती लेकिन वह उन्हें ख़र्च नहीं करता। वह जिस फटी भद्दी–सी सदरी को पहने रहता उसके भीतर की जेब सलामत होने के कारण उन पैसों को उसमें सँभाल कर रखता। अपना और बच्ची का गुज़ारा अपनी भीख से ही चलता रहता। उसने यह भी महसूस किया था कि जब से वह बच्ची उसे मिली थी, उसे न केवल बढ़िया चीज़ें और पका हुआ भोजन खाने को मिल जाता बल्कि भीख में भी कुछ बढ़त होने लगी थी।

तारा के पास एक ही फ्रॉक थी जिसे वह रोज़ पहने रहती। लम्बी होने के कारण वह उसकी टाँगें भी ढक देती थी। उसके बाल बिखरे हुए होते जैसे पैदा होने से आजतक उनमें कंघी नहीं लगी हो। बाल माथे पर से आँखों को न ढक लें इसके लिए गीतु उसके बालों को एक प्लास्टिक की पतली रस्सी से पीछे बाँध दिया करता। मैल से बाल और भी बदरंग और चिपटे हो गये थे जिनमें कई कुछ फँसा रहता था। बच्ची बार–बार सिर में उँगलियाँ फँसा कर खुजलाती रहती। ऐसा करते कई बार उसकी आँखों से अचानक पानी बहने लगता।

वह अपना मुँह बार–बार धोती रहती। उसके शरीर में केवल उसका मुँह ही था जो साफ़–सुथरा दिखता। वैसे भी देखने में वह सुन्दर थी। उसकी छोटी–छोटी आँखें हल्की–सी भीतर को धँसी रहतीं। नाक चपटी थी। कोई अगर उसका मुँह ही देखता तो उसे वह मैली–बदरंग–सी गुड़िया लगती। फूल बेचते हुए भी सड़क पर जहाँ उसे नल दिखता वह फूलों को एक किनारे रखकर झटपट मुँह धो लिया करती और अपनी फ्रॉक से उसे पोंछती रहती। ऐसा करते उसकी टाँगें और नाभि नंगी हो जाती। उसके लिए शर्म जैसी किसी चीज़ का कोई ज्ञान न था, इसलिए वह कई पल पल्लू से मुँह रगड़ती रहती। यही कुछ पल होते जब उसके कई फूल बिकते। बच्चे, जवान और बूढ़े उसके नंगेपन की उस नन्ही गर्माहट को भी आँखों में मटकाने से नहीं चूकते। उसकी कीमत वे एक गुलाब का फूल ख़रीदते चुकाते रहते। बच्ची अभी यह समझने में नादान थी कि जब वह अपना मुँह पोंछती है तो लोग आसपास अचानक क्यों मंडराने लग जाते हैं...उसकी उम्र से दोगुना उम्र के लड़के क्यों उसे देखकर हँसने लगते हैं...अधेड़ औरतें क्यों उस पल टेढ़ी आँखों से उसे देख कर नाक–भौंहें मटका कर पास से निकल पड़ती हैं?

कई बार उसे शहर के बच्चे तंग करते रहते। वे मल्टीनेशनल कम्पनियों के शोरूमों के मालिकों के वे बच्चे होते जो प्रतिबन्धित रास्तों पर भी धड़ाधड़

साइकिलें दौड़ाते रहते या हर कहीं खुली जगह क्रिकट खेलते रहते। वे जानबूझ कर अपने पास रखी मिनरल वाटर की बोतलों से उसके चेहरे पर पानी फेंक देते ताकि वह उसे पोंछने के लिए अपनी फ्रॉक उठाये और साफ़ करें। ऐसा करना उसकी मजबूरी होती। वह जैसे ही मुँह साफ़ करने लगती उसका आधा बदन नंगा हो जाता और लड़के देख–देख कर मजा लेने लगते। एक–दो बार तो उन्होंने उसके गुप्तांग तक में उँगली तक मार दी थी, लेकिन उसके लिए उसके इस उम्र में कोई मायने नहीं थे। परन्तु एक रोज़ जब गीतु ने उन बिगड़े लड़कों की ये हरकतें देखीं तो स्तब्ध रह गया। उसकी हैसियत इतनी न थी कि वह उन्हें गाली दे या और कुछ भला–बुरा कहे। इसका उसे एक ही समाधान सूझा कि तारा के दूसरे कपड़े दुपट्टे के साथ लिए जायें। इसलिए आज पहली बार गीतु ने बच्ची की ही कमाई के रखे पैसे खर्च कर उसे उसकी नाप के उतराऊ कपड़े ख़रीद लिए थे पर पाँव के लिए बूट या चप्पलें अभी भी उसके पास नहीं थीं।

कमसिन उम्र में उसके नन्हे पाँव को देखकर किसी भी संवेदनशील व्यक्ति का कलेजा फट जाता। उसे इस हाल में बहुत से लोग देखते रहते। लाखों–करोड़ों में खेलते दुकानदार, बाज़ार में घूमते बच्चों के दर्जनों पिता, माताएँ और भाई–बहन। यहाँ तक कि चाइल्ड वेल्फेयर सोसाइटी और दूसरी स्वयंसेवी संस्थाओं के कर्ताधर्ता और पदाधिकारी। लेकिन उन सभी के लिए वह एक भिखारी की औलाद थी जिसके लिए किसी के मन में न कोई प्यार था, न दर्द था और न ही किसी तरह की कोई संवेदना थी। वह महज़ फूल बेचने वाली किसी भिखारी की आवारा बच्ची थी।

जहाँ से वह गुज़रती रहती वहाँ कई मन्दिर थे, चर्च थे, गुरुद्वारे और बाबाओं के आश्रम थे। वह कई बार उनके भीतर तक फूलों को लेकर चली जाती परन्तु फूल लेना तो दूर की बात उसे अपवित्र समझकर कोई भी उसे गेट के भीतर नहीं घुसने देता। यहाँ तक कि जिन भक्तों को अपने–अपने गुरुओं या देवताओं पर फूल चढ़ाने होते वे भी उसके बजाये दुकानों से लेना उचित समझते। वे नहीं चाहते कि उनके गुरु या देवता एक गन्दी भिखारी की बच्ची के हाथों के फूल उन पर चढ़ाएँ।

उसका मन होता कि वे मन्दिरों के भण्डारों में जाकर कभी जी भर खाना खाएँ, पर उसे देखते ही प्रताड़ित कर दिया जाता। वह चुपचाप किसी रैलिंग पर खड़ी होकर भक्तजनों को भरपेट भोजन करते देखती रहती। उसकी आँखें भीग जातीं। लेकिन उस गीलेपन को कोई नहीं

देखता। कभी ज़रूर कोई भक्त उसे देखकर उसके हाथ में अपने भोजन से बची एक–आध पूरी और थोड़ा हलवा थमाने लगते पर वह नहीं लेती। वैसे भी वह भीख के दिये पैसे या दूसरी चीज़ें लेती ही नहीं थी। उसका पूरा ध्यान फूलों पर होता था।

फूल बेचते हुए कई बार वह सरकारी स्कूलों के गेट के पास घण्टों खड़ी रहती। अपने हम उम्र बच्चों को पढ़ते देखती तो उसका मन भी पढ़ने को करता। लेकिन गेटकीपर उसे भीतर नहीं जाने देता। वह मन मसोस कर गीतु के पास आकर कहने लगती–

'बाबा, बाबा ! मेरे को पढ़ना है।"

गीतु उसकी बात अनसुनी कर देता पर उसका यह कहन सीधा उसके कलेजे पर हथौड़े की तरह पड़ता और वह ख़ून के आँसू रोने लगता। सोचता कि काश! उसकी इतनी कमाई होती कि वह तारा को स्कूल पढ़ने भेज पाता।

गीतुका कोई स्थायी घर नहीं था। कोई बढ़िया ठिकाना नहीं था। कोई पता नहीं था। उसकी रहने की जगह शहर के बस स्टेशन से कुछ दूरी पर सड़क के नीचे थी जहाँ से खिलौना रेलगाड़ी चलती थी। रेल की पटरी यहाँ एक छोटे से पुल पर से आगे जाती थी जिसके नीचे काफ़ी जगह थी जो किसी को भी दिखाई नहीं देती थी। गीतु ने इसे ही अपना घर बरसों से बना रखा था। कई दूसरे भिखारियों ने भी रेल की पटरियों के नीचे–नीचे अपनी खोलियाँ बना रखी थीं। गीतू और तारा का वही बँगला था। संसार था। गीतु अब बाबा हो गया था–तारा का बाबा। वे तरह–तरह के फटे–पुराने कपड़े उस खोली में बिछा रखते थे जिन पर वे बैठते और सोते थे। गीतु ने तारा के साथ होने के बाद कुछ सामान भी जोड़ दिया था। दो–तीन थालियाँ। तीन पलास्टिक के गिलास, एक मैला–सा लोहे का जग। पानी रखने के लिए प्लास्टिक की दो–तीन गेलने और ओढ़ने के लिए एक फटी–सी रज़ाई जिसके मैल का वज़न उस रज़ाई के मूल वज़न से कहीं ज़्यादा हो गया था। उसी के बाहर दो–दो ईंटों का चिन कर एक चूल्हा बनाया गया था जिसमें रोज़ शाम और सुबह गीतू अपने और तारा के लिए कुछ न कुछ बना दिया करता। तवे के नाम पर एक टीन का पतरा था जिस पर रोटियाँ बनतीं।

वहाँ ख़तरा यह था कि जब वे दोनों काम पर जाते तो बन्दर उनके खोले में घुस जाया करते और जो कुछ सामान उन्हें मिलता उसे उठा कर ले जाते। गीतु उनसे बहुत तंग था। पुराने से तिरपाल को बन्दर कई जगह से फाड़ चुके थे। लेकिन कुछ दिनों से वहाँ दो–तीन कुत्ते आ धमके थे। तारा तो उनसे ख़ूब खेलने लगी थी। उन्हें प्यार करने लगी थी। वे उसी में खुश होते और दिन–रात आसपास टहलते रहते। हालाँकि उन दोनों के पास ऐसा कोई ख़ज़ाना नहीं था कि वे कुत्तों को कुछ खिला सकते। उनको शायद यही भाने लगा था कि दो ज़िन्दा लोगों के साथ वे रह रहे हैं जो उन्हें भगाते नहीं हैं, मारते नहीं हैं, धुर–धुराहट नहीं करते। उनका अपमान नहीं करते। प्यार से दुलारते हैं, पुचकारते हैं। तारा के लिए तो वह दिन सबसे बड़ी खुशी का था जब एक कुतिया ने पाँच छोटे–छोटे बच्चे जाये थे। वे रात को उन्हें भीतर लाकर अपने पास ही सुला दिया करती थी। कुतिया खुश थी कि उसके नन्हों की देख–रेख के लिए एक मुफ़्त की आया मिल गयी थी। इसका उन्हें यह बड़ा लाभ हुआ कि उनके घर के सामान को अब बन्दर तो क्या आसपास के लोग भी छू नहीं सकते थे। कुछ दिनों से वहाँ दो–चार गायें, बैल और बछड़े भी आ धमके थे जिन्हें गाँव के किसानों ने छोड़ दिया था। क्योंकि रेलवे लाइन के नीचे काफ़ी जगह खाली थी, इसलिए उन सभी के लिए यहाँ रहना आसान हो गया था।

गीतु जब अपने अतीत में झाँकने लगता तो उसे एक गहन अन्धकार दिखता। सर चकराने लगता। कुछ याद नहीं आता कि उसका बचपन कैसा था? कौन उसके अपने थे? जब से होश सँभाला था अपने को सड़क के किनारे दूसरे भिखारियों के आसपास पाया था। आज वह सतहत्तर के आसपास का हो गया है। भीख माँगते–माँगते जीवन एक कटोरी भर रह गया है। पर बैठे–बिठाये एक बिटिया का बाप भी बन गया है। उसकी ज़िम्मेदारियाँ बढ़ रही हैं। आज का माहौल वह अच्छी तरह जानता है। उसकी आँखों के सामने क्या कुछ नहीं घटता। कितने बुरे काम नहीं होते। वह अपने भगवान से हमेशा अपनी तारा को सुरक्षित रखने की मन्नतें माँगता रहता है।

तारा जैसे–जैसे बड़ी हो रही थी गीतु की उम्र ढहती जा रही थी। इधर तारा का काम भी बढ़ने लगा था। अब गीतु मुश्किल से अपने बैठने की जगह तक तारा के सहारे आ पाता था। तारा जब काम पर जाती तो

वह चुपचाप सो जाया करता। तारा कई बार फूल बेचते–बेचते उसकी ख़ैर–ख़बर लेने आ जाया करती। उसे चाय के साथ कुछ न कुछ खाने को देती। दिन को भी वह मिल–बैठ कर उसी जगह रोटी खा लिया करते। वह तो उसे मना ही करती कि बाबा अब बस भी करो। अपने घर आराम किया करो। मैं जो हूँ। पहले से ज़्यादा कमाती हूँ। दोनों का गुज़ारा ठीक से तो चल जाता है। पर उसका मन नहीं मानता। वह उसे अपनी आँखों के सामने रखना चाहता है।

पहले तारा गीतु की ज़िम्मेदारी थी पर अब वह तारा की ज़िम्मेदारी बन गया था। तारा उसका बहुत ध्यान रखती थी। क्योंकि ढलती उम्र थी और अब वह बीमार भी रहने लगा था। गीतु का ही नहीं बल्कि वह तो दूसरे भिखारियों की बेटी भी बन गयी थी। अपनी कमाई में से वह सप्ताह में एक–दो बार कुछ न कुछ उन्हें खाने को अवश्य देती थी। अपनी रोटी में से पशुओं और कुत्तों को टुकड़ा देना तो वह कभी नहीं भूलती। उसे लगता जैसे आसपास रह रहे भिखरी, आवारा पशु और कुत्ते सभी उसके परिवार के सदस्य हैं।

तारा की उम्र उसके बदरंग कपड़ों से बाहर झाँकने लगी थी। लाला भगतमल उस पर ख़ूब भरोसा करता था। उसने उसे एक टोकरी दे दी थी जिसमें कई तरह के फूल होते थे। उसने अपने लिए उतराऊ कपड़े की दुकान से दो–चार पुराने सूट ले लिए थे और वह अपने शरीर को ख़ूब ढके रहती थी क्योंकि उसे अब समझ आने लगा था कि शहर के बच्चे उसके मुँह पर पानी मार कर क्यों ठहाके मारते थे। क्यों जब वह मुँह फ्रॅाक के पल्लू से पोंछती तो उसके ज़्यादा फूल बिकने लगते थे। अपने शरीर के प्रति बिना माँ के वह सजग रहने लगी थी। वह कोशिश करती कि शरीर का कोई हिस्सा नंगा न हो। लेकिन जिन कपड़ों को वह ख़रीद कर लाती उनका या तो साइज आधा–अधूरा होता या उनकी छातियों पर के बटन टूटे होते। फूल बेचते–बेचते पता नहीं कब वह पन्द्रह साल की हो गयी थी।

एक दिन जब वह सुबह उठी तो उसके बाबा गहरी नींद में थे। उसने कई आवाज़ें दीं, पर वह नहीं उठे। जब हाथ से झिंझोड़ा तो उनका शरीर बेजान हो गया था। उसकी चीख़ निकल गयी। यह चीख़ जवानी में असहाय होने की थी। अपने सर पर से एक साया चले जाने की थी। उस चीख़ ने आसपास

के भिखारियों को जगा दिया था। इधर–उधर सोए पशु और कुत्तों ने भी उसका दर्द अपने भीतर महसूस किया था। पशु जहाँ बारी–बारी रम्भाते रहे थे वहाँ कुत्ते भी कई पल लम्बी हूहू करते रहे थे जैसे वे बता रहे हो कि उनका एक साथी अब इस दुनिया में नहीं रहा है। तारा उन बेज़ुबानों से नहीं कह सकती कि उसके बाबा अब नहीं रहे हैं। वह उनसे अपनी पीड़ाएँ नहीं बता सकती थीं। वह उन्हें नहीं कह सकती थी कि बाबा के लिए बाज़ार से जाकर कफन लेकर आयें और उनकी अर्थी उठाकर श्मशान घाट तक ले जायें। उसकी समझ में नहीं आया कि वह क्या करें। लेकिन कुछ देर में ही बहुत से भिखारी वहाँ पहुँच गये थे जिन्हें देखकर तारा को बहुत हिम्मत बँधी थी। उनमें अपंग थे। कोढ़ी थे। जवान और बूढ़े थे। वे गीतु के साथी–संगी रहे होंगे। भले ही उनके माँगने की जगह अलग–अलग थी पर मन तो ज़रूर एक–दूसरे से लगा रहा होगा। उनमें से एक भिखारी लाला भगतमल की दुकान पर सूचना देने चला गया था।

लाला भला आदमी था। शायद फूलों के धन्धे में लोगों के मन भी फूल जैसे हो जाया करते होंगे। उसने फूलों के ढेर से एक हार उठाया और दुकान बन्द करके नगर निगम को फ़ोन कर दिया। निगम के कुछ लोग उसके साथ चल दिये और एक गाड़ी भी सड़क पर पहुँच गयी थी। आसपास की दुकानों के मालिकों ने अपने नौकरों को भी भेज दिया था। तारा जब अपनी खोली के पास आयी तो वहाँ कई भिखारी जमा हो गये थे। निगम के लोगों ने गीतु की लाश को घसीटा और गाड़ी में ठूँस दिया। भगतमल एक कफ़न भी अपने साथ लाया था जिसे लाश पर डाल दिया गया था।

उसकी विधिवत कोई अर्थी नहीं उठी। कोई मन्त्रोच्चारण नहीं हुआ। किसी ने सर नहीं मुंडवाया और किसी ने पिण्डदान नहीं किये। हाँ, श्मशान घाट में ज़रूर लड़की ने स्वयं बाबा को अग्नि दी और पहली लकड़ी डाली। दूसरी लाला भगतमल ने और उसके बाद कई भिखारियों ने गीतु को अन्तिम विदाई दी। यह हैरान करने वाली बात थी कि कुछ कुत्ते भी श्मशान घाट तक पहुँच गये थे। मरने से पहले तारा ने गीतु की सदरी की जेब ज़रूर टटोली थी जिसमें उसे एक प्लास्टिक के लिफ़ाफ़े में रखे बहुत–से सौ और पाँच सौ के नोट मिले थे।

सभी अपने–अपने घर आ गये। तारा भी अपनी खोली में चली आयी। बाद की कोई रस्में नहीं हुईं। दस दिनों तक कोई पिण्ड नहीं दिये गये। कोई हरिद्वारा–पोहवा नहीं गया। न कोई क्रिया–कर्म या सोलवाँ हुआ।

लड़की के पास कोई बुलावे नहीं आया। सान्त्वना देने नहीं पहुँचा। गीतु के संगी–साथी भिखारी ज़रूर तारा का मन रखने वहाँ आते–जाते रहे। लेकिन आस–पड़ोस के मनचलों के लिए एक रास्ता ज़रूर खुल गया जिससे बे–रोकटोक उस खोली तक पहुँच सकते थे। परन्तु तारा को अब अपने आसपास डेरा जमाये कुत्तों पर ज़रूर भरोसा था। वह उनके बीच आदमियों से ज़्यादा सुरक्षित महसूस करती थीं। कई बार शराब पीकर कुछ बदचलनों ने उसकी खोली तक आने के प्रयास किये लेकिन कुत्तों के आक्रमण ने उसे हर बार बचा दिया था।

तारा अब अकेली थी। वह दिन भर टोकरी लेकर फूल बेचती रहती। लेकिन लोगों की नज़रों से वह बेहद परेशान होने लगी थी। फूल लेने के बहाने उसके साथ तरह–तरह की अश्लील हरकतें लोग करते। उसके रहने का ठौर–ठिकाना पूछते। उसे सौ, पाँच सौ और हज़ार–हज़ार के नोट दिखाते। तरह–तरह के लालच देते। वह देखती कि इसमें सभी उम्र के लोग शामिल हैं। कँवारे भी हैं। शादीशुदा भी हैं। ढलती उम्र के भी हैं और बिना दाँत के भी। साथ ही लोगों की सुरक्षा में तैनात वर्दीधारी भी। घरों में रह रहे अकेले आदमी भी। लाला भगतमल उसे अब कई घरों में गुलदस्तों की डिलीवरी देने भी भेजने लगा था। उसने उसकी कमीशन तो बढ़ाई ही थी बल्कि साथ ही प्रत्येक महीने कुछ वेतन भी देने लगा था। तारा घरों में जाने से कतराती थी लेकिन उसके पास दूसरा कोई विकल्प नहीं था। वह काम भी नहीं छोड़ सकती थी क्योंकि वह बरसों से यह काम करती आयी थी और अब तो उसी लाला का उसे सहारा भी था। दूसरे वह फूल बेचने के सिवा कुछ जानती भी नहीं थी।

एक दिन एक नेता के घर से कई गुलदस्तों की माँग लाला भगतमल के पास आयी। उस दिन नौकर छुट्टी पर था। मालिक के पास लड़की को गुलदस्ते लेकर भेजने के सिवा कोई दूसरा रास्ता नहीं दिखा। लाला ने तारा को बुलाया और नेता के घर का पता देकर वहाँ भेज दिया। वह अपने सीधे स्वभाव से टोकरी लेकर नेता के घर चली गयी। उस दिन किसी बड़े राजनेता का जन्मदिन था जिसके लिए ये गुलदस्ते मँगवाये गये थे।

लड़की जब नेता के घर पहुँची तो उसने फूलों की टोकरी दरवाज़े पर रख कर घण्टी बजाई। उस रोज़ दरवाज़ा उस नेता ने ही खोला।

लड़की ने फूलों के गुलदस्तों के साथ बिल भी पकड़ा दिया। नेता ने गुलदस्ते लेकर भीतर मेज़ पर रख दिये। पैसे निकालते और गिनते अचानक उसकी नज़रें लड़की के गोल–मटोल चेहरे पर गयीं और फिर छातियों पर ठहर गयीं। लड़की की छातियाँ असमय ही बढ़ने लगी थीं जो उसके कुरते के बीच से कई बार बाहर निकल जाती थीं। आज उसने जो कुरता पहना था वह बहुत तंग था जिसकी वजह से दायीं छाती का एक सिरा फटे कुरते से बाहर निकल गया था। नेता जी काफ़ी देर दरवाज़े पर खड़ी–सहमी लड़की के बदरंग कपड़े की ओट में छुपे शरीर को कनखियों से देखते–परखते रहे थे।

अब पैसे देने की बारी थी। बिल का पूरा मूल्य देने के साथ एक सौ का नोट उसने लड़की को अलग से पकड़ाना चाहा, लेकिन लड़की ने साफ़ मना कर दिया कि वह जितने का बिल है उतने ही पैसे लेगी। वह जानती थी फूलों का बिल जितने का होगा, उसमें से लाला उसे उसका हिस्सा दे देगा। उसने वह पैसे नहीं लिए और बिल लेकर चली गयी। नेता को उसका दम्भ और दमकता शरीर भीतर तक छलनी कर गया। इससे पहले कि वह दुकान पहुँचती, नेता ने फिर दूसरे दिन उसी लड़की के पास फूल भेजने के लिए कहा था।

वह नेता अख़बार की सुर्खियों में हमेशा बना रहता था। वह कुछ ऐसी संस्थाओं से हर दूसरे–तीसरे महीने अनशन पर बैठ जाता जो बच्चों, महिलाओं और दलित संगठनों के उत्थान के लिए काम किया करती थीं। इसकी बदौलत वह हमेशा पक्ष और विपक्ष की पार्टियों से अपने सम्बन्ध बनाये रखता था। इसी बलबूते पर उसने समाज सेवा के कई पुरस्कार प्राप्त कर लिए थे। लेकिन वह महज़ एक दिखावा भर था। वह जो ग़ैर–कानूनी धन्धे करता था उसे वह समाजसेवा की चादर से ज़रूर ढके रखता था। उसका परिवार भी उसके साथ नहीं रहता था। बावजूद इसके उसके घर कोई न कोई डटा ही रहता जो उसकी सेवा–टहल किया करता।

तारा वहाँ जाना नहीं चाहती थी। उस अधेड़ नेता का चेहरा उसे रात भर डराता रहा था। उसकी जैसे ही आँख लगती उसके सामने वह चेहरा कई शक्लों में उभरने लगता। कभी उसके सिर पर सींग उगे होते और मुँह भैंसे की तरह होता। कभी वह तेंदुए की शक्ल ले लेता तो कभी खूँखार भेड़िए की और वे सभी उसकी तरफ़ भागते चले आते। वह सपने में छटपटाती रहती। चीखती जाती। जब हड़बड़ा कर उठती तो बाहर उसे

हर कुत्ता भौंकता महसूस होता। वह आसपास देखती और फिर कम्बल में मुँह ढाँप कर सो जाती।

वह मना करना चाहती थी कि उस नेता के घर नहीं जायेगी, पर लाला को उसने आजतक कभी भी किसी काम के लिए मना नहीं की थी। जैसे–तैसे उसने टोकरी में फूल भरे और अनमने मन से नेता के घर चली गयी। घण्टी बजाते ही दरवाज़ा एक लड़की ने खोला था। वह एक पल के लिए सहम सी गयी क्योंकि लड़की के हावभाव और पहनावा कुछ अजीब तरह के थे। परन्तु आश्वस्त इसलिए हो गयी कि वह उसी की तरह एक लड़की थी।

'गुलदस्ते लायी हो?'

लड़की ने बेहद प्यार से पूछा था।

तारा ने केवल सर हिलाकर हाँ की थी।

'भीतर आ जाओ।'

वह चुप खड़ी रही।

लड़की भाँप गयी।

'आ जाओ न, यहाँ आज कोई नहीं है। साहब कहीं गये हैं।'

तारा की जान में जान आयी थी। न चाहते हुए भी वह भीतर चली गयी थी।

यह बैठक थी जिसमें रंगीन सोफ़े लगे थे। वह फ़र्श पर बैठने लगी तो उस लड़की ने तारा को दोनों बाजुओं से पकड़ कर सोफ़े पर बिठा दिया और ख़ुद कहीं भीतर चली गयी।

तारा उस बैठक की रंगीनियों और सुविधाओं में खो गयी थी। इतने बरस ज़मीन पर बैठते–बैठते वह जब रेशमी नर्म सोफ़े पर बैठी तो मन को अजीब सुकून मिला था। जैसे वह आसमान में उड़ने लगी हो।

तभी वह लड़की एक गिलास में सन्तरे का जूस लेकर आयी।

'लो पी लो।'

तारा शर्मा गयी।

'ले लो न तुम्हें अच्छा लगेगा।'

उस लड़की के मन में क्या चल रहा था वह उससे अनजान थी। उसने गिलास पकड़ लिया था। वह लड़की भीतर कहीं कमरे में गुम हो गयी। तारा ने जैसे ही गिलास से घूँट लेनी चाही उसके नाक में अजीब सी गन्ध घुस गयी। एक नज़र भीतर की तरफ़ देखा, जब लगा कि वहाँ

कोई नहीं है, उसने बजाये पीने के बहुत चालाकी से जूस को दायी तरफ़ एक फूल के गमले में उड़ेल दिया और झटपट ऐसे नाटक किया जैसे सारा पी गयी हो। लड़की जब दोबारा आयी तो उसकी कुटिल मुस्कान तारा नहीं देख पायी थी।

'कितनी गन्दी हो न। लगता है कई बरसों से नहाई नहीं हो।'

लड़की ने प्यार से यह बात कही थी।

तारा कहना चाहती थी कि वह कई बार नहाई है पर किसी बाथरूम में नहीं बस या तो किसी बहते नाले के पानी में या कभी–कभार अपनी खोली में।

'नहाओगी...?'

तारा चौंकी थी।

'देखो तुम्हें बाथरूम दिखाती हूँ जहाँ अपने आप गर्म पानी निकलता है। डरो नहीं मैं भी तो तुम्हारी तरह हूँ। तुम्हें देख कर दया आ रही है। और आज तो साहब भी नहीं हैं। तुम मज़े से नहा सकती हो।'

तारा गर्म पानी से नहाने के लालच में फँस गयी। वह कुछ देर लज्जाती रही, लेकिन उस लड़की ने अपार अपनापन दर्शाते हुए उसे नहाने के लिए राजी करवा लिया था। तारा बाथरूम में पहुँचते ही विस्मित हो गयी थी। लड़की ने गर्म पानी का नल खोला। तारा ने छुआ तो एक पल के लिए ठिठक गयी कि यह कैसे आता होगा।

लड़की ने तभी दूसरी तरफ़ ठण्डे पानी का नल भी खोल दिया था और किस तरह से नहाना है समझा दिया था। वहाँ साबुन, तेल और कई कुछ चीज़ें पड़ी थीं। एक तौलिया भी शरीर पोंछने के लिए वहाँ टँगा था।

'देखो, इतने बढ़िया तरीके से तुम नहाओगी तो ये मैले कपड़े पहनकर क्या अच्छा लगेगा। मैं तुम्हें अच्छे कपड़े दूँगी। अभी नहाओ और चादर ओढ़ कर बाहर आ जाओ। मैं कपड़े निकालती हूँ।'

लड़की एक सफ़ेद चादर उसे पकड़ाकर बाहर चली गयी थी।

तारा उस आधुनिक बाथरूम की सुख–सुविधा में खोने लगी थी। उसने अपने कपड़े पीछे लगी कीलों में टाँग दिये और बहुत चैन से नहाने लगी थी। उसने शायद पहली बार अपने पूरे शरीर को साबुन से धोया था। वह इस तरह गर्म पानी के आनन्द में खो गयी कि उस लड़की ने बाहर से आवाज़ें देकर कई बार दरवाज़ा खटखटा दिया था।

'जल्दी करो, साहब आने वाले हैं।'

यह आवाज़ जब तारा के कानों में गयी तो वह हड़बड़ा गयी। उसने सफ़ेद चादर अपने बदन पर ओढ़ी और अपने कपड़े नये के लालच में हाथ में उठाकर बाहर आ गयी। उसके शरीर से पानी की बूँदें चू रही थी।

लड़की ने भीतर के कमरे की तरफ़ इशारा किया कि वहाँ जा कर कपड़े बदल ले। साथ उसने एक नया–सा दिखने वाला सूट लड़की के हाथ में थमा दिया था।

तारा झटपट भीतर गयी और कपड़े देखने लगी। वे बहुत सुन्दर थे। नहा कर वह अपने शरीर को बेहद हल्का और ताज़ा महसूस कर रही थी। जैसे ही उसने अपने बदन की चादर अलग की और नये कपड़े पहनने लगी अचानक कमरे की रोशनी जल उठी। उसमें एक दरवाज़ा भीतर की ओर खुलता था। उसी से वह नेता जब अधनंगा निकला तो तारा की घिग्घी बँध गयी थी। वह निपट नंगी थी। पल भर के लिए कुछ नहीं सूझा। एकाएक बस माथा ठनका कि यह इस हरामज़ादे नेता की चाल थी।

वह गिद्ध की तरह उस पर झपटा पर तारा फुर्ती से किनारे हो गयी। नेता तारा के नंगे बदन को देखकर बदहवास–सा हो गया था और यह भूल गया था कि उसके शरीर में ढलती उम्र की पगडंडियाँ नाच रही हैं। नेता लड़खड़ाता हुआ पहले चारपाई के एक किनारे गिरा और उसके बाद फ़र्श पर। तारा को सँभलने का मौक़ा मिल गया। वह अपने कपड़े तलाशने लगी लेकिन वे वहाँ नहीं थे। इसी बीच नेता उठ गया था और उसने लड़की को बाँहों में पकड़ लिया था। यह दृश्य वैसा ही था जैसा वह पिछली रात सपने में देखती रही थी। कई पल वह उस अधेड़ से लड़ती रही और जैसे कैसे बच कर बाहर निकल गयी। उसने वही चादर घसीटी और बाहर भाग गयी। शायद वह लड़की दरवाज़ा बाहर से बन्द करना भूल गयी थी। तारा ने इधर–उधर देखा। एक तरफ़ दरवाज़े के पास उसके कपड़े थे। वह उन्हें उठाना चाहती थी कि उसी समय उस लड़की ने उसे पीछे से पकड़ लिया। लेकिन तारा ने पूरी ज़ोर से कोहनी उस के पेट में मारी और वह कहराती हुई नीचे गिर गयी।

तारा हाँफती हुई बाहर आयी और भाग ली। वह चीख़ रही थी। भाग रही थी। उसे लगता रहा कि वह आदमी और लड़की उसके पीछे भागते आ रहे हैं। बहुत देर बाद वह अपनी खोली में पहुँची और ज़ोर–ज़ोर से रोने लग गयी। गीतु के भिखारी साथियों ने उसे इस हालत में देखा तो दंग रह गये। वह अपने–अपने स्थानों से उसकी खोली की तरफ़ चल दिये।

एक दो भिखारी औरतों ने तारा को सँभाला था। उससे सारी बात जान ली थी। सभी भिखारियों को यह पता लग गया था कि तारा के साथ किसी ने बदतमीजी की है। उन्होंने तारा को ढाढस बँधाया। लेकिन उसकी कँपकँपी और सिसकियाँ बन्द नहीं हो रही थीं। तारा जब सामान्य हुई तो उसने विस्तार से सभी को अपने साथ हुए हादसे के बारे में बताया तो सारे भिखारी हैरान हो गये। उनके चेहरे गुस्से से तमतमाने लगे थे। लेकिन उनकी समझ में नहीं आ रहा था कि वे तारा के साथ हुई बदसलूकी के लिए क्या करें? सभी ने सलाह–मशविरा किया कि उस बदतमीज नेता को सबक तो सिखाना चाहिए। इसलिए यह तय हुआ कि सभी भिखारी लड़की को साथ लेकर पहले उसके घर जायेंगे और बाद में उसकी शिकायत थाने में करेंगे। अब मुश्किल यह थी कि उस नेता का नाम और पता कैसे लिया जाये। तारा को उसका घर तो पता था परन्तु नाम याद नहीं था। अचानक उसे ख़याल आया कि लाला ने पहले दिन जो पता एक पर्ची पर लिखा था वह उसी के पास था। उसे पढ़ना नहीं आता था। एक भिखारी ने उसे पढ़ा और सभी को बता दिया।

तारा के मन में उस नेता के प्रति बेहद आक्रोश था। वह उस लड़की से भी दो–दो हाथ करना चाहती थी जिसने धोखे से उसे फँसाया था। उसने कभी सोचा भी नहीं था कि एक लड़की इतनी घिनौनी हरकत कर सकती है। इसलिए वह सभी भिखारियों के साथ उसके घर की ओर चल पड़ी थी। यह एक ऐसा जुलूस था जिसमें अपंग थे, कोढ़ी थे, कुबड़े थे, अन्धे थे और बच्चे–बच्चियाँ थे। कोई रेंग कर चल रहा था। कोई बैसाखियों के सहारे था। हाथों में कटोरे और छोटी बाल्टियाँ थीं। उनके पास कोई झण्डे नहीं थे, पोस्टर नहीं थे न ही कोई नारे थे। बस मन और आँखों में एक बेटी के लिए अपार स्नेह और आदर था जिसने उनके भीतर उस कमीने नेता को सबक सिखाने का जज़्बा भर दिया था। आश्चर्य की बात थी कि उनके पीछे–पीछे तारा की खोली के पास रह रहे कुत्ते और कुछ आवारा पशु भी चल रहे थे।

ख़बर शहर में आग की तरह फैल गयी थी। लोगों ने पहले इसे एक मज़ाक़ की तरह लिया। परन्तु धीरे–धीरे उनके मन में एक प्रश्न ज़रूर कुनमुनाने लगा था कि बेटी चाहे बड़े या छोटे घर की हो, किसी जाति–धर्म की हो या भिखारी की, होती तो बेटी ही है।

पक्षधर–17 : जुलाई–दिसम्बर, 2014

लोहे का बैल

शोभा ने मोबाइल से शहर में रह रहे बेटे को फ़ोन लगाया।

कई बार घण्टी बजी और फ़ोन कटता रहा। लेकिन शोभा ने हार नहीं मानी। जैसे ही फ़ोन कटता वह दोबारा मिला देता। इस बार जब फ़ोन लगा तो झल्लाहट भरी आवाज़ उसके कानों में पड़ी–

'अरे कौन बोल रहा है, आराम से सोने भी नहीं देते?'

शोभा ने यह सुन कर फ़ोन काट दिया। पहले लगा कि किसी ग़लत नम्बर पर फ़ोन लगा दिया है। फिर सोचा कि यह कौन सा वक़्त है सोने का? उसने गौशाला के आँगन से आसमान में चढ़ते सूरज को देखा और अन्दाज़ा लगाया कि नौ से ज़्यादा बज गये हैं। वह सही टाइम मोबाइल पर भी देख सकता था पर बारीक अक्षरों को बिना ऐनक पढ़ना मुश्किल था। अब कौन भीतर जाकर दीवार घड़ी में टाइम देखे। उसे कोई मुहूर्त का काम तो करना ही नहीं था। बेटे से बात करनी थी।

दोबारा फ़ोन लगाया तो कई घण्टियाँ बजने के बाद वही चिड़चिड़ी आवाज़ फिर कानों में घुसी–

'हाँ बई बोलिए। कौन बोल रहा है?'

'मैं बोल रहा हूँ बेटा।'

शायद उसे बेटा शब्द नहीं सुनाई दिया होगा। आवाज़ में पहले जैसा तीख़ापन नहीं था। लेकिन खीज ज़रूर थी।

'कौन मैं भई, आपका नाम तो होगा कुछ?'

शोभा के कान में लम्बी जम्हाई की आवाज़ पसरी। एक बार फिर लगा कि ग़लत नम्बर मिला दिया है पर आवाज़ बिल्कुल जानी–पहचानी थी। वह इसे भूल भी कैसे सकता था, जिसे वह बरसों से सुनता आ रहा है।

'मैं, तेरा पिता रे सुरमेया।'

शोभा के मुँह से ये शब्द ऐसे निकले मानो उन्हें खींच कर बाहर ला रहा हो।

शोभा बोल तो गया परन्तु बेटे की हिदायतें याद आते ही थोड़ा सकुचा गया। क्योंकि मोबाइल रखने के बाद शोभा और उसकी घरवाली अकसर अपने बेटे को फ़ोन कर लिया करते थे। बेटा कभी दफ़्तर में तो कभी किसी मीटिंग में होता, इसलिए शोभा के फ़ोन से उसे कई बार कोफ़्त भी होने लगती।

एक दिन उसने शोभा को विस्तार से समझाया था कि वह एक बड़ी मल्टीनेशनल कम्पनी का अफ़सर है, इसलिए एक तो शोभा उसे बापू या पिता न बोला करे। बोलना ही हो तो 'डैड' बोले और दूसरे उसे इस खूसट नाम से न पुकारा करे। सुरमेया भी कोई नाम हुआ। कई बार दफ़्तर में उसका निजी स्टाफ फ़ोन सुन लेता है। वह एस.सी. कोहली बोला करे।

अब शोभा के लिए इतनी सीखें याद रखना मुश्किल था। डैड तो उसे याद रह जाता पर एस.सी.कोहली उसकी समझ से परे था। वह सुरम चन्द तो बोल सकता था पर इससे भी बेटे को एतराज़ था। कम्पनी में उसे एस.सी.कोहली के नाम से ही जानते थे। शोभा को 'कोहली' शब्द से भी आपत्ति इसलिए थी कि अपनी जाति को नाम के आगे लगाने की क्या आवश्यकता? लेकिन बेटे का तर्क था कि 'कोहली' कोई हरिजन नहीं होते। वे तो उच्च जाति के ठाकुर कहलाये जाते हैं। शोभा शान्त स्वभाव का था इसलिए बेटे से ज़्यादा उलझना वह मुनासिब नहीं समझता था। अब बेटा 'कोहली' लिखे या ठाकुर, उसे इससे क्या लेना देना? भगवान ने जो जात बनायी है उसे थोड़े ही बदला जा सकता है।

इतवार का दिन था इसलिए बेटे ने शोभा के शब्दों पर ज़्यादा ध्यान नहीं दिया। हाँ अगर दफ़्तर का समय होता तो वह पटक कर फ़ोन काट देता और घर आकर अपने 'डैड' को अच्छी–खासी नसीहतें दे डालता...कि उसके आसपास कम्पनी के दूसरे अफ़सर और कर्मचारी बैठे होते हैं...कि फ़ोन से आवाज़ें उनके कानों तक भी पड़ती हैं...बापू या सुरमेया यदि वे सुनेंगे तो ज़रूर समझ जायेंगे कि उनका साहब 'ठाकुर–ठूकर' कुछ नहीं है, साला 'एस.सी–वेसी' कोई होगा...कितनी बेइज़्ज़ती होगी उसकी। अब इन बड़ी कम्पनियों में जात छुपाना तो आसान रहता था क्योंकि वहाँ तो उच्च शिक्षा और दक्षता देखी जाती थी।

'हाँ...हाँ...पहचान लिया, बोलो, क्यों किया फ़ोन सुबह...सुबह? सब ठीकठाक तो है।'

बेटे की आवाज़ में शोभा को हल्का–सा अपनापन लगा। फिर अपने घर–बार की घटनाएँ बेटे को न बताएँ तो किसे कहें। शोभा का गला रूँध गया था। उसकी घरवाली हंसमी भी यदि पास होती तो दुपट्टा मुँह के ऊपर ठूँस कर सिसकने लग जाती।

शोभा के मन में अथाह दर्द था।

'बेटा कल अचानक घर के पास वाली घासणी से डोरू का पैर फिसल गया और मर गया। तू तो जानता है बेटा मैंने छोटे–छोटे बच्छू पाले थे दोनों। कैसी जोड़ी थी उनकी। तू तो कई सालों से घर नी आया न बेटा, आकर देखता तो दोनों डोरू और बोरू की कूखें आसमान से बातें करती थीं। लोग देखते रह जाते। दोनों के क्या सींग थे...कितने तगड़े और लाणे के थे। तेरी अम्मा ने रात–दिन उनको पालने में कसर नहीं रखी थी। इन्हीं की खाते थे हर साल। अब बोरू अकेला रह गया। बैल गया सो गया ऊपर से साल–फ़सल का टाइम है, क्या करूँगा सरीकों के बीच?'

सिसकियों के बीच शोभा अपने मन के दर्द बेटे को सुना गया था। बेटा इस रामकथा को सुन खीज गया। चिन्ता बैल की नहीं थी। परेशानी यह थी कि एक तो छुट्टी का दिन और उस पर आराम से सोना भी न मिला। इसके बावजूद पिता की सिसकियाँ भीतर तक दहला गयी थीं। बेटा जब से नौकरी लगा था, गाँव और ज़मीन से कोई लेना–देना नहीं रह गया था। कम्पनी ने उसे अच्छा–खासा पैकेज तय किया था लेकिन ख़र्चे भी उसने उसी अनुपात में बढ़ा लिए थे। शादी भी अपनी मर्ज़ी से कम्पनी में ही काम करने वाली एक अफ़सर से की थी। उसकी बीवी को गाँव के नाम से इतनी एलर्जी थी जितनी दमे के मरीज़ों को बरसात की घनी धुन्ध से होती है। शोभा ने तो कभी बहू का मुँह तक नहीं देखा था। कई बार कोशिश की कि दोनों बेटे के पास जाकर रह आयें, पर वह हमेशा किसी न किसी बहाने उन्हें टाल दिया करता था।

बेटा इस इमोशनल चक्कर में नहीं फँसना चाहता था। इसलिए पिता को समझाने लग गया–

'डैड आप तो ऐसे रो रहे हैं जैसे तुम्हारा बैल नहीं बेटा मर गया है। चिन्ता मत करो दूसरा ले लो। हाँ, लेकिन मेरे से पैसों की उम्मीद मत रखना। तुम तो जानते हो, शहर के ख़र्चे कितने होते हैं। उस पर

दिनोंदिन महँगाई आसमान छू रही है। मैंने इसी साल एक घर ले लिया है, उसकी किश्तें जाती हैं। अब कार के लिए लोन ले रहा हूँ। छोटी गाड़ी तो रख नहीं सकता। हैसियत के मुताबिक बड़ी रखनी पड़ेगी। घर का सारा सामान बदला है। नया एल.सी.डी लिया है, फुली ऑटोमेटिक वाशिंग मशीन और तीन सौ लीटर का सेमसंग का फ्रिज। अब यहाँ पहाड़ जैसा ठण्डा मौसम तो है नहीं, इसलिए इनवर्टर भी लेना पड़ेगा। सभी लोन पर है। पूरी तनख्वाह किश्तों में जाती है। शैलो की तनख्वाह से घर चल रहा है। वह न होती तो कैसे होता सब कुछ।'

शोभा मोबाइल कान में लगाकर चुपचाप सुन रहा था। फ़ोन केवल अपना मन हल्का करने को किया था, पैसे माँगने को नहीं। उसने आजतक बेटे से पैसे माँगे ही कहाँ है। जब नौकरी लगा तो कहता था कि लाख–डेढ़ लाख तनख़्वाह मिलेगी। गाड़ी कम्पनी की होगी, मकान कम्पनी का होगा। पता नहीं और क्या–क्या बताता रहता था। शोभा और उसकी घरवाली को तो यही ख़ुशी थी कि उनकी मेहनत रंग लाई थी और बेटा अच्छी नौकरी लग गया था।

यह बताते–बताते बेटा थोड़ा गुस्से में कहने लगा था–

'आपको तो कहा था डैड, इतनी ज़मीन है गाँव में, पूरी नहीं तो आधी बेच देते। मेरे शहर के ख़र्चे तो निकल जाते। पर आप हैं इस बुढ़ापे में भी चिपके रहना चाहते हैं उस ज़मीन से, जिसकी आज मार्केट वेल्यू शून्य है। क्या पैदा होता है वहाँ...कितनी साहूकारी चलती है आपकी...? आज बड़ी–बड़ी कम्पनियाँ गाँव की तरफ़ आ रही हैं। वे जानते हैं कि पत्थर–मिट्टी से कैसे सोना निकाला जाता है। मैं इतनी बड़ी पॉजीशन में हूँ। एक–दो जगह बात की थी। वे मान भी गये थे। अच्छा–खासा पैसा मिल जाता और आप दोनों को भी वहीं वे कुछ काम दे देते। पर आप हैं न डैड न खुद आराम से रहोगे, और न मुझे रहने देंगे।'

...और यह सुनाते–सुनाते बेटे ने फ़ोन काट दिया था।

शोभा के लिए बेटे का यह भाषण ज़ख़्मों पर नमक छिड़क गया था। वह गौशाला में चला गया और डोरू के खूँटे के पास जाकर बैठ गया। उसकी बहुत याद आ रही थी। फबक–फबक कर रोने लगा था शोभा। खाली खूँटा और पत्थर जैसे भारी–भरकम बेटे के बोल उसके दिल में भीतर

तक चुभते चले जा रहे थे। जैसे वह खूँटा ज़मीन में नहीं उसके अपने मन पर गड़ा हो। दूसरा बैल बोरू पास ही हुमर रहा था। वह शोभा की तरफ़ बार–बार गर्दन करता। ऐसे घूमता मानो खूँटा उखाड़ कर शोभा के पास आना चाहता हो। उसे बताना चाहता हो कि आज अपने साथी के चले जाने से वह भी उसी की तरह आहत है। दुखी है। बिछोह का जितना ग़म शोभा को है उसे भी उतना ही है। पर वह किससे कहें, कैसे कहें कि वह भी ज़ोर–ज़ोर से रोना चाहता है पर रो नहीं पाता। चीखना चाहता है पर चीख़ नहीं सकता। शोभा को गले लगाना चाहता है पर लगा नहीं सकता।

शोभा समझता है उसकी भाषा। उसकी नज़र बोरू की बड़ी–बड़ी आँखों पर जाती है तो दंग रह जाता है। दोनों से पानी की छोह लगी है जिसने एक घनी रेखा काले–सफ़ेद बालों के बीचोबीच नीचे तक बना दी है। साथी के जाने का अथाह दर्द है। शोभा के दुख का दर्द है। इसलिए शोभा हाथ में पकड़ा मोबाइल अपने कुर्ते की जेब में ठूँस कर बोरू के गले लिपट जाता है और काफ़ी देर रोता रहता है।

शोभा की धर्मपत्नी हंसमी दरवाज़े पर खड़ी अपने चादर से आँखें पोंछ रही है। उसने बच्चे की तरह पाला था डोरू को। सचमुच जैसे डोरू नहीं आज बेटा ही चला गया है। वह भीतर आना चाहती है पर टाँगें काँप रही हैं। गोशाला डोरू के बगैर खाली खाली है। शोभा के पास जैसे–कैसे हिम्मत बटोर कर जाती है और बैठ जाती है।

हंसमी समझदार है। जानती है बैल जाने का दुख क्या होता है? सोचने लगती है तो जैसे कलेजा मुँह को आने लगता है...पहले बेटा हाथ से निकल गया। एक खुशी होती है माँ–बाप के लिए कि बेटा नौकरी लगे और उसके बाद उसकी धूम–धाम से शादी हो। पोते–पोतियाँ घर–आँगन में खेलें। किलकारियों से घर भरा रहे। आँगन–द्वार चहकता रहे। पर यह ख़ुशी भी नसीब नहीं हुई।

वे दोनों गौशाला के भीतर दरवाज़े के साथ आर–पार बैठ गये हैं। शोभा की आँखें सूज गयी हैं। वह घुटनों पर बाँहों की पालथी सी बनाकर उसमें सिर ठूँस कर बैठा है। हंसमी जानती है मर्द का टूटना घर का टूटना है। ज़मीन का बंजर होना है। उसका अपना साथ कमज़ोर पड़ना है।

वह अपनी जेब से दो बीड़ियाँ निकालती है। माचिस जलाती है तो जैसे शोभा नींद से जागता है। हंसमी एक बीड़ी उसे थमाती है और दूसरी

खुद सुड़कने लगती है। शोभा की आँखें बीड़ी को देख कर हल्की–सी चमकती हैं। वह बीड़ी थामता है और होंठों के बीच फँसा कर जल्दी–जल्दी ऐसे कश खींचता है जैसे दो दिनों की तलब रही हो। हंसमी उसे बाँह से पकड़ती है और बाहर ले आती है। शोभा को ढाढस बँधाने लगती है, 'काहे को मन छोटा करते हो, मैं हूँ न। भगवान ठीक करेगा सबकुछ। बैल भी आयेगा और खेत भी बाहे जायेंगे।'

शोभा जानता है डोरू का कितना कर्जा है उन पर। उसने साहूकारों का कर्जा डोरू और बोरू के कन्धों पर जुंगड़ा रखकर ही तो चुकाया है। बेटे को पढ़ाया, इंजीनियर बनाया...कहाँ से आया इतना पैसा? लेकिन साठ बीघे ज़मीन का मालिक शोभा के लिए पैसे जुटाना मुश्किल न था। ग़रीब मगर बड़े दिल वाला है शोभा। दस बीघे ज़मीन गाँव के एक साहूकार के पास इस शर्त पर रखी कि जैसे ही पैसे होंगे वह लौटा देगा। इसके साथ मेहनत–मज़दूरी भी करता रहा। बेटे की पढ़ाई पूरी करवाई। उसकी नौकरी लगी तो जैसे भगवान शोभा के घर चले आये। इतनी ख़ुशी कि दोनों फूले नहीं समा रहे थे। क्यों ख़ुशी न हो, एक ही एक बेटा है उनका। उसकी भी इतनी अच्छी नौकरी किसी बड़ी कम्पनी में लग जाये तो और क्या चाहिए। दुख बेटे के बिछोह का भी इस ख़ुशी में छोटा पड़ गया था।

अपनी और बाहर की बिरादरी में तो जैसे साँप सूँघ गया था। शोभा और उसकी पत्नी हंसमी चाहते थे कि एक बड़ी धाम गाँव में दें, पर वे यह देख कर हैरान थे कि उनकी इस ख़ुशी में ज़्यादा लोग शामिल नहीं थे। शोभा जानता था कि इस सरीकी और दुश्मनाई का कारण उसकी ज़मीन है। उसकी मेहनत है। आज के ज़माने में कौन रखता–बाहता है इतनी खेती, पर उन्होंने कभी एक भी खेत उज्जड़ नहीं रहने दिया। कितनों की आँख उसकी ज़मीन पर थी। अपनी बिरादरी की भी और बाहर की भी। अब उसने नहीं बेची तो यह उसकी हिम्मत थी। हालाँकि बेटे ने आज तक एक धेला शोभा को नहीं दिया, परन्तु ढकी मुट्ठी लाख की। बेटे की नौकरी क्या लगी जैसे पंख उग आये हों। न घर–देखा न जगह–ज़मीन। न माँ न बाप। जैसे वह उनका नहीं किसी और का जाया हो। ...इसके बावजूद शोभा ने साल के भीतर–भीतर अपनी दस बीघे रहन ज़मीन भी वापिस ले ली थी।

कई बार शोभा सोचता था कि बेटे को पराये करने में गाँव के सरीकों का हाथ है। ज़रूर किसी ने जादू–टोना किया होगा कि हमेशा के लिए

दूर हो जाये। अब दोष–खोट हो या अपनी किस्मत या ज़माने की हवा, बेटा तो घर–आँगन से जाता रहा न। न मोह न ममता। बस फ़ोन पर दो–चार बातें। हमेशा कहता है कि बड़ी ज़िम्मेदारी है, छुट्टी नहीं मिलती। सोचता है शोभा कि ज़रूर सच बोलता होगा बेटा। अब सरकारी नोकरी तो है नहीं बेचारे की।

अपनी बिरादरी की परेशानी यह थी कि उसके अपने भाइयों ने शादी–ब्याह और अपनी ऐश–परस्ती के चक्कर में सारी ज़मीनें बेच कर उसमें बाहर से ऊँची बिरादरी के लोग बिठा दिये। उनके घर–बार देखकर लगता ही नहीं कि वे इस गाँव के बाशिन्दे न हों। आज गाँव उनका और शोभा की बिरादरी के स्याणे–जवान उनके नौकर। प्रधानी उनकी। देवता उनका। सरपंची उनकी। दुकानें उनकी और साहूकारी भी उनकी। शोभा ने यहाँ तक नौबत नहीं आने दी। कितने ज़मींदार–साहूकारों ने उस पर ज़ोर डाला कि मुँह माँगी कीमत ज़मीन की देंगे, पर वह टस से मस नहीं हुआ। अपनी गर्दन खड़ी करके गाँव–बेड़ में ठसक से चलता रहा। आज भी चल रहा है और जब तक साँस में साँस है सर ऊँचा ही रहेगा।

वह कई बार सोचता है कि अपने ही गाँव के लोगों को ऐसा हो क्या जाता होगा कि अपने ही सगों की ज़मीनें और घर कुतरने लगते हैं। किसी ने अच्छा खा–पहन लिया तो उसके पीछे। कोई अच्छा पढ़ गया तो उससे तकलीफ़। किसी की नौकरी लग गयी उससे परेशानी। कहाँ तो आज मिलजुल कर रहना चाहिए था। मिल–बाँट कर खाने–बाहने की ज़रूरत थी ताकि बाहर की नज़रें आँगन से दूर ही रहें। यह बात उसकी समझ में कभी नहीं आयी। उसके लिए यह विकट परेशानी का सबब था कि कभी उसे अपनी ज़मीन पर काम की ज़रूरत होती या साल–फ़सल इकट्ठी करनी होती....या घास की कटाई करवानी होती तो उसकी बिरादरी से कभी कोई नहीं आता। वह यह देख कर हैरान रह जाता कि ब्राह्मण–ठाकुरों की ज़मीनों पर वे लोग आज भी इस तरह काम करते दिखते जैसे वह उन्हीं की हो। उसे अपने आप ही शर्म आती कि कैसे वे लोग मालिक से नौकर हो गये हैं और दर–दर की ठोकरें खाने को मजबूर हैं। कईयों के पास कुछ काम ही नहीं रहता और सारा दिन वे किसी लैंटर पर बैठ कर ताश के पत्ते फैंटते रहते हैं। शाम हुई तो उधारी की देशी शराब। वह सोचता है कि अगर सरकारी राशन या मनरेगा नहीं होता तो आज इन लोगों का क्या हाल होता...भूखे मर जाते सब। अब

सरकार भी ग़रीबों को निकम्मा करने पर तुली है तो कोई करे भी तो क्या? पहले मेहनत का मिलता था सबकुछ। जब कमाया जाता तभी घर चलता। लोग दिन रात खेतों में कमाते। जब फ़सल का काम नहीं होता तो दूर–दूर जाकर मेहनत–मज़दूरी करते। पर आज सरकार इतना देने लगी कि खेती में हल चलाना भी भूल गये।

कई दिन डोरू के गम में डूबे रहे थे शोभा और हंसमी। जिस दिन डोरू मरा, शोभा चमड़े का काम करने वाले गाँव भी गया कि कोई आकर उसके बैल की गति करवा जाये, पर कोई नहीं आया। अब कोई यह धन्धा करता ही नहीं था। निराश–हताश लौट कर शोभा ने हंसमी की मदद से डोरू को मुश्किल से घर से दूर फेंका था। शोभा सोचता है कि क्या समय आ गया है कि अब पशुओं को फेंकने के लिए भी कोई उस बिरादरी का आदमी नहीं बचा है। पिछली बार जब उसने सुना था कि उसी के गाँव में एक ठाकुर की भैंस मर गयी थी तो वह कई दिन गौशाला में पड़ी रही। एक दिन खुद उसे रात के अँधेरे में घसीट कर नीचे फेंकना पड़ा था।

आज शोभा के साथ भी कुछ ऐसा ही हुआ था। लेकिन राहत की बात यह थी कि डोरू को फेंकते ही पता नहीं कहाँ से गिद्धों का दल वहाँ पहुँच गया। यह देख कर वह हैरान भी था। क्योंकि जब भी गाँव में कोई पशु मरता तो गिद्धों का कहीं नामोनिशां नहीं होता और पशुओं को कुत्ते, गीदड़ और कौवे ही नोच–नोच कर खा जाते थे। उसका मानना था कि जब तक पशु फेंकने वाली बिरादरी का हाथ न लगे, गाये–बैलों का उद्धार नहीं होता। गिद्धों का आना तो शुभ माना जाता था। शोभा सोचता है कि उसने अच्छे करम किये होंगे कि गिद्ध आकर बैल की गति तो कर गये। गाँव के दूसरे लोग भी यह देख कर हैरान थे कि शोभा के बैल ने ऐसा क्या तीर्थ नहाया है कि पल भर में गिद्ध ही गिद्ध चले आये। जबकि अब तो गिद्ध कभी–कभार ही आसमान में चक्कर काटते नज़र आते थे जैसे उनकी बिरादरी ही समाप्ति के कगार पर हो।

शोभा यह देखकर स्वयं भी हैरान था। उसे याद आया कि बहुत दिन पहले कुछ सरकारी आदमी उसके खेतों की मिट्‌टी जाँचने आये थे। उन्होंने जब जाँच की तो यह देखकर ख़ुश हो गये कि उस मिट्‌टी में कोई बाहरी चीज़ की मिलावट नहीं है। उन्होंने शोभा को समझाया था कि उसके

खेतों की मिट्टी इसलिए अच्छी है क्योंकि उसमें घर के गोबर की खाद मिली है, बाज़ार की खाद नहीं। वे कई बातें शोभा को समझा गये थे।

शोभा ने कई बार सोचा था कि वह भी बाज़ार की खाद लाकर अपने खेतों में डाल दें जिससे ख़ूब फ़सल हो। लेकिन हंसमी ने घर में इतने पशु पाले थे कि ख़ूब गोबर–खाद हो जाया करती। जब बाज़ार की खाद का चलन शुरू हुआ था तो गाँव के जमींदारों के वारे न्यारे हो गये थे। जिस खेत में तीस मन अनाज होता वहाँ पचास तक होने लगा था। यह सिलसिला मुश्किल से आठ–दस सालों तक चला और फिर ज़मीन ऐसी रूखी होने लगी कि महीने की बारिश से भी ऐसी लगती जैसे धरती ने पानी सोख दिया हो। मिट्टी का रंग भी बदरंग। जो अनाज उगता उसका भी कुछ न स्वाद न रंग। जब लोगों को पता चला कि यह कमाल बाज़ार की खाद का है तो सकते में आ गये। पर अब क्या करते। इसलिए जिसकी हिम्मत थी, जिनके पास पैसा था वे तो ज़मीन की मिट्टी खोद–खोद कर दूर फेंकते रहे और अपनी घासणियों से मिट्टी लाकर खेतों को पहले जैसा बनाने की क़वायद शुरू हो गयी। लेकिन जिनकी न हिम्मत थी और न पैसा, उनकी आज सारी की सारी जगह–ज़मीनें उज्जड़ और बंजर।

अब जो पशु गाँव में थे वे भी उसी खेत का चारा और घास खाते थे। शोभा सोचता था कि यही कारण रहा होगा कि उनके भीतर बाज़ार की उस खाद का ज़हर इस तरह घुलमिल गया कि अब गिद्ध भी उन मरे हुए जानवरों को खाने से परहेज करने लगे थे।

शोभा गाँव की उस घटना को इसी से जोड़ कर देखता था कि जब माधीराम पण्डित की भैंस मरी तो कई गिद्ध उसका मांस खा कर मर गये थे। इतना ही नहीं गाँव के दो कुत्ते और बाद में कुछ गीदड़ और कौवे भी वहीं ढेर हो गये। लोगों के लिए यह घटना अचम्भित कर देने वाली थी। उन्होंने इसे देव प्रकोप मान कर दूसरे उपाये करने में ही भलाई समझी। देव पंचायत बुलाई गयी। देवता ने उन्हें इस अनहोनी के लिए समय–समय पर देव–कार्य न करना बताया था। लेकिन शोभा को यह मानने में कतई गुरेज नहीं था कि यह कोई देवदोष नहीं बल्कि शहरी खाद के ज़हर का कमाल है।

शोभा जानता था कि अब कभी भी बारिश हो सकती है इसलिए बैल का

प्रबन्ध जल्दी करना होगा। उसने न जाने कहाँ–कहाँ बैल ख़रीदने के लिए भाग दौड़ की लेकिन न घर में अकेले रह गये बोरू के लिए कोई जोड़ीदार मिला और न ही नये बैल की जोड़ी। कहाँ–कहाँ नहीं गया था शोभा पर कोई सफलता न मिली। वह यह देख कर हैरान रह जाता कि अब दूर–दूर बसे गाँव के लोगों ने ज़मींदारा करना ही छोड़ दिया था। जो ज़मीनें बची थीं वे या तो किसी दूसरे काम के लिए प्रयोग में लायी जा रही थीं या उनमें कोई ऐसे बागीचे लगा दिये थे जिसमें बैलों की ज़रूरत न पड़े। अधिकतर ज़मीनें उज्जड़ हो चुकी थीं और उन पर अब बाहर की कम्पनियों की नज़रें लगी थीं। बहुतों ने तो बेच भी डाली थीं। कमोबेश उसके अपने गाँव के भी हाल कुछ ऐसे ही थे। लेकिन वहाँ लोग कुछ न कुछ बोते–बीजते रहते थे।

शोभा थका–हारा घर लौट गया था। हंसमी ने ही सुझाया था कि इस बरस की फ़सल के लिए क्यों न गाँव से बैल ले लिए जायें। उसे यह बात जँच गयी थी पर उसने आज तक कभी भी अपनी खेती के लिए अपने गाँव से उधार के बैल नहीं लिए थे। हालाँकि गाँव वालों के माँगने पर न केवल वह अपने बैलों को दे दिया करता बल्कि उनकी फ़सलें मज़दूरी पर बीज भी दिया करता था। आज उसकी मजबूरी थी और ज़रूरत भी। वह ज़मीन गीली होने से पहले ही बैलों की बात करना चाहता था। सबसे पहले वह अपने भाई के पास गया। लेकिन उसने साफ़ मना कर दिया कि उसके बैल बहुत कमज़ोर हैं, इसलिए वे तो अपनी खेती भी मुश्किल से बाह सकेंगे। उसने कभी इसकी कल्पना तक नहीं की थी कि उसका भाई, जिसकी वह हर बात में मदद करता रहा है, बैल देने से मनाही कर देगा। इसी तरह वह हर घर में गया लेकिन उसे किसी ने भी बैल देने की हामी नहीं भरी। वैसे भी गाँव में भाई के अतिरिक्त दो–चार ही घर ऐसे थे जिनके पास बैल थे।

उसकी यह आशा भी जाती रही थी। हालात ऐसे हो गये थे कि पैसे होते हुए भी न तो कहीं बैल मिल रहे थे और न ही कोई उसे ध्याड़ी पर ही मिल रहा था जो उसकी ज़मीन इस बरस जोत दे। अपने ही गाँव में इतनी उपेक्षाएँ शोभा को भीतर ही भीतर से तोड़ती जा रही थीं।

शोभा की घरवाली हिम्मत वाली थी। उसने शोभा को टूटने नहीं दिया। वह जानती थी कि परेशानी किसी भी समस्या का हल नहीं है और जो

भी कुछ करना है उन दोनों को ही मिलजुल कर करना पड़ेगा। वैसे भी पिछले पचास–पचपन सालों से वे दोनों यही तो करते आ रहे थे। उनकी ख़ुशी–गमी, दुःख–सुख और मान–प्रतिष्ठा एक–दूसरे में ही बसते थे। जब तक बेटा पास था, वे राजे थे। उनकी सोच कभी छोटी नहीं रही। वे मिल कर उसे हर सुख–सुविधा देना चाहते थे, जो उन्होंने उसी ज़मीन से कमा कर दी। न रात देखी न दिन। आराम तो जैसे हराम हो गया था। लोग–बाग यह सोचते थक जाते थे कि शोभा और हंसमी के हाथों में ऐसा कौन–सा देवता वास करता है कि जिस चीज़ को भी छुए वही पैसा उगलने लगे।

हंसमी की गौशाला में कभी इतने पशु और भेड़–बकरियाँ होते थे कि लोग गिनते थक जाया करते। दूध–घी की कोई कमी नहीं होती। अपनी बिरादरी का ऐसा घर न था जहाँ हंसमी के हाथ की लस्सी न जाती। यही धन–दौलत बेटे को पढ़ाने और अफ़सर बनाने के काम तो आयी पर आज अपने ही हाथ खाली रह गये। वरना बेटे के लिए क्यों अपने गाँव–बेड़ के सरीकों से ताने सुनने पड़ते कि बेटा अफ़सर क्या बना माँ–बाप को ही भूल गया। अब बेटे ने कोई चोरी–डकैती तो की नहीं थी, मर्ज़ी का ब्याह ही किया था। पर मन ही मन इस बात की टीस तो रहती ही थी कि एक ही बेटा तो था, घर–आँगन बारात की चाह भी जाती रही।

फिर भी दोनों ने मन मना लिया। जैसा वक़्त आये काट लेंगे। कई बार चूल्हे के पास बैठे–बैठे दोनों अतीत में चले जाते हैं। बचपन से जवानी और जवानी से यह बुढ़ापा, बातों–बातों में आधी रात निकल जाती है। जब बातें नहीं रहतीं तो भीतर के दर्द सालने लगते हैं। शोभा कहने लगता है–

'हंसमी! देख जिसके लिए इतना कुछ किया वह शहर में ख़ुश है। उनकी अपनी दुनिया है। अपना संसार है। हम किसके लिए मर–पिट रहे हैं। कितने दिन जीएँगे दोनों। जो थोड़ा–बहुत बारदाना है बेच–बूच के तीर्थ चलते हैं। पिछले जन्म में तो पता नहीं क्या बुरे कर्म किये होंगे, अब गंगा नहा कर अपना आगा तो सुधारें कहीं। वहीं मर–खप जायेंगे।'

हंसमी शोभा के मुँह को अपने हाथ से ढक देती है–

'शुभ–शुभ बोलो जी। हमारा तीर्थ हमारी गउएँ हैं। पुरखों की इतनी ज़मीन–ज़ायदाद हैं। अब इससे बड़ा क्या तीर्थ होगा। ऐसा क्यों सोचते हो सुरमे के पिता। जो होगा देखा जायेगा। बेटा ज़मीन और माँ–बाप की अहमियत एक दिन ज़रूर जानेगा। हम क्यों अपनी खेती का पाप सिर

पर लें। जब तक प्राण रहेंगे, करेंगे सबकुछ। आज बैल नहीं रहा तो इतने टूट गये सुरमे के बापू?'

उसने शोभा के सामने एक प्रस्ताव रखा कि जो एक बैल पास है उसी से इस साल खेत बाहेंगे। शोभा को घरवाली की बात पर ज़ोर से हँसी तो आयी ही थी पर साथ हैरानी भी हुई। लेकिन हंसमी ने समझाया था कि उस बैल के साथ–साथ जुंगड़ा पकड़ कर वह चलेगी, जिससे बवाई में कोई फ़र्क़ नहीं आयेगा।

शोभा उसकी बात सुन कर स्तब्ध रह गया था। उसने पता नहीं कब हंसमी को खींच कर अपनी छाती से भींच दिया और बच्चे की तरह दहाड़ें मारने लगा था। यह किसी दुख की रुलाई नहीं थी। अपनी घरवाली की हिम्मत और ढाढस बँधने की ख़ुशी के आँसू थे जो पता नहीं कितनी पल झरझराते रहे थे। शोभा को याद नहीं कि उसने कब इस तरह हंसमी को अपनी बाँहों में भरा होगा। कितनी हिम्मत वाली औरत है उसकी। नहीं तो बेटे के गम में कभी की टूट जाती। उसका सीना सचमुच तन जाता है उसकी बातें सुन कर।

शोभा ने अपने गाँव के रिटायर हुए मास्टर मजीठा राम शर्मा और अपने भाई सेवाराम के बीच जब एक दिन मुँह अँधेरे बातें सुनीं तो हैरान रह गया। दोनों उसके घर के नीचे खेत की मुंडेर पर बैठे भाँग की सिगरेटें फूँक रहे थे। उन्हें शोभा के आने की भनक नहीं लगी। वह दुकान से सौदा लेकर लौट रहा था। अपना नाम सुन कर वह ठिठक गया और पेड़ की ओट में चुपचाप खड़ा हो गया। मास्टर मजीठा सेवाराम से बतिया रहा था–

'देख सेवा, मैं कहता था न, शोभा की अकड़ एक दिन जब जायेगी तो कहीं का नहीं रहेगा। बड़ा बनता था ज़मीन वाला। देखता हूँ बिना बैल के कैसे बाहता है फ़सल इस साल।'

'जी मास्टर साहब! अब भाई तो म्हारा सगा है पर इसी ठीस में मर गया कि बेटा अफ़सर है कम्पनी में। ज़मीन सारी अपने पास है। महाराज अब सब की किस्मत नहीं होती ऐसी। चार बेटियाँ होतीं तो देखता खेत बचते कैसे। ये तो आप हैं जो म्हारे को अपने पास नौकरी बी दी और ज़मीन भी रख ली।'

'मैं यही चाहता था सेवाराम, यही चाहता था। कितनी लाणे की

ज़मीन है इस अकड़ू के पास। अब न आगे कोई न पीछे। कमायेगा कैसे। पूत तो घर की तरफ़ टेढ़ी आँख भी नहीं देखता। मैं गया था उसके पास पिछली साल। बोला था मुँह माँगे दाम दूँगा, दे दे ज़मीन।'

'फिर क्या बोला उसने शर्मा जी?'

'वो तो राजी है सेवा, पर इसको देख तो। साँप की तरह बैठा है ज़मीन पर। वह तो बोलता था उसका बाप जब तक है वह बेचने ही नहीं देगा। जिस दिन वह नहीं रहा, दूसरे दिन दे देगा सारी ज़मीन।'

सिगरेट के दो–तीन कश भीतर खींचते हुए उसने सारा धुआँ सेवाराम के मुँह पर उड़ेल दिया था मानो सारी की सारी खिजखिजाहट थूक दी हो।

फिर सेवा के कान के पास मुँह करके धीरे–से फुसफुसाने लगा, 'किसी से कहियो नहीं। अभी से एडवासं भी दे दिया है उस बेवकूफ को।'

'एडवांस?'

यह सुन कर सेवाराम चौंका था। अब उनकी बातें इतनी आहिस्ता भी नहीं हो रही थीं कि शोभा के कानों तक न पड़ें। अँधेरे में तो और भी साफ़ हो कर आने लगीं थीं। शोभा थोड़ा नीचे खिसक लिया था।

'हाँ बई हाँ, एडवांस। उसे ज़रूरत थी। मैं पिछले साल उसकी कम्पनी में किसी काम से गया था। इसी बहाने उससे भी मिल लिया। बातों–बातों में उसने कुछ मदद की बात की तो मैंने लगे हाथ ज़मीन की बात चला दी। वह मान तो गया पर कहने लगा कि सारी तो नहीं लेकिन अपने हिस्से की ज़रूर ठहर कर दे देगा। बई सेवा तू तो जानता है मैंने अपने महकमे में लोग ही चारे हैं। एक बार उँगली हाथ आ जाये तो बाँह पकड़ते कौन–सी देर। पूरा एक लाख दिया है ब्याज पर। उसने शहर में घर लेना था। मैंने बिना सोचे उसे एक लाख दे दिया। अब देख न, पक्का कागज़ बनाया है। मैं जानता हूँ साल–दर–साल ब्याज बढ़ता रहेगा और जिस दिन शोभा गया ज़मीन हमारी।'

दोनों ने ज़ोर से ठहाका लगाया था।

शोभा को जैसे काठ मार गया था। सुन कर गिरते–गिरते बचा था। उसके कानों में उनके ठहाके ऐसे गूँज रहे थे मानो बर्रे घुस गये हों। वह बेचारा अँधेरे में मरता–पड़ता घर पहुँचा था। टाँगों में जैसे जान ही नहीं रही। आँगन पहुँचा तो थोड़ा अपने आप को सहज किया ताकि भीतर हंसमी को कुछ भनक न लग जाये। उसके बावजूद भी थकान चेहरे पर साफ़ दिख रही थी। यह किसी काम के बोझ की न थी। न ही मीलों

पैदल चलने की। बेटे की कारगुजारियों की थी। अपने सरीकों के पास अपनी ज़मीन गिरवी रखने की थी। सोचने लगा था शोभा। बेटे को बाप नहीं याद आया वरना एक तो क्या दो लाख मार देता उसके मुँह पर। मारता क्यों प्यार से दे देता उसे। उसी का ही सबकुछ है। हमारा क्या, आज मरे तो कल दूजा दिन।

हंसमी ने जब देखा कि शोभा का माथा पसीने से तर–ब–तर हो रहा है तो ताड़ गयी कि शोभा परेशान हैं। पर उसे बात सँभालनी आती थी। झटपट बिना कुछ पूछे चाय की डेगची चूल्हे पर चढ़ा दी। सिल–बट्टा अपनी ओर खींचा और उस पर एक अदरक की डली और दो इलाइचियाँ रख कर पीस दीं। साथ काली मिर्च के साबुत दो–तीन दाने भी। चाय में डालते हुए चूल्हे में जल रही लकड़ियों की आँच तेज कर दी। चाय उबलने लगी थी। दूध डाला और उबाल आते ही उसे उतार दिया।

शोभा ने इस बीच बीड़ी सुलगा ली थी।

चाय पकड़ाते हुए प्यार से पूछा, 'सिर दर्द कर रहा है जी क्या?'

'नहीं हंसमिए नहीं, ऐसा कुछ नहीं है।'

'कुछ तो हुआ ही है न जो माथा गर्म है। देखते नहीं कितना पसीना चूने लगा है।'

एक साथ तीन–चार कश बीड़ी के खींचे थे शोभा ने। धुआँ कहीं भीतर ही भीतर फेफड़ों में जज़्ब होता रहा।

वह हंसमी से कोई बात नहीं छुपाता था। सारा क़िस्सा जब उसे बताया तो वह भी सुनकर सन्न रह गयी कि अपना जाया भी अब ये सब करने लगा है। उसके चेहरे पर कई तरह के भाव आ रहे थे। शोभा ने बीड़ी चूल्हे में फेंकी और चाय सुड़कते हुए कहने लगा, 'क्या चाय बनायी है हंसमी, सारी थकावट भाग गयी। तू चिन्ता न कर, मैं बैठा हूँ न अभी।'

हंसमी को एकदम कुछ ख़्याल आया था। उसने शोभा को बाँह से पकड़ा और साथ वाले कमरे में ले गयी जहाँ टीवी रखा था। शोभा के दुकान जाने के बाद उसने टीवी को चला दिया था और वहाँ एक विज्ञापन आ रहा था। ज़्यादा उसे कुछ समझ नहीं आया था कि आखिर वह है क्या। उसने उसी समय सोचा था कि वह इसे शोभा को दिखाएगी। जैसे ही वह कमरे में गये फिर वही विज्ञापन शुरू हो गया था। शोभा ने एक सीरियल के बीच उसे कई बार देखा और समझ गया कि वह क्या था। उसके चेहरे पर रंगत आ गयी थी। बिल्कुल वैसी ही जैसी डोरू और बोरू

को गौशाला से खोलते हुए फ़सल बीजने के समय आया करती। एकदम कहने लगा, 'बैल आ गया हंसमी, बैल आ गया।'

शोभा और उसकी घरवाली का कोई ज़्यादा खर्च तो था नहीं। साल–फ़सल ख़ूब होती थी। यहाँ तक कि जब सरकारी डिपू में राशन नहीं आता तो लोग पाँच–दस सेर गेहूँ या मक्की ख़रीदने शोभा के पास चले आते थे। पहले जब हंसमी ने पाँच–छह गायें और एक भैंस रखी थी तो उस दौरान ख़ूब घी–दूध बिकता था। पैसे शोभा गाँव के डाकखाने में जमा करवा देता था।

साल–फ़सल के साथ शोभा कई दूसरे काम भी किया करता था। हंसमी भी चुप कहाँ बैठती थी। दिन भर कुछ न कुछ करती रहती। उसके हाथ में तो जैसे सरस्वती बसी रहती। वह गेहूँ की बालियों की इतनी उम्दा चीजें बनाती कि अच्छे से अच्छा कलाकार भी दंग रह जाता। गाँव की पंचायत ने एक सोसाइटी बना रखी थी जहाँ हंसमी के हाथ की ये चीज़ें आसानी से बिक जाया करतीं।

शोभा भी हाथ की कारीगरी में माहिर था। वह कभी बाँस काटकर लाता और कई–कई दिन माँग पर किल्टे, डालें और अनाज के लिए बड़ी भलोटियाँ बनाया करता। यह काम ख़त्म होता तो शेल की रस्सियाँ और पशुओं को गलावें तथा छिकड़ियाँ बनाने में व्यस्त रहता। इस काम के लिए शोभा के पास कभी उसके अपने गाँव से कोई नहीं आता था। जो भी आता वह बाहर के परगने से ही आता था।

सुबह शोभा ने सबसे पहले अपने भतीजे को फ़ोन लगाया। उसका भतीजा बीडीओ दफ्तर में चपरासी था। वह जब भी गाँव आता तो उनके पास ज़रूर एक–दो दिन रुक कर जाता था। दूसरे–तीसरे दिन शोभा और हंसमी के फ़ोन पर हाल भी पूछ लिया करता था। शोभा ने उस विज्ञापन के बारे में उसे जब बताया तो उसने उसे दो दिन बाद अपने दफ़्तर ही बुला लिया था।

शोभा के पास बहुत कम समय था। वह कई काम निपटाना चाहता था। पहले वह डाकखाने में गया और अपनी पासबुक पूरी करवाई। उसने कभी ध्यान से उसे देखा भी नहीं था। जब उसने पोस्ट मास्टर से पूछा

तो वह सुनकर दंग रह गया कि उसके खाते में तीन लाख से ज़्यादा है। शोभा को डाकखाने वालों ने समझाया भी था कि इतने पैसों को फिजूल खाते में रखा है। इसकी एफडी क्यों नहीं बना लेता। पर शोभा ने इस तरफ़ कभी ध्यान ही नहीं दिया था।

अब शोभा ने दो लाख रुपये निकालने का निवेदन किया। गाँव के डाकखाने से एक साथ इतने पैसे निकालना सम्भव नहीं था। पर शोभा के अनुरोध पर उन्होंने इसका प्रबन्ध कर दिया था।

पैसे मिलते ही शोभा सबसे पहले मास्टर मजीठा राम शर्मा के घर चला गया। मास्टर ने उसे खिड़की से आते देख लिया था। थोड़ा हैरान भी हुआ कि आज शोभा कैसे आ गया था। फिर सोचा कि अब बैल तो है नहीं, किसी ज़रूरत को ही आया होगा। इसलिए वह बाहर ऐसे छाती फुलाकर निकला मानो ऊँट पहाड़ के नीचे आ गया हो।

'राम राम मास्टर जी।'

शोभा की यह शुरू से आदत थी कि वह अपनी बिरादरी की तरह कभी ऊँची जात वालों को 'पैरी पावणा' यानी पैर पड़ना नहीं बोलता था। वरना उसके अपनी जात के अधेड़ मर्द और औरतों तक अपनी उम्र के बीस–तीस साल छोटों के भी पैर पड़ते नहीं सकुचाते थे।

मास्टर ने कोई जवाब नहीं दिया। जानता था कि शोभा पैरी पावणा करता तो वह आशीर्वाद दे देता। 'जीता रह भई शोभा' बोलता। इसलिए सीधे व्यंग्य से पूछ लिया, 'आज म्हारे गरीब खाने कैसे पधार गये भई शोभा ज़मींदार।'

उसने ज़मींदार शब्द पर कुछ ज़्यादा ही खिंचाव दिया था।

शोभा ने भी उसी लहजे में जवाब दिया था, 'बेटे ने पैसे भेजे हैं।'

मास्टर को काटो तो ख़ून नहीं। ऐसे लगा साँप डंक मार गया। एक पल तो कुछ सूझा नहीं । जितने में सूझता, शोभा ने शंका का समाधान किया–

'इसमें परेशानी की क्या बात मास्टर जी। आप ने तो ऐसे मुँह बना लिया मानो उधार माँग रहा हूँ। पैसे बेटे ने मेरे को पूछ कर ही लिए थे। अब उस वक़्त मेरे पास तो थे नहीं इतने पैसे। आपका ख़्याल आया। आपने तो हमारी बड़ी ज़रूरतें पूरी की हैं मास्टर जी।'

मास्टर को बात चुभ गयी थी। क्योंकि वह जानता था शोभा ने आज तक एक टका कभी उससे उधार नहीं लिया था। उसकी सिट्टी–पिट्टी

गुम। मन ही मन गाली दी, साले बाप–बेटा दोनों गेम खेल गये। अब इतनी रकम नकद वापिस मिले तो मना भी कैसे करता।

'हाँ ब्याज भी बता देना कितनी हुई?'

मास्टर के पास अब कोई दूसरा विकल्प नहीं था। न वह यह बोल पाया कि बेटे ने तो ज़मीन का एडवांस बता कर लिया था। वह शोभा से उलझना भी नहीं चाहता था क्योंकि उसकी दबंगता से वह वाक़िफ़ था।

ऐसे भीतर गया मानो किसी ने सिर पर सौ जूते जड़ दिये हों। पक्का काग़ज़ ट्रंक से निकाला और ब्याज जोड़ कर बाहर आ गया।

'मूल एक लाख और उस पर एक साल के साढ़े बारह हज़ार शोभा।'

शोभा ने पहले ही एक लाख बारह हज़ार एक रूमाल में बाँध लिए थे। जेब से नोट निकाले और मास्टर को थमा दिये।

उसकी समझ में कुछ नहीं आया। शोभा ने जैसे दिये वैसे अपनी सदरी की जेब में ठूँस दिये थे।

शोभा ने जब देखा कि उसने पैसे गिने नहीं तो झटपट कहने लगा, 'ना ना मास्टर जी ऐसे नहीं करो। पैसे का मामला है। सौ–पचास होते तो भी कोई बात नहीं। बड़ी रकम है गिन लो।'

'तेरे पर विश्वास है शोभा।'

इस बार मास्टर पहले से कहीं विनम्र हो गया था। लेकिन शोभा कोई मौक़ा चूकना नहीं चाहता था।

'ज़माना ख़राब है मास्टर जी। आज विश्वास तो अपने ख़ून का नहीं होता। आप मेरे सामने गिन लो पैसे।'

मास्टर ने जेब में रखे पैसे निकाले और वहीं दीवार के साथ पीठ लगाकर गिनने लगा। नोट हज़ार–हज़ार के थे इसलिए ज़्यादा समय नहीं लगा था।

'पूरे हैं शोभा, बिल्कुल पूरे।'

उसके मन में एक बार आया कि शोभा को शायद पक्के काग़ज़ का ज्ञान नहीं होगा। लेकिन फिर सोचा कि बेटे ने तो बता ही दिया होगा। झटपट काग़ज़ उसको पकड़ा दिया था।

शोभा ने तुड़ा–मुड़ा काग़ज़ देखा। जेब से दियासलाई निकाली और मास्टर के सामने ही बीड़ी जला दी। उसे होंठो के बीच फँसाया और उस काग़ज़ में आग लगा दी। जब वह पूरी तरह जल गया तो अपने पैर से मसलते हुए चुपचाप निकल गया।

मास्टर को लगा जैसे वह काग़ज़ नहीं बल्कि उसके कलेजे को जला कर मसल गया था। अपने ही आँगन में ऐसे खड़ा रहा जैसे वह निपट अँधेरी रात को किसी श्मशान में भूत–पिशाचों के बीच फँस गया हो। शोभा की जलाई दियासलाई की वह लपटें जैसे उसके भीतर घुसकर सुलग रही हों।

शोभा घर लौट कर सारी बात हंसमी को सुनाने लगा। वह जब मास्टर के हाव–भाव बता रहा था तो उसके चेहरे पर गज़ब की चमक थी जो चूल्हे में जल रही लकड़ियों की आँच जैसी लग रही थी। हंसमी ने मन ही मन सोचा कि आज मास्टर का कलेजा ज़रूर इस आँच से जल गया होगा।

शोभा बीडीओ कार्यालय चला गया था। उसके भतीजे ने पहले से ही शोभा के काम की सारी औपचारिकताएँ पूरी कर दी थीं। शोभा के पहुँचते ही उसने कई काग़ज़ों पर उसके दस्तख़त करवाये और अनुदान काट कर सारा पैसा जमा हो गया। शोभा किसी स्कूल में नहीं पढ़ा था परन्तु जब बेटा गाँव के स्कूल में पढ़ता था तो उसने शोभा को थोड़ा–बहुत पढ़ना–लिखना सिखा दिया था।

दो–तीन दिनों तक किसी को कोई पता नहीं चला कि शोभा कहाँ है, क्या कर रहा है। इस बीच सभी ने मक्की की फ़सल बीज दी थी। बस शोभा के खेत उजड़ दिख रहे थे, जिन्हें देख कर दोनों बिरादरियों के लोग ऐसे ख़ुश थे जैसे इस बार उनके घर में बेटे हुए हों।

एक सुबह जब शोभा के खेत में ऐन तड़के मोटरसाइकिल की फटफटाहट जैसा शोर सुनाई दिया तो लोग घरों से बाहर निकल पड़े।

शोभा एक आदमी के साथ अपने खेत में एक छोटा–सा यन्त्र बैलों की तरह हाँक रहा था और हंसमी उन दोनों के पीछे–पीछे बीज डाल रही थी। सहायता के लिए उसका भतीजा भी आज वहीं था। पहले तो उसे चलाते हुए शोभा थोड़ा घबराया। फाटें इधर–उधर गयीं। हाथ काँपते रहे। सन्तुलन बिगड़ता रहा। बिल्कुल वैसे ही जैसे पहली बार डोरू और बोरू को खेतों में जोड़ते–लगाते हुआ था। पर जैसे–जैसे फाटें देता रहा उसका हाथ उस यन्त्र पर बैठता चला गया था।

गाँव के लोग इस नये तमाशे को देखने आने लगे थे।

अब मास्टर मजीठा राम भी कहाँ घर बैठने वाला था। वह भी लोगों के साथ वहाँ चला आया था। पीछे–पीछे मास्टर की घरवाली थी। वह खिसकती–खिसकती हंसमी के पास चली आयी और धीरे–से पूछने लगी, 'ये क्या है हंसमी।'

उसकी आवाज़ ठण्डे पानी की तरह हंसमी के केलेजे पर पड़ी थी। उसे लग रहा था कई दिनों का जलता मन ठण्डा हो गया है। वह हल्की–सी मुस्कराई पर जवाब बहुत ज़ोर से दिया, 'देखती नी पंडताणी लोहे का बैल है और क्या?'

हंसमी की बात सुन कर सबसे पहले कम्पनी का आदमी हँसा। उसके बाद शोभा का भतीजा और फिर यह हँसी जैसे वहाँ खड़े गाँव वालों के मुँह पर चली गयी थी।

शोभा उस मिनी ट्रैक्टर को चलाते हुए ऐसे हूँ...हाँ...कर रहा था मानो डोरू और बोरू को फाटों में हाँक रहा हो।

जनसत्ता : वार्षिक अंक 2013

पत्थर का खेल

सीतु की आँखों में नींद नहीं है। ज़रा–सी आँख लगती है तो भयानक मंज़र दिखने लगते हैं। उसे लगता है कि उसके स्कूल के झोले से कापियाँ और किताबें बाहर निकलने लगी हैं। उनके पीछे पेंसिलें और पेन हैं। ज्योमैट्री बॉक्स है। बाहर निकलते ही उन्होंने अजीबोगरीब शक्लें अख़्तियार करनी शुरू कर दी हैं। कापियाँ–किताबें आदमी और औरतें बन गयी हैं। वे कई टोलियों में बँट रही हैं। किसी ने भगुवा वस्त्र धारण किये हैं जिनके माथे पर लम्बे–लम्बे सिन्दूर और चन्दन के तिलक हैं। कोई आदमी होकर सलवार–कुर्ता पहने हुए हैं जिनके सिर पर कटोरीनुमा सफ़ेद झालरी टोपियाँ हैं। किसी ने पूरे शरीर को सफ़ेद चोलों में ढक लिया है और मुँह पर पट्टियाँ बाँध रखी हैं। कुछेक के सिर पर कई रंगों की पगड़ियाँ बँधी हैं। कुछ धोती–कुर्ते में हैं तो बहुत से साधारण लिबासों में। पैंसिलें और पेन दराट–दराटियों, झब्बलों और बन्दूकों में तब्दील हो गये हैं। ज्योमेट्री बॉक्स में प्रकारें, रबड़, डी स्केल नहीं हैं, उनमें नुकीली त्रिशूलें, तलवारें और नयी किस्म की राइफलें हैं। वह देखता है कि पल भर में लोग उन ख़तरनाक हथियारों से लड़ने लगे हैं। एक–दूसरे को मारने लगे हैं। चारों तरफ़ हाहाकार मची है। आदमी, औरतें और बच्चे जगह–जगह गली, मुहल्ले, खेतों और सड़कों में पड़े कराह रहे हैं। तड़प रहे हैं। किसी की बाजू नहीं हैं। किसी की टाँग कट गयी है। कोई बेसिर पड़ा है तो कोई निपट नंगा ख़ून से लथपथ है।

वह बिस्तर से उठ गया है। सारे दृश्य अँधेरा होते हुए भी उसके भीतर ज्यों के त्यों ज़िन्दा हैं। वह जैसे अपने बिस्तर पर नहीं है। अपने घर के कमरे में नहीं है। अपने स्कूल के झोले के साथ नहीं है। किताबें और कापियों के साथ नहीं। वह किसी अँधेरी खाई में हैं जहाँ से बाहर निकलने के लिए छटपटा रहा है। उसका शरीर कँपकँपाने लगा है। यह

थरथराहट ऐसी है जैसे सक्रान्त के दिन गाँव के मन्दिर में देवताओं के गूरों में देवछाया के रूप में प्रवेश होती है।

पर वह तो गूर नहीं है, दींवा नहीं है। किसी देवता का चेला नहीं है। वह सीताराम है जो आठवीं में पढ़ता है। घर में उसे सभी प्यार से सीतु बुलाते हैं। जाति का ब्राह्मण है। देवता का दींवा तो उसका दादा है, जिसके लम्बे–लम्बे बाल हैं। दादा बालों को बाँध कर उन पर टोपी लगाये रहते हैं। दादा बताते हैं कि ये साधारण बाल नहीं हैं। देवता के बाल हैं। उनमें देवता बसते हैं। दादा इसलिए बहुत साफ़–सुथरे रहते हैं। मांस–अण्डा नहीं खाते। शराब–सुल्फा नहीं पीते। सूतक–पातक में कहीं नहीं जाते। जाते भी हैं तो किसी के हाथ का चाय–पानी नहीं पीते। घर में भी छोत–छिप्पत का विशेष ध्यान रखते हैं। सीतु की माँ जब छूने वाली (रजस्वला) होती है तो चार दिनों तक भीतर नहीं आतीं, गौशाला में सोती है। वहीं चाय–पानी होता है। रोटी–टुकड़ा होता है। दादा सात दिनों तक उसके हाथ की रोटियाँ नहीं खाते। वे रोज़ बाहर–भीतर सुबह शाम गौंच (गोमूत्र)–गंगाजल छिड़कते हैं। वे बताते हैं कि इससे जगह पवित्र रहती है। बुरी आत्माएँ नहीं आतीं। भूत–प्रेत नहीं आते। देवता नाराज़ नहीं होते। दादा के नियम कड़े हैं, सीतु जानता है।

सीतु वापिस अपने बिस्तर पर आता है और पूरे जिस्म को रज़ाई में ढक लेता है। बहुत जल्द उसे उमस होने लगती है। जी घुटने लगता है। वह मुँह पर से रज़ाई नीचे की ओर खिसकाकर कई बार लम्बी–लम्बी साँसे भरता है। अभी भी वे मंजर आँखों में तैर रहे हैं। मस्तिष्क में घूम रहे हैं। अँधेरे में आँखें, आँखें नहीं हैं। आँखें तभी हैं जब रोशनी है और रोशनी वह जलाना नहीं चाहता। अब वह अँधेरे की आँखों से देख रहा है। दादा स्मृति में आ रहे हैं। वह दो–तीन साल पीछे चला जाता है। आज की रात दिवाली की रात है। दो सालों से दादा अब इस रात देवता की कोठी के पास नहीं जाते। वहाँ पहले की तरह बरलाज नहीं जलता। रामायण–ठामरू नहीं गाया जाता। बरलाज की मीठी–मीठी तपिश में उसके चारों ओर दादा के साथ गोल घेरे में लोग नहीं नाचते। कोई अब राम–सीता नहीं गाता। हरिया चाचा का ढोल नहीं बजता। मस्तू ताऊ का नगाड़ा नहीं बजता। नीमलू काका की शहनाई नहीं बजती। लच्छमिया दादू का चांबी नहीं धमकता। जैसे लोग देवता के काम भूल गये हैं। रीति–रिवाजें किसी को याद नहीं हैं। रस्में निभाना अब किस्सी को नहीं

आता। दादा कहते हैं ये बातें गाँव–बेड़ के लिए शुभ नहीं हैं। परगने के लिए ठीक नहीं हैं। साल–फ़सल के लिए अच्छी नहीं हैं। लोगों की सुख–शान्ति के लिए भली नहीं हैं।

सीतु को दादा की बातें याद आ रही है। उनकी उदासियाँ याद आ रही हैं। पिता से नाराज़गी याद आ रही है। दादा को मलाल है कि पिता का भी इस तरफ़ कोई ध्यान नहीं जाता। वे जबसे गाँव के प्रधान बने हैं, उनके पाँव ज़मीन पर नहीं है। प्रधान बनना बुरा नहीं है पर उसकी आड़ में गलत काम करना संगत नहीं है। सीतु जानता है जबसे पिता ने प्रधानी सँभाली है कहीं कुछ बदल रहा है। घर में देर रात तक महफिलें जमी रहती हैं। ख़ूब ताश–शराब चलती है। बकरे कटते हैं। जंगली मोर–मुर्गे और हिरन मार कर घर लाये जाते हैं। पर उन्हें कोई कुछ नहीं बोल सकता। दादा ने जब विरोध किया तो ख़ूब लड़ाई–झगड़ा हुआ और उसी दिन से दादा ने पिता से बोलना बन्द कर दिया। देवता के काम करने छोड़ दिये। दादा दुखी मन से बताते हैं कि जब अपना ही घर ठीक नहीं तो देवता के पास जाकर कौन–सा सुख पाना है।

सीतु पड़ोस के बच्चों के साथ काफ़ी देर फुलझड़ियाँ जलाता रहा था। पटाके चलाता रहा था। उसके साथ इस बार अपनी बिरादरी के दो–चार ही बच्चे थे। उनका गाँव बहुत बड़ा है। अब तो वह छोटा–मोटा शहर लगता है। गाँव में जहाँ पहले दो–चार दुकाने हुआ करती थीं वहाँ बाज़ार बस गया है। छोटी–बड़ी गाड़ियों का जमघट लगा रहता है। आस–पड़ोस के गाँवों और इलाकों को बसें यहीं से होकर गुज़रती हैं। गाँव में कई बिरादरियाँ हैं जो आर–पार और नीचे–ऊपर बसी हैं। एक तरफ़ सवर्णों के घर हैं जिसके बीच सीतु का दो मंज़िला सुन्दर मकान है। उसके दायीं तरफ़ नीचे की ओर मुसलमानों के परिवार हैं। उनकी बगल में लुहारों का गाँव है। दूसरी दलित जातियों के घर हैं। बाज़ार में उन सभी की मिली–जुली दुकानें हैं।

सीतु की दिवाली पहले ख़ूब मनती थी। घर के नीचे बहुत बड़ा खेत है जिसमें वे बरलाज जलाते थे। सुबह से ही बच्चे वहाँ मक्की के सूखे डंठल, घास और दूसरी झाड़ियों का ढेर लगा लेते और एक बाँस की डाल में सभी अपने–अपने पटाखे रख देते थे। जब दादा, पिता और परिवार के

दूसरे लोग दिवाली पूजकर फारिग होते तो बच्चों का बरलाज जलता। इससे पहले सीतु को अब एक ज़रूरी काम करना होता। पहले ये काम उसके पिता किया करते थे। गाँव की रिवाज के मुताबिक़ हर घर से देवता के मन्दिर के प्रांगण में बरलाज जलाने के लिए एक मोटा लक्कड़ छोड़ना होता। अब सीतु उसे दिन ढलते ही छोड़ दिया करता। बरलाज जलता तो पूरा गाँव रोशन हो जाता। बच्चे मिलकर पटाखे चलाते। आतिशबाजियाँ और रंग–बिरंगी फुलझड़ियाँ जलाते। अनार इन्द्रधनुषी समा बाँध लेते। फिरकियाँ पूरे आँगन में दौड़ती रहतीं। बच्चों के बीच कोई तेरा–मेरा नहीं होता। अपना–पराया नहीं होता। दिवाली महज़ दिवाली होती। एक दीये से हज़ारों दीये जलते। उनसे हर घर, हर आँगन रोशन होता जाता।

आज ऐसा नहीं है। सीतु सोचता है कि इस गाँव को किसी की नज़र लग गयी है। क्या दादा सच कहते हैं कि जब से पिता ने प्रधानचारी सँभाली है, कुछ अच्छा नहीं हो रहा। पिता के साथी संगी ऊँचे लोग ही हैं। उनमें दूसरी जातियों के क्यों नहीं हैं जबकि पहले तो सब मिलजुल कर रहते थे। काम करते थे। एक–दूसरे की ब्वारियाँ देते थे। सुख–दुख में साथ होते थे। पर आज तो गाँव में ही नहीं स्कूलों तक इसकी आँच चली गयी है। सीतु जानता है अब स्कूल में भी बच्चे साथ–साथ नहीं रहते। ऊँची जातियों के बच्चों के साथ दूसरी जातियों के बच्चे खेलने से डरते हैं। निचली जातियों में भी कई टोलियाँ हैं। दिन के खाने में बिरादरी देखकर बैंठे बैठती हैं। सीतु को भी उसके पिता ने कितनी बार डाँट–डपट दिया है कि वह इन बाहर के बच्चों के साथ न खेला करे। उन्हें ज़्यादा मलाल मुसलमान के बच्चों के साथ खेलने में है। बाज़ार में भी आये दिनों किसी न किसी बात को लेकर उनसे झगड़े होते रहते हैं। सीतु को पिता का पहनावा भी अजीब लगता है। वे अब ज़्यादातर साधुनुमा कुरता पहनते हैं जिसके नीचे जीन पहनी होती है। गले में उसी रंग–पटका सा लटकाये रहते हैं जिसमें जगह–जगह फूल छपे होते हैं। ये कपड़े गाँव का दर्ज़ी नहीं सिलता न गाँव की दुकान में मिलते हैं। ये शहर से पैकेटों में आते हैं, जिन्हें कुछ अनजान लोग दे जाते हैं। वे जब आते हैं तो उसी के घर में ठहरते हैं। पिता के कमरे में खाते–पीते और सोते हैं। पिता के दूसरे साथी भी वैसे ही पहनावे में होते हैं। पिता के कमरे के साथ एक स्टोर रूम है जिसका रास्ता उन्हीं के कमरे से जाता है। सीतु खिड़की से चुपके–चुपके वहाँ झाँक लेता है। यह ताक–झाँक तभी होती

है जब पिता बाहर गये होते हैं। उसमें पिता के कुरते के रंग जैसे झण्डे हैं। दर्जनों नुकीली चोंच वाली लोहे की छड़ें हैं। ऐसी छड़ें उसने गाँव के शिव मन्दिर के पास गड़ी देखी हैं जिनमें डमरू बँधा होता है। उन्हीं के साथ बांस के मोटे डंडे रखे हैं। एक कोने में कुछ बन्दूकें भी हैं। सीतु ने दादा से कई बार पूछा है पर उत्तर के बजाय डाँट खानी पड़ी है। वह नहीं जानता पूछने पर दादा की भवें क्यों चढ़ जाती है...मुँह लाल क्यों हो जाता है...आँखों में ख़ून क्यों तैरने लगता है?

यह सोचते–सोचते सीतु की आँख लग जाती है। काफ़ी देर वह घनी नींद में रहता है लेकिन जब हाँफता हुआ उठता है तो अपने को दादा की गोद में पाता है। कमरे में अँधेरा नहीं है वह जैसे सीतु के भीतर दुबक गया है। वह हाँफ रहा है मानो दादा के देवता उसमें आ गये हैं। वह पूरी तरह देवछाया में हैं। दादा रसोई में जाकर थोड़ा आटा लाते हैं। उसके ऊपर से घुमाकर मन्त्रोच्चारण के साथ दहलीज से देवता की कोठी की तरफ़ फेंक देते हैं। यह देवता के लिए रोट है। सीतु के ऊपर किसी बुरी बला का साया चढ़ गया है, दादा सोचते हैं। सिरहाने रखे जग से पानी गिलास में उड़ेल कर सीतु को पिलाते हैं। वह एक साँस में पानी का गिलास गटक लेता है। दादा कभी उसकी पीठ और कभी छाती मलने लगते हैं। जब वह कुछ शान्त हो जाता है तो दादा आहिस्ता से पूछते हैं, 'क्या हुआ था सीतु?'

दादा के पूछते ही वे दृश्य उसके मस्तिष्क में घूमने लगते हैं। एक पल के लिए सीतु उनके साथ पीछे चला जाता है और झटके से वापिस लौटता है।

'एक भैंसा था दादा।'

'भैंसा?'

दादा चौंकते हैं।

'हाँ दादा! उसके बहुत लम्बे सींग थे। एक–एक सींग में तीन–तीन सींग। तरशूल जैसे। और...दादा...उनमें ख़ून था लिपटा हुआ। थोड़ी देर में उस जैसे कई भैंसे आ गये। उनके मुँह डरावने थे। ...वह ...दादा... पहले मेरे पीछे भागे। मैं भागता हुआ बाज़ार में पहुँचा...और साहबदीन की मन्यारी की दुकान में छुप गया। वे वहीं आ गये। उन्होंने सींगों से वह

दुकान उखाड़ दी। मैं बचता–बचाता बूट गाँठने वाले शिब्बू काका की दुकान में घुस गया। एक ने उनके पेट में सींग घोंप दिये और उठा कर खेतों में फेंक दिया। फिर कई दुकानों को सींगों से तोड़ दिया। लोगों को मार दिया। खुरों से कुचल दिया...एक भैंसा मेरे पीछे भाग रहा था...और मैं...दौड़ रहा था...पता नहीं कहाँ–कहाँ...जंगलों से...धारों से...खेतों से...और फिर अचानक एक अँधेरी गहरी खाई में गिर गया... ।'

'खाई में...?'

'कई भैंसे खाई के ऊपर आ गये। वे अपने मोटे–मोटे खुरों को पटक रहे थे। सींगों से मिट्टी–पत्थर निकाल रहे थे। अपने डरावने सींग मेरी तरफ़ कर रहे थे जैसे मुझे वहाँ से खींच लेंगे।'

दादा सीतु की बातें सुनकर लम्बी–लम्बी साँसे ले रहे थे। बीच–बीच में हे देवा बोल रहे थे।

'और फिर...?'

'एक छोटी–सी लड़की आयी दादा...प्यारी–सी लड़की। उसने दो गुतें की थीं। गुतों में लाल रिब्बन थे। सिर पर गोटे वाला चादरू था। गले में चाँदी के हार थे। नाक में बालू था दादा। कानों में लम्बे–लम्बे सोने के काँटे थे। माथे पर बिंदिया भी थी। हाथों में काँच की चूड़ियाँ। भरी हुई बाँहें थीं दादा। पैर नंगे थे पर पायजेबें थीं पहनी हुई...चाँदी की। जब वह आयी तो सारे में उसकी चूड़ियों और पायजेबों की खनक बिखर रही थी। अँधेरा था पर लगा चारों तरफ़ रोशनी हो रही है। कूजों के फूल की तरह सुगन्ध आ रही थी। उसने मुझे उस खाई से खींचा था दादा...और जब मैं बाहर निकला तो उसने कहा, अब घर जाओ तुम। बिल्कुल वैसे ही दादा जैसे अम्मा बोलती है। उसकी आवाज़ अम्मा की तरह थी।'

और यह कहते–कहते सीतु दादा की छाती के साथ ज़ोर से चिपक गया था। बहुत देर तक उसका सिसकना बन्द नहीं हुआ। दादा की भी आँखें भर आयी थीं।

जब सीतु का रोना रुका तो दादा समझाने लगे थे, 'तू तो भाग्यवान है रे सीतु...किस्मत वाला है तू।'

दादा की यह बात सुनकर सीतु को अटपटा–सा लगा था कि वह तो सारी रात का परेशान है। कभी कुछ दिखता है, कभी कुछ होता है, कभी डरावना भैंसा मारने आता है और अब दादा बोलते हैं तू भाग्यवान है।

'हाँ रे सीतु! वह जो लड़की थी न वह 'खेल के चौरे' के मन्दिर की

देवी माँ थी। उसकी तुम्हारे पर बहुत रक्षा है। कल तो 'पत्थर का खेल' है न। तू जब वहाँ जायेगा, उसके मन्दिर में ज़रूर जाना। एक सरतवाज का हार भी उसको ले जाना। उसे चढ़ाना और मन से रोट–धूप करना। पर जाने से पहले अपनी अम्मा के पाँव ज़रूर छूना बेटा।'

सीतु चुप हो जाता है। उसकी समझ में कुछ नहीं आता है।

सीतु के मन में पिता की वे सारी बातें याद आने लगी थीं जो उसने सुनी थीं। जब वह बच्चों के साथ पटाखे चला रहा था तो उसने देखा कि कुछ अनजान लोग पिता के साथ आये थे। इनके पास लम्बे–लम्बे गठड़ थे जिन्हें कपड़ों में बाँध रखा था। पिता ने झटपट उन्हें उसी कमरे में रखवा दिया था जहाँ पहले से ही त्रिकोणी चोंच वाली लोहे की छड़ें और बाँस के डंडे रखे हुए थे। थोड़ी देर बाद गाँव के वे ज़वान छोकरे भी आ गये थे जो हमेशा उसने पिता के साथ देखे थे। सीतु को दादा ने कई बार बताया था कि ये लड़के बिगड़े हुए हैं। गलत धन्धे करते हैं। भाँग–दारू बेचते हैं। घर में शराब निकालते हैं। गाँव के बाज़ार और मेले–त्योहारों में दंगे–फ़साद करते हैं। इन पर कई मुकद्दमें चल रहे हैं। कई बार जेल जा चुके हैं। सीतु को याद है कि जब पिछले चुनाव हुए थे तो वे सभी पिता के साथ घूमते रहते थे। मुसलमानों और दलितों के गाँव–घरों में जा–जा कर उन्हें अपनी पार्टी को वोट देने के लिए धमकाते–डराते रहते थे। उन्हें पीटते–मारते भी थे।

सीतु ने पटाखे चलाते–चलाते घर के पीछे छुपकर पिता के साथ इनकी बातें सुन ली थीं। पिता उन्हें समझा रहे थे कि किस तरह कमरे में रखी ये सारी चीज़ें छुपा कर गाड़ी में ले जानी हैं और जहाँ से उनकी टोली दूसरी टोली पर पत्थर फेंकेगी तो बहुत सूझ–बूझ से झगड़ा शुरू कर देना है। इस बार दूसरी टोलियों वाले बचने नहीं चाहिए। झगड़ा इतना बढ़े कि वह मेले से बाज़ार तक आ जाये और वहाँ जो इनकी दुकानें हैं वे जलकर राख हो जाये। वे इतने पिटने चाहिए कि फिर गाँव में न दिखें। सीतु पिता की बातें सुनकर सिहर उठा था।

अचानक सीतु ने दादा से पूछा था, 'दादा! ये मेला...बन्द नहीं हो सकता?'

दादा चौंके थे।

'क्या बोला रे तू सीतु...?'

'मतलब दादा, मेले में जो एक–दूसरे पर पत्थर फेंकने का खेल होता है वह बन्द नहीं हो सकता?'

'अरे नहीं न बेटा। यही तो इस मेले की जान है। तू देखता नहीं कितनी दूर–दूर से लोग इसे देखने आते हैं। यह तो जान है इस मेले की। रिवाजों को कोई तोड़ सकता है क्या। जब किसी टोली के आदमी को पत्थर लगेगा तो उसके ख़ून से ही देवी माँ ख़ुश होगी।'

'पर दादा! उसका तो और तरीक़ा भी हो सकता है न। आपस में लड़ कर या पत्थर मार कर सिर फोड़ना, फिर ख़ून चढ़ाना ही तो तरीक़ा नहीं है।'

'ये कोई बच्चों का खेल नहीं है रे सीतु! फिर तेरी–मेरी बात कौन सुनेगा। अब देख मेरी उम्र सतहत्तर पार होने लगी है। जब से होश सँभाला है कभी यह मेला और वह पत्थर का भेढ़ बन्द नहीं हुआ।'

'पर दादा कभी उधर कोई झगड़ा–फ़साद भी तो न हुआ होगा?'

दादा को बात समझ नहीं आ रही थी कि सीतु आख़िर कहना क्या चाह रहा था। वे अभी कुछ सोच ही रहे थे कि सीतु ने पूछ लिया, 'पहले तो दादा दोनों टोलियों में सभी जात के लोग होते थे। पर अब तो बामण–ठाकुर एक तरफ़ और दूसरे ...?'

जात वाली बात सुनकर दादा का माथा ठनका था। उन्होंने सीतु को अपने पास बिठा लिया और प्यार से बात समझने की कोशिश करने लगे थे।

'सीतु तू साफ़–साफ़ बता न तू बोलना क्या चाहता है?'

सीतु पहले की तरह हाँफने लगा था। उसकी आँखें दरवाज़े की तरफ़ थीं जैसे कोई कान लगा कर उनकी बातें सुन रहा हो। दादा को हल्का सा शक हुआ तो उन्होंने उठकर धीरे–से दरवाज़ा खोला था। खोलते ही उनके नथुनों में शराब और भांग की तीखी दुर्गन्ध घुसी तो मुश्किल से नाक पकड़ कर छींक रोकी थी। पास वाले कमरे में हालाँकि रोशनी नहीं थी लेकिन फुसफुसाहटें अँधेरे को चीरती हुई दादा के कानों में घुसने लगी थीं। एक–दो लोग लड़खड़ाती जुबान में कुछ बुदबुदा रहे थे और सीतु के पिता उन्हें डाँटते हुए चुप करवाने में लगे थे। सीतु के मन का डर जैसे दादा के भीतर भी पसरने लगा था। वे उल्टे पाँव लौट गये लेकिन वह दुर्गन्ध उनके गले में अटक सी गयी। बिस्तर तक पहुँचते वे दो–तीन बार ख़राशे थे।

सीतु ने देखी–सुनी सारी बातें दादा को बता दी थीं। दादा को काटो तो ख़ून नहीं, जैसे वे पत्थर हो गये थे। उनका दिल ज़ोर–ज़ोर से धड़क रहा था। वे सीतु की समझ पर भी हैरान थे कि महज़ आठवीं में पढ़ रहा यह बालक क्या इतना समझदार हो गया है कि इस तरह की बातें समझने–बुझने लग जाये? सीतु पढ़ने–लिखने में सबसे अव्वल था। पहली क्लास से आठवीं तक हमेशा प्रथम आता रहा था। अपनी क्लास का मोनीटर था। खेल–कूद में सबसे आगे। बोल–चाल या निबन्ध जैसी प्रतियोगिताओं में तो कोई उसका सानी नहीं था। पहाड़ी गीतों में वह नाटियाँ बहुत अच्छी गाता था। उसका ज़्यादा समय दादा के साथ ही कटता था। उसे स्कूल में कभी अच्छा नहीं लगा कि बच्चे दोपहर का भोजन खाने जाति के आधार पर अलग–अलग बैठें। वह दूसरी जातियों के बच्चों की बैंठ में बैठ कर खाने लग जाता। ऊँची जाति वाले मास्टरों को यह बात बहुत चुभती। वे उसे प्यार से समझाते पर वह उनसे उल्टा प्रश्न पूछने लग जाता। इस पर वे उसके पिता से शिकायत करते। सीतु को इस बात पर कई बार पिता की डाँट भी खानी पड़ी थी। उसे इस बात की हैरानी होती कि उन्हें मास्टर पाठ कुछ पढ़ाते–समझाते हैं और व्यवहार में कुछ और करते हैं।

दादा को कुछ समझ नहीं आ रहा था कि वह सीतु से अब क्या बोलें, क्या बात करें। उन्होंने तो कभी इस तरह सोचा ही नहीं था कि उनके अपने घर में उनका ही बेटा, गाँव–परगने की सेवा के नाम पर, देश की बड़ी पार्टी से जुड़ कर इस तरह की सोच भी रखता है। ऐसी ख़बरें आये दिन वे टेलीविज़न पर ज़रूर देखते थे। वे हैरान–परेशान हो गये थे कि क्या इस तरह का कोई ख़तरनाक खेल उन्हीं के घर के भीतर खेला जा रहा है जो इस गाँव और परगने का मेले के बहाने अमन–चैन छीन लेगा...?

रियासती काल से मनाए जा रहे उस अनूठे 'पत्थर के खेल' के बारे में सीतु को दादा ने ही बता रखा था कि वह क्यों और कैसे मनाया जाता है। सीतु ने भी अब तक कई मेले देख लिए थे।

मेला दिवाली के दूसरे दिन आयोजित होता था। जहाँ मेला होता वहाँ एक गोलाकार चबूतरा निर्मित था जिसे 'सती का शारड़ा' कहते थे।

पहले यह बहुत छोटा था जिसके चारों तरफ़ पत्थर की कच्ची दीवाल दी गयी थी। रियासती काल में यहाँ का राज परिवार इसे ख़ूब साफ़–सुथरा रखते थे। इसके चारों तरफ़ घने पेड़ थे। लोग आते–जाते इस पर एक पत्थर ज़रूर फेंकते। श्रद्धा से माथा टेकते। शायद यह सती हुई रानी के लिए उनका सम्मान था। इस तरह उस जगह पत्थरों का एक ढेर देखा जा सकता था। समय बदला तो लोगों की आर्थिक स्थितियाँ भी सुधरने लगीं। मेला समिति बनी और उसने 'सती के शारड़े' को विस्तार दिया और चारों तरफ़ से पक्की दीवाल लगा कर इसे खुला और सुन्दर बना दिया। मध्य भाग ज्यों का त्यों रहने दिया गया था। सड़क और दुकानों के कारण बहुत से पुराने पेड़ कट गये।

समय के साथ कई कुछ घटता और बदलता रहा। राजाओं के राज खत्म हो गये। पहले सड़क जीप योग्य थी जिसे अंग्रेज़ी शासन के दौरान शहर से राजा के महलों तक निकाला गया था। अब यह हाईवे में तब्दील हो गयी थी। ओर–छोर भाँति–भाँति की दुकानें खुल गयीं थीं। सरकारी महकमों के दफ़्तर बन गये थे जिनमें तहसील का दफ़्तर था। पटवारखाना था। पुलिस चौकी थी। स्वास्थ्य केन्द्र खुल गया था जिसमें कई बिस्तरों की सुविधा हो गयी थी। कई दूसरे कार्यालय भी थे। जिन लोगों की ज़मीन सड़क के साथ लगती थी वे या तो मुसलमान थे या बाहर की जातियों के लोग। गरीबी के कारण वे अपने गाँव और इलाके के सम्पन्न लोगों के पास या तो जगह गिरवी रख देते थे या बेच दिया करते थे। इनमें से बहुतों ने अपने छोटे–मोटे धन्धे यहीं शुरू कर दिये थे। शहर से भी लोग यहाँ आकर बसने लगे थे।

लोगों ने अपनी जगह के साथ सरकारी जगह भी कब्ज़ा ली जिससे मेले की जगह भी सिमटती चली गयी। 'सती के शारड़े' के साथ टीले पर स्थित देवी माँ का मन्दिर अब पहले से ज़्यादा सुन्दर बन गया था। लेकिन उसकी जगह भी कम होती चली गयी थी। मन्दिर के आसपास विशाल चीड़ के पेड़ थे। सीतु के दादा बताते कि माँ का मन्दिर जितना पुराना है ये पेड़ भी उतने ही पुराने हैं। उनके विशाल तने और फैलाव देखकर लगता भी ऐसा ही था जैसे इन्होंने वह मंजर देखा होगा जब राजा के साथ उसकी रानी ने भी हज़ारों लोगों के सामने चिता पर बैठ कर अपनी देह जलाई होगी। अपना सतीधर्म निभाया होगा। कितनी शहादतों के चशमदीद होंगे ये पेड़ और देवी माँ...फिर क्यों नहीं आत्मदाह करने से

बचाया होगा किसी ने उस रानी को? क्यों उसके बाद बलि जैसी घिनौनी प्रथाएँ निभती रही होंगी। सीतु कई बार दादा से पूछता तो उनके पास उसका कोई उत्तर न होता और कई अनसुलझे प्रश्न उसके बालमन में उलझते रहते।

सीतु जिस गाँव में रहता था वह बारह ठकुराइयों में से एक था जहाँ राजा रहते थे। उनके भव्य महल थे जिसके चारों तरफ़ ऊँची दीवार थी। उनके भीतर छोटी–छोटी तीरियाँ थीं जिससे राजा के सिपाही आने–जाने वालों पर नज़र रखते थे। महल सबसे ऊँची जगह पर थे जहाँ से चारों ओर के परगने देखे जा सकते थे। गाँव उसकी ढलानों में बसे थे। ठकुराईयों या रियासतों में इसे सबसे छोटी पर महत्त्वपूर्ण रियासत माना जाता था जहाँ के शासक अपने आप को पृथ्वीराज चौहान के वंशज मानते थे। उनका कहना था कि दिल्ली में जब बारहवीं शताब्दी के अन्तिम दशक में मुहम्मद गौरी का आक्रमण हुआ और उसमें पृथ्वीराज चौहान परास्त होकर मारा गया था तो उसके परिवार के लोग भाग कर यहाँ आ गये थे और उन्होंने इस ठकुराई को स्थापित किया था।

सीतु के दादा बताते थे कि काली माँ के मन्दिर में बहुत पहले मानवबलि देने का प्रचलन था जिसे राजा ने ख़त्म कर दिया। राजा की जब मृत्यु हुई तो उसकी रानी भी सती हो गयी। यह दिवाली का दूसरा दिन था। हज़ारों लोग इस अवसर पर मौजूद थे और उसी की याद में इस मेले की शुरुआत हुई थी। मानवबलि की प्रथा समाप्ति के बाद हर साल किसी न किसी गाँव को एक भैंसा मेले के लिए भेंट स्वरूप देना होता था जिसे बलिरूप में काली को भेंट किया जाता। धीरे–धीरे यह रस्म भी समाप्त हो गयी लेकिन भैंसे को बलि–प्रतीक मानकर महज़ अब उसका कान काट दिया जाता और ख़ून की बूँदें काली माँ को चढ़ा दी जातीं। भैंसे को कई लोग हाँकते हुए अपनी सीमा से बाहर धकेल आते और लोग ध्यान रखते कि वह लौटकर उनकी सीमा में न आ जाये। वह बेचारा गाँव–जंगलों में अपने कटे हुए कान को लेकर भटकता रहता और फिर किसी बाघ का शिकार हो जाता।

दादा सुनाया करते कि परगने में जब भैंसे मिलने मुश्किल हो गये तो इस परम्परा को भी मजबूरन बन्द करना पड़ा। ठीक उसी के बाद 'पत्थर के खेल' की शुरुआत की गयी। इसमें परगने के गाँव चिन्हित किये गये और दो टोलियाँ निर्धारित हुईं। एक राजा की और दूसरी साधारण लोगों

की। वे 'सती के शारड़े' के आर–पार दोनों टीलों पर आते और दोपहर बाद यह खेल एक–दूसरे पर पत्थर फेंक कर शुरू हो जाता। पत्थर फेंकने को लोग भेड़ भी कहते यानी एक–दूसरे से भिड़ना। जिस टोली के आदमी को पत्थर लगता उस टीम को पराजित घोषित कर किया जाता। पत्थर लगे आदमी को तत्काल देवी मन्दिर में ले जाया जाता जहाँ उसके ज़ख़्म से बह रहे ख़ून को काली माँ को चढ़ाया जाता। यह बात भी मान्य थी कि जख़्म कितना भी गहरा क्यों न होता, उसमें न पट्टी बाँधी जाती न किसी किस्म का दवा–दारू किया जाता। माना जाता कि काली की कृपा से वह स्वतः ही ठीक हो जाता है।

खेल ख़त्म होने का भी एक विशेष तरीक़ा था। जब किसी में पत्थर लगता तो यह सूचना सड़क के किनारे पहले से खड़ी तीन दलित औरतों को दी जाती और वे तीनों अपने–अपने दुपट्टों को लहराती हुई दोनों टोलियों के मध्य से निकलतीं जिससे खेल समाप्त हो जाता था।

सीतु के लिए तो इस दिन का बरस से इन्तज़ार होता। वह तक़रीबन एक बजे अपने दादा के साथ राजा के महल के प्रांगण में चला जाता था। महल के किनारे राजा के इष्टदेवता का मन्दिर था। यह देवता वहाँ के गाँव और परगने तक का भी इष्ट माना जाता था। सीतु के दादा देवता के गूर थे। हालाँकि महल अब पहले की तरह नहीं थे। उनका अधिकतर भाग बिना रख–रखाव के टूट–बिखर चुका था। फिर भी एक भाग अच्छे से सँजोया गया था जहाँ राजा के वंशज रहते थे। वही मेले का आयोजन भी करते। राजा की टोली के लोग यहीं इकट्ठे होते और मेले की जगह के लिए वे ढोल, नगाड़ों और दूसरे पारम्परिक साज–बाज के साथ नाचते–गाते जाते। जाने से पहले देवता की पंचायत होती। महल से शुरू हुई इस यात्रा में रास्ते भर में लोग शामिल होते रहते और पहाड़ी नाटी गाते नाचते वे मेला स्थल पर पहुँचते। उनके साथ रंग–बिरंगे कपड़ों को पहने, सिर पर बड़ा–सा गोल हैट लगाये और हाथ में लाठी लिए एक जोकर होता जो सबसे आगे चल कर नाचा करता। यह और कोई नहीं साहबदीन मन्यारी वाले का बड़ा लड़का फकीर अहमद था। पहले साहबदीन ख़ुद जोकर बनता था लेकिन उम्र ज़्यादा होने के कारण अब यह काम उसका बेटा करने लगा था। पता नहीं कितने बरसों से उनका परिवार जोकर की रस्म

निभाता आया था। गाँव के लोग तो उसका असली नाम भी भूल गये थे। उसे अब लोग भांडू के नाम से ही पुकारते थे।

ऐसा ही दूसरी टोली के लोग भी करते। उनके साथ भी ढोल–नगाड़े होते। पारम्परिक गाजे–बाजे के साथ वे भी नाचते–झूमते 'सती के शारड़े' के पास पहुँच जाते। लेकिन उनके साथ कोई जोकर नहीं होता। जब दोनों टोलियाँ गाँव से मेले वाले स्थान पर पहुँचतीं तो उनका आपस में ख़ूब मिलन होता। यह इस बात का प्रतीक होता कि 'पत्थर का खेल' जो उन्हें खेलना है वह महज़ कोई युद्ध नहीं है जिसे रंजिश में खेलना है। वह तो महज़ एक खेल है, मनोरंजन है और सदियों से चली आ रही एक परम्परा, जिसे एक ख़ून की बूँद देकर निभाना है।

इसके बाद 'सती के शारड़े' के आर–पार ऊँचे स्थानों पर दोनों टोलियाँ बँट जातीं। एक संकेत या ज़ोर की ध्वनि के साथ मेला यानी 'पत्थर का भेड़' शुरू हो जाता। ढोलिए और नगाड़ची जंग से समा बाँध देते जिससे दोनों टोलियों के लोगों में रोमांच भर जाता। पत्थर पहले से एक जगह इकट्ठे कर लिए जाते। लोग अपने–अपने झोलों में भी भर कर ले आते। पत्थर एक–दूसरे पर निशाना साध कर नहीं मारे जाते। उन्हें ऊँचाई में आसमान की तरफ़ फेंका जाता ताकि वे धीमी रफ़्तार से गिरें। वैसे भी दोनों के बीच काफ़ी फ़ासला होता। जब आर–पार से पत्थर बरसने शुरू होते तो यह नज़ारा सभी को विस्मित कर देता। पत्थरों के इस भेड़ के मध्य टोलियों में गाँव का कोई दबंग साहसी 'सती के शारड़े' तक आता और उसे छू कर पीछे भाग जाता। इसे भी विजय के प्रतीक के रूप में देखा जाता। धीरे–धीरे खेल यौवन पर जाने लगता। एक समय ऐसा लगता जैसे आसमान में पत्थर नहीं चिड़ियों का दल उड़ रहा हो या किसी ने मधुमक्खियों के छत्ते को छू दिया हो।

खेल ख़त्म होता तो मेला मैदान में राजा के साथ लोग शामिल हो जाते। नाटी लगती और लोग झूमते रहते। इसके बाद लोग मेले का आनन्द लेते। मेले में पहले से गाँव के लुहार लकड़ी के हिंदोले लगा लेते। मन्यारियों की दुकानें सज जातीं। हलवाई रंग–बिरंगी सूजी की बर्फ़ी, जलेबियाँ और पकौड़ों की दुकाने लगा लेते। जलेबियाँ और आलू–छोले मेले के पसन्दीदा पकवान होते। विवाहित लड़कियाँ और औरतों के लिए तो आज का दिन बहुत बड़ा होता। वे अपनी कलाइयाँ काँच की रंग–बिरंगी चूड़ियों से भर लेतीं। पुरांदू और रिब्बन खरीदतीं। हर बच्चे के हाथ में कुछ

न कुछ होता। कोई गुब्बारे फुलाता रहता। कोई झुनझुना बजाता रहता। कुछ सस्ते किस्म की लाल–हरी ऐनकें लगा कर अमिताभ, गोबिन्दा या देवानंद बने घूमते फिरते रहते।

देर रात सोने के कारण सीतु देर से उठता है। आँखें मलता है तो हल्की जलन महसूस होती है। यह नींद पूरी न होने की जलन है। वह अपने बिस्तर पर नहीं है। दादा के बिस्तर पर है, पर दादा वहाँ नहीं है। दरवाज़ा हल्का खुला है। खिड़कियाँ खुली हैं जिनसे सूरज भीतर आ गया है। वह घड़ी पर नज़र देता है और चौंक जाता है। दस बजकर पच्चीस मिनट हो गये हैं। पहले दिमाग़ में स्कूल घुसता है और फिर मेला याद आ जाता है। आज मेले की वजह से स्थानीय अवकाश है। मन में मेले का रोमांच दौड़ने लगता है। वह आँगन में लगे नल के पास जाकर हाथ–मुँह धोता है और आँखों में ख़ूब छींटे मारता है। सामने लोहे की तार पर कई कपड़ों के साथ लटके तौलिए को खींच कर हाथ–मुँह पोंछता है। तार में हल्की चरमराहट होती रहती है जिसके साथ उस पर लटके कपड़े कई पल नाचते रहते हैं।

रसोई से हँसने और खिलखिलाने की आवाज़ें आ रही हैं। वह भीतर देखता है तो रंग–बिरंगे कपड़ों में कई औरतें बैठी हैं। उसकी अम्मा रोटियाँ बना रही है। उसकी बुआ आयी है। बड़ी बहन आयी है। सभी बातें करते हुए कुछ न कुछ काम कर रही हैं। उनके बच्चे आये हैं। और भी कई रिश्तेदार भीतर हैं। वह रसोई में जाने के लिए मुड़ता है तो तभी उसकी नाक में कसैली सी गन्ध घुसती है। यह वही गन्ध है जो उसके दादा के नथुनों में घुस कर भीतर फैल गयी थी। रात का वह भयावह मंजर उसकी आँखों में नाचने लगता है।

सीतु कनखियों से पिता के कमरे को देखता है। वहाँ सन्नाटा पसरा है। पिता का कमरा बन्द है पर साथ वाले कमरे की खिड़की खुली है। वह दबे पाँव उधर जाता है। सरसरी निगाह भीतर डालता है तो भौचक रह जाता है। वहाँ कोई नहीं है। न ही वह सामान है जिसे सीतु पिछले कई दिनों से देख रहा था और पिछली रात भी देखा था। भीतर एक कोने में पाँच–छह शराब की बोतलें ऐसे लुढ़की हुई हैं मानो उनका ख़ूब झगड़ा हुआ हो। खजूर की मंजरियों के किनारों पर दो–तीन राखदानियाँ

हैं जिनमें सिगरेट और बीड़ी के टुकड़े ठूँस–ठूँस कर भरे हैं। जगह–जगह नमकीन, चिप्स और कुरकुरे के उधड़े हुए लिफ़ाफ़े पड़े हैं।

दादा और सीतु मेले में पहुँचते हैं। मेला सज रहा है। लोग इकट्ठे हो रहे हैं। जहाँ 'पत्थर का खेल' होना है उसके एक तरफ़ ऊँची पहाड़ी है। जगह–जगह चीड़ और बान के पेड़ उगे हैं इनके बीच नीचे से ऊपर तक असंख्य पगडंडियाँ सी बनी हैं। दूर–पार से ये ऐसी दिखती हैं जैसे पहाड़ी ढलानों में सीढ़ीनुमा खेत दिखाई देते हैं। इन्हीं में लोग अपने–अपने परिवारों के साथ 'भेढ़' देखने बैठ जाते है। दूरी के कारण सामने वाली टोली के लोगों के पत्थर यहाँ तक नहीं पहुँच पाते।

पहाड़ी के सिरे पर 'खेल का चौंरा' है। मेले की सारी जगह इसी नाम से जानी जाती है। यह स्थान राज परिवार के लिए होता था जहाँ से राजा अपनी रानियों के साथ पत्थर का खेल देखता था। अब राजा के परिवार के बचे हुए लोग यहाँ बैठते हैं और पुरानी रस्में निभाते हैं। पीछे की पहाड़ी ढलानदार है जो काफ़ी खुली है। यहीं मेले का मुख्य हाट लगता है।

वे दोनों देखकर हैरान है कि इस बार मेले का मिजाज़ बदल गया था। सीतु के पिता मेला कमेटी के भी प्रधान हो गये हैं। उन्होंने गाँव के लुहारों को हिंदोले लगाने से मना कर दिया है। मुसलमान बिरादरी वालों को मन्यारियों की दुकानों पर रोक लगा दी है। मिठाईयाँ बनाने के लिए भी कुछ खास लोगों को इजाज़त दी गयी है। बहाना यह बनाया गया है कि इस बार का मेला आधुनिक तरीक़े से मनाया जायेगा। पर इससे लोगों में भारी नाराज़गी है। लकड़ी के हिंदोलों की जगह आसमान को छूने वाला चरखी–झूला लग गया है। उसके साथ एक मौत का कुआँ है जिसकी गोलाई में कार और मोटरसाइकिल फिरकी की तरह घूम रहे हैं। इसके साथ एक नाचघर भी है जिसमें मर्दनुमा औरतें अजीबोगरीब कपड़े पहन कर 'मैं झण्डू बाम हुई...' और 'शीला की जवानी...' जैसे तरह–तरह के फ़िल्मी गानों पर ठुमके लगा रही हैं। उन्हें देखकर वहाँ बहुत से गँवई शराबी हाथ में पाँच या दस रुपये का नोट पकड़ कर झूमने लगे हैं। उनकी औरतें उन्हें वहाँ से घसीटने का प्रयास कर रही हैं पर आज उनका मन वहीं लग रहा है।

जलेबियों, सूजी की बर्फ़ियों और आलू–छोले की जगह जंकफूड के स्टॉल हैं। बिजली से चलने वाली चाय–कॉफ़ी की मशीनें रेल के इंजन की तरह भाप छोड़ रही हैं। मन्यारियों की जगह तरह–तरह के जुआघर हैं जिनमें बच्चों से लेकर जवानों और बूढ़ों तक के खेलने के अलग–अलग खेल शामिल हैं। गुब्बारों, झुनझुनों और काँच की गोलियों की जगह वीडियो गेमों की भारी–भरकम मशीनों को सजाया गया है जिनकी स्क्रीनों पर कई खेल खेले जा रहे हैं। औरतों की दुकानें अलग हैं जिनमें आधुनिक किस्म के साज–सज्जा और मेकअप के सामान भरे पड़े हैं। तरह–तरह की बन्दूकें हैं जो बटन दबाते ही आग उगलने लगती हैं। हर किस्म की गाड़ियों के मॉडलों की दुकानें हैं। उतराऊ कपड़े का एक लम्बा बाज़ार भी लगाया गया है। जैसा अकसर शहरों में देखने को मिलता है। यानी गाँव के इस मेले में अचानक शहर का एक बाज़ार घुस गया है जहाँ से पारम्परिक चीज़ें ग़ायब हो गयीं हैं।

सीतु की आँखें चुँधिया गयी हैं। दादा यह सब देखकर हैरान–परेशान हैं। उन्हें लग रहा है कि वे किसी गाँव के मेले में नहीं बल्कि कहीं शहर के हाट–बाज़ार में खड़े हैं।

'पत्थर के खेल' का समय हो गया है। आर–पार से दोनो टोलियाँ आ रही हैं। सभी में जोश है। रोमांच है। जीत की भूख है। पर इस बार ढोलिए, नगाड़ची, करनालची और शहनाई वाले की पूछ नहीं है। राजा की टोली के आगे होमगार्ड का बैंड हैं जिनके हाथों और मुँह में लम्बी–लम्बी बीनें हैं। इसे शहर से मँगाया गया है। दूसरी टोली के साथ भी अंग्रेज़ी बाजे वालों की पार्टी है जिसे अब शादी–ब्याह में लाया जाता है। टोलियाँ आमने–सामने आ गयी हैं। अबके पहले की तरह मिलन की रस्म अदा नहीं हुई है। कोई किसी के गले नहीं मिल रहा है। साधारण लोगों की टोली ने राजा की टोली के लोगों से गले मिलता चाहा पर उन्होंने बेअदबी से उन्हें अपने से दूर झटक दिया। राजा की टोली के लोग ज़्यादा तल्ख हैं। उनके हाव–भाव से लग रहा कि सभी नशे में हैं। सीतु देख रहा है कि उनमें गाँव–परगने के लोगों के अतिरिक्त वे लोग भी हैं जो देर रात उनके घर आये थे। जैसे वह राजा की नहीं, उसके पिता की टोली हो गयी है, जिनकी आँखों में मेले की सामाजिकता नहीं, अराजकता है।

लोकरीति निभाने की ग़रज से राजा की टोली के साथ जो ढोलिया, नगाड़ची और शहनाइया है वे उनके मध्य बजा तो ज़रूर रहे हैं लेकिन

बैंड और अंग्रेज़ी बाजे के बीच उनकी स्थिति मेमनों जैसी हो गयी है। वे मुश्किल से एक किनारे खड़े होकर अपने साजों को बजा तो रहे हैं लेकिन उनका मीठा और पारम्परिक संगीत अंग्रेज़ी बाजों के शोर में शून्य हो गया है। मेले का जोकर ज़रूर उनके सामने अचानक प्रकट होकर नाचने लगा है। यह दृश्य भैंस के आगे बीन बजाने जैसा है।

पत्थर का भेढ़ शुरू हो रहा है। उसी बीच एक गाड़ी लिंक मार्ग से राजा की टोली के पास वाली सड़क के साथ सटकर खड़ी हो जाती है। सीतु का ध्यान उस तरफ़ चला गया है। दो लोग कपड़े में बँधे उन लम्बे बंडलों को देवी माँ के मन्दिर के पीछे ले जा रहे हैं। उनके साथ और भी लोग मदद करने लगे हैं। एक गट्ठड़ का कपड़ा फट गया है और उसमें से वे नुकीली चोंच वाले डंडे बाहर झाँकने लगे हैं। सीतु सिहर उठता है। उसकी टाँगें काँपने लगी हैं। पहला पत्थर राजा की टोली से फैंका गया है और इसी के साथ आर–पार से असंख्य पत्थर आसमान में मधुमक्खियों या ख़तरनाक भिड़ों की तरह उड़ते दिख रहे हैं जैसे वे लोगों पर आक्रमण करने वाले हैं। सीतू बचता–बचाता राजा की टोली के बीच पसर जाता है और पत्थर मारने का नाटक करता है। किसी को भी उसे देखने का समय नहीं है। उसके पिता देख लेते तो डाँट कर भगा देते कि बच्चों का यहाँ क्या काम है। दादा उसे तलाश रहे हैं पर लोगों के जमघट के बीच उसका कोई अता–पता नहीं लगता।

सीतु हर बात के लिए चौकस है। उसके कान खुले हैं। आँखें सब देख रही हैं। वह अचानक अपने पिता के पीछे पहुँच जाता है। उसके पिता छोकरों को समझा रहे हैं कि पत्थर मारते–मारते 'सती का शारड़ा' छूने के बहाने दूसरी टोली में घुस जाना है और दंगा शुरू कर देना है। किसी भी हालत में खेल उससे पहले समाप्त न होने दिया जाये। सीतु जैसे ही सुनता है वह पीछे हटकर भीड़ को चीरता हुआ सबकी आँखों से ओझल हो जाता है। वह किसी भी तरह इस 'पत्थर के खेल' को 'ख़ून के खेल' में तब्दील नहीं होने देना चाहता। वह मुश्किल से नज़रे बचाता दूसरी टोली में घुस जाता है। खेल ज़ोरों पर है। राजा की टोली के लोग योजनाबद्ध तरीक़े से नीचे–नीचे उतर रहे हैं जबकि दूसरी टोली के लोग सहजता से खेल रहे हैं। अचानक सीतु एक मोटा पत्थर स्वयं अपने सिर पर मारता है। दर्द से वह एक पल कहराता है पर हिम्मत नहीं हारता। हाथ से छूता है तो ख़ून की गर्माहट महसूस होती है। वह ख़ून सने हाथों

से अपना माथा और मुँह मोथ देता है। भागता है और 'सती के शारड़े' को छूने सबसे आगे निकल जाता है। तभी कोई चिल्लाता है–

'भेढ़ ख़त्म करो, पत्थर लग गया है। खेल रोको पत्थर लग गया है।'

सभी की नज़रें उसकी तरफ़ जाती हैं। उसके सिर से ख़ून बह रहा है और वह अचेत सा होकर ज़मीन पर गिर गया है।

सड़क के बीचोंबीच तीन औरतें दुपट्टा लहराती भाग रही हैं।

सीतू के पिता को जब पता चलता है कि पत्थर सीतु को लगा है तो वह स्तब्ध रह जाता है कि सीतु उस टोली में कैसे चला गया। उसके पिता को कुछ सूझ नहीं रहा है कि क्या करें और क्या न करें। वह बौखलाया हुआ सा सती के शारड़े के पास से सीतु तक पहुँचना चाहता है पर उसके पहुँचने से पहले ही लोग उसे उठाकर देवी मन्दिर ले गये हैं। उसके ज़ख़्म से ख़ून की दो–चार बूँदें काली के मन्दिर में चढ़ा दी जाती है। सीतु आँख खोलता है और सहजभाव से उठकर खड़ा हो जाता है। पास पिता खड़े हैं। दादा खड़े हैं। वह उनमें लिपट गया है। उसका ज़ख़्मी सिर देखकर पिता की आँख भर आती है। वे अपने साथियों के साथ सीतु को अस्पताल ले जाते हैं। आज उन्हें काली माँ पर विश्वास नहीं है कि वह ज़ख़्म ठीक कर देगी।

बया : अप्रैल–जून, 2014

आग

शास्त्री वेदराम आज जैसे ही कुर्सी पर बैठने लगे, तीसरी कक्षा के एक बच्चे बादिर ने उनसे पूछ लिया, गुरु जी! गुरु जी! हिन्दू क्या होता है...?

उन्हें एक पल के लिए लगा, कक्षा में बैठे सभी बच्चों ने बर्रों की तरह उन पर आक्रमण कर दिया हो। बच्चों की उपहासयुक्त हँसी और इस प्रश्न से वे भीतर ही भीतर थोड़ा विचलित तो हुए परन्तु अपने को संयत करते हुए कुर्सी पर बैठ गये। मेज़ पर रखा पानी का गिलास उठाया और एक साँस में गटक गये। दो पलों के लिए आँखें बन्द कीं जैसे भीतर के विचलन को शान्त कर रहे हों। धीरे–से आँखें खोलीं तो कक्षा में बैठे प्रश्न पूछने वाले बच्चे पर आँखें टिक गयीं। वह सहमा हुआ ऐसे बैठा था मानो कुछ ग़लत पूछ लिया हो। उसके साथ उसी की बिरादरी का एक दूसरा बच्चा भी बैठा था जिसके चेहरे पर भी हल्का–सा डर दिखा। शास्त्री जी ने कक्षा के सभी बच्चों पर सरसरी निगाह डाली। वे यह देखकर अचम्भित थे कि उनकी कक्षा में बैठे उच्चवर्ग के बच्चों के होंठों पर एक व्यंग्यपूर्ण मुस्कान पसरी थी कि बदरू को यह पता भी नहीं कि हिन्दू क्या होता है? इसी बीच स्कूल का चपरासी आया और खाली गिलास उठाकर बाहर चला गया।

बादिर जिसे बच्चे बदरू के नाम से भी पुकारते थे वह अभी भी अपनी तख्ती पर आँखें गड़ाए उँगलियों के पोरों से फ़र्श पर बिछी टाट टूँग रहा था। शास्त्री जी ने बहुत स्नेह से उसे अपने पास बुलाया। मेज़ की दराज से हाजरी का रजिस्टर निकाल कर उसे पकड़ा दिया कि बच्चों का बारी बारी नाम लेकर हाजरी लगाये। बच्चे के भीतर का डर कम हो गया था पर अपने पूछे प्रश्न को लेकर वह अभी भी आतंकित था जैसे उसने कोई प्रश्न नहीं बल्कि शास्त्री जी से कुछ अनर्गल पूछ लिया हो। उसकी समझ में नहीं आया कि उसके प्रश्न पूछने पर उसके साथी बच्चे क्यों हँसने लगे और गुरुजी ने उत्तर क्यों नहीं दिया...?

कई दिनों से शास्त्री जी के मस्तिष्क में कुछ ऐसी घटनाएँ घूम रही थीं जिनकी तह तक जाने का प्रयास कर रहे थे। वे ज़्यादातर धार्मिक और इतिहास की पुस्तकें पढ़ा करते थे। इसके अतिरिक्त अंक–शास्त्र और गीता का नियमित अध्ययन और उस पर मनन करते रहना उनकी दिनचर्या के हिस्से थे। यद्यपि वे व्यर्थ के पूजा–पाठ से हमेशा दूरी बनाये रखते फिर भी उन्हें लोग कई बार बड़े आयोजनों में भागवत कथा या चंडी जैसे कठिन पाठों और यज्ञों को करने के लिए ले जाया करते थे। वे जिस वैदिक प्रावधानों के अन्तर्गत वैज्ञानिक तरीक़े से उन्हें अंजाम देते वे सभी को चकित कर देते थे।

परन्तु कुछ दिनों से उन्होंने कई प्रगतिशील कवियों की कविताओं का अध्ययन शुरू किया था। कबीर से लेकर मुक्तिबोध, पाश, नागार्जुन, शमशेर और त्रिलोचन के कविता संग्रहों में से एक दो उनके झोले में ज़रूर होते और समय निकलते ही वे स्कूल में उन्हें पढ़ना और आँखें बन्द करके गहरा चिन्तन करना नहीं भूलते। इनमें मुक्तिबोध उनके प्रिय कवि बन गये थे। इसलिए उनका एक कविता संग्रह 'चाँद का मुँह टेढ़ा' है' अकसर अपने पास रखते और बच्चों को पढ़ाने और कोई पाठ याद करने के लिए देने के बाद वे वहीं बैठे–बैठे संग्रह में से कोई कविता पढ़ लिया करते।

एक दिन उनके साथ ऐसा ही कुछ हुआ था। बदरू ने उनसे अचानक पूछा था, 'गुरु जी! गुरु जी! चाँद का मुँह टेढ़ा कैसे होता है...?'

कक्षा के अन्य बच्चे उसकी बात पर उस रोज़ भी हँसे थे लेकिन वह हँसी आज की हँसी से बिल्कुल भिन्न थी। शास्त्री जी इस प्रश्न से चौंके ज़रूर थे पर आज की तरह हतप्रभ नहीं हुए थे। हालाँकि वे बहुत अच्छे ढंग से इस प्रश्न का उत्तर दे देते पर उन्हें मालूम था कि तीसरी कक्षा के इस बच्चे की समझ में क्या मुक्तिबोध का प्रगतिशील दर्शन आयेगा। वे जानते थे कि उस बच्चे ने उनके हाथ में इस किताब का शीर्षक पढ़ लिया होगा। वैसे भी बदरू उनकी क्लास में सबसे होशियार था और उनसे कुछ न कुछ ज़रूर पूछ लिया करता। शास्त्री जी को उसकी दक्षता पर कई बार हैरानी भी होती थी। आज उन्होंने बड़े मज़ाकिया ढंग से कहा था,

'बच्चु! घर जाकर अपने दादा से पूछियो तो।'

बच्चा सन्तुष्ट हो गया था।

फिर आज ऐसा क्या हो गया कि बदरू के प्रश्न पूछने पर उनका पढ़ाने को भी मन नहीं कर रहा था। आज वैसे भी कल के लिए 15 अगस्त

की तैयारियाँ बच्चों से करवाई जानी थीं। क्योंकि सबसे पुराना प्राइमरी स्कूल होने के नाते वह पंचायत के अन्य चार स्कूलों का भी केन्द्र माना जाता था और शास्त्री जी को मुख्याध्यापक का दर्जा पहले से ही हासिल था। इसलिए पंचायत स्तर पर सभी स्कूलों के बच्चों का आयोजन वहीं होना था। उनके साथ दो अध्यापक और थे जो काम कम और बातें ज़्यादा करते थे। पर इस आयोजन के लिए उन्हें भी शास्त्री जी ने कई काम सौंप रखे थे।

शास्त्री जी इन दिनों स्कूल के पाठ्यक्रम को बदले जाने को लेकर भी चिन्तित थे। उन्होंने अभी तक भी अपने स्कूल में बच्चों को नयी पुस्तकों की जानकारी नहीं दी थी जबकि शिक्षा बोर्ड से पहली से लेकर पाँचवीं तक की कुछ पुस्तकों के बंडल पहुँच गये थे। इसी बीच उनकी पाठशाला में कई सर्कुलर भी आ गये थे। किसी में सुबह की प्रार्थना के वक़्त राष्ट्रगान गाना अनिवार्य कर दिया था तो किसी में राष्ट्रगीत। एक सर्कुलर ऐसा भी था जिसमें प्रत्येक स्कूल के लिए सप्ताह में दो बार ड्रेसकोड शुरू करने के निर्देश थे। इसमें प्रत्येक छात्र को, चाहे वह किसी भी वर्ग का क्यों न हो, उसे धोती–कुरते को पहनना अनिवार्य कर दिया गया था। तीसरा सर्कुलर प्राइमरी पाठशालाओं से लेकर उच्च माध्यमिक पाठशाला के लिए संयुक्त रूप से जारी किया गया था कि एक लघु पुस्तकालय खोला जाये जिसमें वेद, पुराणों से लेकर, रामायण, महाभारत और गीता की प्रतियाँ उपलब्ध हों। साथ ही हर प्राइमरी स्कूल को 25 हज़ार और माध्यमिक स्कूल को 50 हज़ार का बजट भी एलाट कर दिया गया था। इसमें यह भी हिदायतें थीं कि पाठशाला का प्रत्येक बच्चा इन महान ग्रन्थों से परिचित हो जिसके लिए प्रत्येक शनिवार को आधे दिन का समय इन्हीं पर मार्गदर्शन देने के लिए निर्धारित कर लिया गया था। चौथा सर्कुलर नये पाठ्यक्रम के सन्दर्भ में था जिसमें पहली कक्षा के लिए हिन्दी और अंग्रेज़ी की वर्णमाला और उनसे बनने वाले सांकेतिक शब्द पूरी तरह से बदल दिये गये थे। शिक्षकों को ऐसी गोपनीय मार्गदर्शिका तैयार की गयी थी जो उन्हीं के हाथों में रहेगी और उसी के आधार पर वे बच्चों को हिन्दी और अंग्रेज़ी का ज्ञान दे सकेंगे।

शास्त्री जी पर दबाव बढ़ता जा रहा था कि वे क्यों नहीं नये

पाठ्यक्रम को अपने स्कूल में पढ़ाना शुरू कर रहे हैं। वे यही चाहते थे कि किसी तरह दो–तीन महीने निकल जायें और वे सेवानिवृत्त होकर घर चले जायें। उसके बाद जिसने जो करना हो या पढ़ाना हो उन्हें उससे क्या मतलब। परन्तु यह सबकुछ उनके रहते ही होना था, ऐसा उन्होंने कभी सोचा भी नहीं था।

बदरू ने एक दिन फिर शास्त्री जी से पूछा था, 'गुरु जी! गुरु जी! अब 'अ' से 'अवोधा' क्यों होता है, 'अनार' क्यों नहीं होता?'

पहले तो उनकी समझ में नहीं आया कि वह क्या पूछ रहा है? उन्होंने बच्चे से दो–तीन बार प्रश्न दोहराने को कहा तो वह 'अवोधा' ही उच्चारित कर रहा था। उन्हें स्मरण हो आया कि नये पाठयक्रम में बहुत से परिवर्तन कर दिये गये हैं। वे एक सैट पाठ्यक्रम की बदली हुई पुस्तकों का घर भी ले गये थे। हालाँकि अभी तक ज़्यादा अध्ययन नहीं किया था परन्तु बीच–बीच में समय मिलते ही उन्हें उलट–पलट लिया करते और हैरान होते कि इस तरह का पाठ्यक्रम पहली के बच्चों के लिए तैयार करने का क्या आशय है?

उनकी समझ में जब 'अवोधा' का सही उच्चारण आया तो माथा ठनका। बच्चा पूछ रहा था कि अब 'अ' से 'अयोध्या' क्यों होता है। शास्त्री जी ने बहुत प्यार से उस बच्चे को पास बुलाया और पूछा कि उसको यह कहाँ से पता है? बच्चे ने बताया कि पिछले इतवार को उसके मामा का बच्चा घर नयी किताब लेकर आया था, उसी में यह लिखा था। शास्त्री जी समझ गये कि अन्य सभी स्कूलों में नया पाठ्यक्रम शुरू कर दिया गया है। उनके पास उस बच्चे के इस प्रश्न का कोई जवाब नहीं था। परन्तु उन्हें पहली की किताब की तक़रीबन सारी वर्णमाला याद आ गयी जिसे उन्होंने सरसरी तौर पर देखा था। उसमें तक़रीबन सभी चीज़ें बदल दी गयी थीं। जैसे 'आ' से 'आम' नहीं था, आतंकवाद हो गया था। 'इ' से इमली नहीं थी, अब 'इस्लाम' कर दिया गया था। 'क' से 'कमल' ही था परन्तु निर्देशिका में उसके अर्थ बदल दिये गये थे। 'ग' से 'गमले' की जगह 'गणेश' ने ले ली थी। उसी तरह 'ह' से न 'हल' था, न ही 'ज' से 'जहाज़'। 'ध' से 'धनुष' भी ग़ायब हो गया था। 'म' से 'मछली' भी नहीं थी। 'स' से सपेरे की जगह 'संगठन' का नाम हो गया था। 'ह' से 'हिन्दू

और हिन्दुत्व' हो गया था। उसी तरह 'र' से 'रथ' के स्थान पर अब 'राम' अंकित था। वर्णमाला के तक़रीबन सभी अक्षरों के पूर्व संकेत परिवर्तित कर के बिल्कुल नये शब्द दे दिये गये थे जिनके अर्थों को उसके साथ अलग मार्गदर्शिका के मुताबिक समझाने के निर्देश थे ताकि बच्चे पहली कक्षा से ही इन चीज़ों से परिचित हो जायें। इन्हीं के साथ शास्त्री जी को कुछ और अक्षर स्मरण हो आये जिनके नये अर्थों पर घोर आपत्ति दर्ज हो सकती थी।

शास्त्री जी इन सभी बातों और घटनाओं को अब सीधे–सीधे बदरू और उसके प्रश्न से जोड़ रहे थे। इसलिए असमंजस भी था और कोई अप्रत्याशित भय भीतर ही भीतर उन्हें किसी अनहोनी की तरफ़ इशारा कर रहा था। उन्हें यह प्रश्न इसलिए भी विचलित कर गया कि वह एक मुस्लिम परिवार के बच्चे ने पूछा था। उनके गाँव में अधिकतर परिवार उच्च जाति के ही थे। दलितों के दो–तीन और बादिर का केवल एक ही परिवार था।

इस परिवार से शास्त्री जी का बहुत पुराना रिश्ता कई कारणों से जुड़ा था। 1946 में जब बँटवारा हुआ तो हिन्दू–मुस्लिम दंगे गाँव–गाँव तक फैल चुके थे। उनके दादा ने एक मुस्लिम परिवार जिसमें पति–पत्नी और एक बच्चा था, को उपद्रवियों से बचाया था जो अचानक एक रात कहीं से छुपता–छिपाता हुआ उनके दरवाज़े पहुँच गया था। उस परिवार को उस समय तक सुरक्षा मिली जब तक माहौल ठीक नहीं हो गया। उसके बाद दादा ने अपनी ज़मीन का एक टुकड़ा उन्हें दे दिया और एक अस्थायी मकान बनाकर वह परिवार उसी गाँव में रहने लगा। वहीं उनके बच्चे हुए और शादियाँ भी। परिवार के मर्द इधर–उधर जाकर मेहनत मज़दूरी भी करते और अपनी औरतों के साथ शास्त्री की ज़मीन का काम भी देखा करते। उन्होंने कई पहाड़ी गायें और बकरियाँ भी पाली थीं जिसका दूध गाँव में कई जगह जाता था। उस गाँव, परगने और पंचायत में कभी यह लगा ही नहीं कि वह एक मुस्लिम परिवार है। सभी उनसे अपनों की तरह ही स्नेह किया करते थे।

परन्तु कुछ सालों से उस परिवार के प्रति जो वैमनस्य बहुत से लोगों में पनपने लगा था उसकी भनक शास्त्री जी को पहले से ही थी। कई बार उनके बच्चों को कई कुछ उल्टा सीधा बोला जाता। उनकी लड़कियों और औरतों को तंग करने की भी छुट–पुट घटनाएँ सामने आयी थीं परन्तु

शास्त्री जी का जो सम्मान और प्रतिष्ठा पंचायत और परगने से लेकर दूर–दूर तक थी, वही हर बार कहीं न कहीं उस परिवार का कवच बन जाया करती थीं। कुछ मतान्ध लोगों ने एक दो बार शास्त्री जी को चेता भी दिया था कि इस तरह गाँव में मुस्लिम परिवार का रहना अच्छा नहीं है...अब पहले की तरह ज़माना तो नहीं रहा...देश में इतनी घटनाएँ हो रही है...शास्त्री को समय रहते कुछ कर देना चाहिए? वे इन बातों को अनसुना कर देते थे। परन्तु एक डर उनके भीतर अवश्य घर कर गया था जिससे वे हमेशा परेशान रहने लगे थे।

शास्त्री जी इस प्रश्न को देश में घटी कई घटनाओं से जोड़कर भी देख रहे थे। कुछ दिनों से जिस तरह कई जगह साम्प्रदायिक घटनाएँ, भेदभाव और कुछ हत्याओं के समाचार आ रहे थे वे उन्हें विचलित करने लगे थे। उनके मन से अभी तक दाभोलकर, पंसारे और प्रो. कलबुर्गी की हत्याओं के प्रतिबिम्ब नहीं गये थे कि गाय की तस्करी के आरोप में पहलू खान और कई अन्य निम्नवर्ग के लोगों को मार दिया गया था और गौरक्षकों ने कई वारदातों को अंजाम दिया। इसी बीच गौरी लंकेश की हत्या ने तो उन्हें भीतर तक हिला कर रख दिया था। ये सभी घटनाएँ उन्हें भीतर ही भीतर कचोट रही थीं। गौरक्षा के नाम पर जो कुछ भी देश के कोने–कोने में होने लगा था वह उनके लिए आश्चर्य से कम नहीं था। वे इन घटनाओं को देशहित में नहीं देख रहे थे। वह चाहे असहिष्णुता के नाम पर बुद्धिजीवियों का पुरस्कार लौटाना हो, गाय के नाम पर मार–पिटाई या हत्याएं हों, धर्म और जाति के नाम पर राजनीति या पहले से ज़्यादा बढ़ता आतंकवाद। या फिर देश पर सुधार और विकास के नाम पर जबरदस्ती थोपे गये अनर्गल निर्णय।

परन्तु उनकी समझ में यह नहीं आ रहा था कि उनके गाँव का छोटा–सा बच्चा क्यों इस तरह का प्रश्न पूछ रहा है...? उन्होंने यही सोचा था कि पन्द्रह अगस्त का समय इसका उत्तर देने के लिए उपयुक्त रहेगा क्योंकि उस दिन पंचायत के प्रधान और सदस्यों से लेकर स्कूल के बच्चों और मास्टरों सहित दूर–दूर से लोग भी आयेंगे और बच्चों के परिवार वाले भी।

शास्त्री वेदराम हिन्दू शब्द के मूल में जाना चाहते थे। जहाँ तक उन्हें याद है या जो शिक्षा उन्होंने अपने प्रख्यात विद्वान गुरु आचार्य

शिवज्योति से प्राप्त की थी उन्होंने भी हिन्दू को कभी किसी जाति, पन्थ या मत से नहीं जोड़ा था। उनकी कुछ पुरानी पुस्तकें उनके पास सुरक्षित थीं। शास्त्री जी का अपना पुस्तकालय भी बहुत समृद्ध था जहाँ कई बार दूर–दूर से विद्वान और शोध छात्र अध्ययन के लिए आते रहते थे। उस दिन उनका एक शोधछात्र भी अध्ययन के लिए वहाँ आया हुआ था। शास्त्री जी एक–दो दिनों से इसी बारे में उससे भी चर्चा करते रहते थे। आज उनका पूजा करने का मन भी नहीं हुआ। उन्होंने झटपट घर के छोटे–मोटे काम निपटाये और अपने पुस्तकालय में चले गये। वे पहले अपनी कुर्सी पर बैठे आँखें बन्द करके काफ़ी देर कुछ चिन्तन करते रहे। फिर पुस्तकों की एक अलमारी खोल कर उसके समक्ष खड़े हो गये। उनकी याददाश्त इतनी तीव्र थी कि पुस्तक देखते ही उन्हें विषय या सन्दर्भ का पृष्ठों की संख्या सहित स्मरण हो जाया करता था।

उन्होंने पुस्तकों के मध्य से ऋग्वेद को निकाला और उसके पृष्ठ पलटने लगे। उन्हें 8, 24 और 27 ऋचाएँ याद आयीं। इन्हें निकाल कर दोबारा पढ़ना शुरू किया। इनमें सप्तसिंधवः शब्द देश के अर्थ में प्रयुक्त हुआ था जबकि अन्यत्र सभी जगह इसका आशय सात नदियों से था। उन्हें इसी के साथ मैक्समूलर याद आये जिन्होंने इस शब्द से पंजाब की पाँच नदियों के साथ सिन्धु और सरस्वती की उत्पत्ति को भी जोड़ा। उन्होंने ऋग्वेद को अपने स्थान पर रखा और अपने गुरु की भेंट की एक पुरानी पुस्तक निकाल ली। उसके एक अध्याय को पढ़ा जिसमें ईरान देश की सुपुरातन भाषा अवेस्ता में सिन्धु देश 'हिन्दु' के रूप में वर्णित था। उसमें 'द' में छोटे 'उ' की मात्रा थी बड़े 'ऊ' की नहीं। वहाँ इसका अर्थ भारत था। उस शोध छात्र ने भी कुछ पुस्तकें निकाल कर मेज़ पर रख दी थीं। उन्हें अचानक मुंशी नवलकिशोर प्रैस की एक पुस्तक–मसनवी मौलवी मानवी का पृष्ठ 167ए याद आ गया जिसका ज़िक्र उन्होंने पिछले दिनों अपने शोधछात्र से किया था। पुस्तक इतनी पुरानी थी कि उसके पृष्ठ हल्की–सी हवा से भी बिखर जायें। उसे निकालकर वे कुर्सी पर बैठ गये और उसके पृष्ठों को देखने लगे। एक पर उन्हें यह पंक्ति मिली–'चार हिंदू दर यके मस्जिद शुदंद, बहरे ताअत रा के ओ साजिद शुदंद।' जिसका आशय है कि चार हिन्दू यानी हिन्दुस्तानी मुसलमान एक मस्जिद में गये और इबादत के निमित्त सिजदा करने लगे। शास्त्री जी इन पंक्तियों को बार–बार दोहराते रहे, पढ़ते रहे और अन्य विवरणों के साथ अपनी डायरी

में नोट करते चले गये। फिर सोचने लगे कि क्या सप्तसिन्धु क्षेत्र के समस्त लोग प्राचीन काल में हिन्दू कहलाते थे जिसमें मुस्लमान भी शामिल थे...?

शास्त्री जी विचार करने लगे कि फिर यह कैसे हो गया कि बहुत बाद इस्लाम धर्म की तुलना में भारतीय धर्म हिन्दू धर्म के नाम से सम्बोधित होने लगा जबकि हिन्दू नाम से कहीं भी किसी जाति का उल्लेख नहीं मिलता। प्राचीन ग्रन्थों में तो केवल ब्राह्मण, क्षत्रिय, वैश्य और शूद्र आदि जातियाँ ही थीं। वे आश्चर्य में पड़ गये देखा कि पारसियों ने जब मुस्लिम धर्म स्वीकार किया तो अचानक हिन्दू शब्द उनके लिए काफिर, काला, लुटेरा और गुलाम कैसे हो गया...? शायद इसलिए ही प्राचीन भारतवासियों ने अपने को कभी हिन्दू न कह कर वैष्णव, शैव, शाक्त और सिख आदि से सम्बोधित किया होगा...?

उन्होंने उस पुस्तक को बहुत सँभाल कर उस शोध छात्र को अपनी जगह रखने के लिए कहा और पुनः अलमारी के समक्ष खड़े हो गये जहाँ कई पुराण और उपनिषद् थे, गीता, महाभारत, रामायण थीं, गुरु ग्रन्थ साहब, बाइबल और कुरान रखे थे। उन्हें कहीं भी कुछ ऐसा याद नहीं आया जहाँ हिन्दू धर्म और किसी 'हिन्दुत्व' शब्द की व्याख्या की गयी हो। साथ–साथ वह उस शोधछात्र से भी बतियाते रहे जो संस्कृत साहित्य में पीएच.डी. कर रहा था। शास्त्री जी ने गीता को स्मरण किया जिसमें उन्हें जीवन का सार मिला जो मनुष्य को बेहतर जीवन जीने की प्रेरणा देता है। कुरान का सीधा अर्थ सकारात्मक था जिसमें नकारात्मक सोच या किसी कार्य को तवज्जो नहीं दी जाती। वहाँ कुर्बानी का अर्थ दान से लिया गया था यानी अपनी मेहनत की कमाई का कुछ हिस्सा गरीब को देने से जिसका तात्पर्य था। अल्लाह के नाम पर किसी तरह की जिहाद वहाँ नहीं थी। इसी मध्य उस शोधछात्र ने उनके विचारों को और पुष्ट करते हुए जोड़ा कि कुरान में जीव हत्या, व्यर्थ आघात पहुँचाना, जल और पेड़ों को क्षति पहुँचाना पाप माना गया है। वहाँ स्नेह के लिए बड़ा स्थान है आतंक के लिए नहीं। उसने शास्त्री जी को अब बाइबल निकाल कर दे दी थी और वे उसके पन्ने पलटने लगे थे। उन्हें हर पन्ने से अथाह प्रेम की सुगन्ध आती महसूस हुई। भलाई की गन्ध आती मिलीं। भाईचारे के सन्देश और एक–दूसरे के प्रति आदर और स्नेह की आवाज़ें सुनाई देने लगीं। उन्होंने किताब को उसी स्नेह से वापिस उसकी जगह रख दिया।

उनकी नज़र अब गुरुग्रन्थ साहिब पर टिक गयी थीं। उसमें लिखे

उपदेश याद आने लगे थे। कई हिन्दू सन्त और अलग–अलग धर्मों के मुस्लिम भक्तों की वाणियाँ स्मरण होने लगी थीं। कबीर, रविदास, नामदेव, सैण जी, सघना जी, छीवाजी, धन्ना की वाणियाँ कितनी बार उन्होंने कार्यक्रमों में गायीं है। और वे हैरान थे जब उन्हें पाँचो वक़्त नमाज पढ़ने वाले शेख फरीद के श्लोक भी गुरु ग्रन्थ साहिब में दर्ज मिलने का स्मरण हो आया था। वे पुनः कुर्सी पर आसीन हो गये और आँखें बन्द करके मनन करते रहे कि फिर हम से कहाँ चूक हो गयी कि आज हर धर्म में कट्टरता पसर गयी है। नफ़रत घुस गयी है। स्वार्थ जहाँ सर्वोपरि हो गया है। इन्सानियत नाम की कोई चीज़ नहीं रही है। वे तक़रीबन आधे–पौने घण्टे तक इन्हीं विचारों में खोए रहे थे। उन्हें वह मुस्लिम परिवार और उनका बच्चा बदरू बार–बार याद आते रहे और कुछ लोगों की हिदायतें मन में उछालें मारने लगीं कि 'शास्त्री जी गाँव में मुस्लिम परिवार का इस तरह रखना संगत नहीं...ज़माना पहले जैसा नहीं है।' वे यह सोचते झटके से उठे और मेले पर रखा पानी का गिलास खड़े–खड़े गटक गये।

उनकी पत्नी काफ़ी देर से दरवाज़ा खटखटा रही थी कि देर बहुत हो गयी है, अब खाना खा लें। शास्त्री जी अपनी अलमारी खुली छोड़ कर पत्नी के साथ रसोईघर में चले गये थे। साथ उनका शोधछात्र भी था। पत्नी को उनके चेहरे पर चिन्ताओं की रेखाएँ दिख रही थीं। उन्होंने जब पूछा कि तबीयत तो ठीक है, शास्त्री जी ने सर हिला कर ही अच्छी होने का संकेत दिया था। आज उनका खाना खाने का मन नहीं था। फिर भी जैसे–कैसे उन्होंने थोड़ा–सा भोजन किया और अपने कमरे में लौट आए। इसी बीच उस शोधछात्र ने उन्हें अलमारी से निकाल कर कबीर की एक पुस्तक थमा दी थी। उनका ध्यान अब कबीर के दोहों और उनके समय पर केन्द्रित होने लगा था। उन्हें एकाएक स्मरण हो आया कि कबीर के समय में हिन्दू–मुसलमान का आपसी विरोध चरम पर था। इन्सानियत का धर्म त्याग व भूल कर दोनों वर्ग बनावटी विभेदों द्वारा उतेजित होकर अधर्म करने लगे थे। कबीर ने दोनों को आपस में मिलकर रहने के लिए सर्वधर्म की भूमिका निभाई। शास्त्री जी को उनके श्लोक/दोहे याद आने लगे...

कह हिन्दू मोहि राम पियारा, तुरुक कहै रहिमाना।
आपस में दोउ लरि मूए, मरम न काहू जाना।

उन्हें लगा जैसे कबीर बिल्कुल आज ही की बात कर रहे हो। उन्होंने अपने कालखण्ड में भी धर्मों और सम्प्रदायों के अन्तर्विरोधों, हिन्दू वर्ण

व्यवस्था और मत–मतान्तरों की विकृतियों को पुरज़ोर ढंग से उजागर किया था। उन्हें फिर एक दोहा स्मरण हो आया था,

एक बूँद एक मल मूतर, एक चाम एक गूदा।
एक जोत थैं सब उतपन, कौन ब्राह्मण कौन सूदा।

शास्त्री जी की नज़र कबीर के बाद सावरकर, पण्डित दीन दयाल उपाध्याय, महात्मा गाँधी, नेहरू और जिन्ना से सम्बन्धित कुछ पुस्तकों और उनकी जीवनियों पर गयीं। बहुत सी चीज़ें स्मरण हो आयीं। उन्होंने कुछ देर के लिए फिर अपनी आँखें बन्द कर लीं। विकट अँधेरे में भारत विभाजन के समय में चले गये जब काफ़ी बड़ा नरसंहार हुआ। फिर उन्हें महात्मा गाँधी की हत्या की याद आयी और वे चुपचाप कुर्सी पर बैठ गये। कमरे में उन्हें भारी उमस और घुटन महसूस हुई तो उन्होंने आर–पार की दोनों खिड़कियाँ खोल दीं। मेज़ पर रखे पानी के जग से तक़रीबन दो–तीन गिलास खड़े–खड़े गटक लिए और दिमाग़ में चल रही असंख्य घटनाओं को शिथिल करने का प्रयास करते रहे। तभी एक जुगनू ने भीतर प्रवेश किया और वे उसे बहुत देर तक देखते रहे। उसी जुगनू ने उन्हें 1947 की याद दिला दी जब देश आज़ाद हुआ था। कल वे उसी आज़ादी की 70वीं वर्षगाँठ मनाएँगे और उस बच्चे की बातों का भी उत्तर देंगे जिसने उनसे पूछा था कि हिन्दू क्या होता है।

जैसे ही वह जुगनू बाहर गया, उनके आसपास का अँधेरा फिर गहराता चला गया। उन्हें पहले 1951 का वर्ष और श्यामा प्रसाद मुखर्जी याद आये और बाद में अचानक 1992 का वह महीना और तारीख स्मरण हुई जब अयोध्या में बाबरी मस्जिद को हज़ारों लोगों की भीड़ ने ढाह दिया था। फिर अनेक घटनाएँ शास्त्री जी, मस्तिष्क में कौंधती रहीं और वे सीधे 2014 में सोलहवीं लोकसभा में पहुँच कर 26 मई, 2014 के दिन में चले गये जब भारत को 15वाँ प्रधानमन्त्री मिला था। शास्त्री जी धीरे–धीरे उठे। घड़ी पर नज़र गयी तो साढ़े बारह बजे का समय हो रहा था। तमाम घटनाओं को अपने भीतर सँजोए उन्होंने सोने का प्रयास किया और बहुत देर बाद उनकी आँख लग गयीं।

झण्डा फहराने के लिए जहाँ लोहे की पाइप लगाई गयी थी उसके आसपास फूलों की पंखुरियाँ सजाते कुछ बच्चों के साथ जैसे ही शास्त्री वेदराम

की नज़र स्कूल के गेट पर गयी तो उन्होंने देखा कि वहाँ दो बच्चे सहमे हुए सिसक रहे थे। उनके सिर मुँडे हुए थे और बीच में चोटियाँ बना दी गयी थीं। इस कारण उन्हें पहचान पाना कठिन था। उनकी सिसकियों ने शास्त्री जी को भीतर तक अनाहत कर दिया। वे काम छोड़ कर उनके पास जैसे ही गये तो स्तब्ध रह गये। बच्चे उनकी कक्षा के बदरू और आलम थे। शास्त्री जी को देख कर दोनों फूट–फूट कर रो दिये। उन्होंने दोनों को बड़े दुलार से अपनी छाती से भींच लिया और कमरे में ले आये। मैदान में और बच्चे और कुछ पंचायत के लोग भी मौजूद थे जो इस दृश्य को देखकर हैरान हो गये थे। किसी की समझ में कुछ नहीं आ रहा था कि माजरा क्या है?

शास्त्री जी ने उन दोनों को पानी पिलाया और बहुत प्यार से अपने पास बिठा लिया ताकि उनका डर कम हो सके। बच्चे अभी भी ऐसे काँप रहे थे मानो बाहर माघ बरस रहा हो। शास्त्री जी ने उन्हें सारी घटना बताने के लिए कहा। पहले तो डर के मारे बच्चे कुछ नहीं बोल पाये परन्तु उनके प्यार और आश्वासनों ने उनके भीतर का डर थोड़ी देर में निकाल दिया था। बच्चों ने बताया कि जैसे ही वे गाँव के चौराहे पर आये, अनु और बधीर भैया ने उनको पकड़ लिया और एक गौशाला में ले गये। वहाँ गाँव का टेकराम हाथ में उस्तुरा लिए बैठा था। उन्होंने डरा–धमका कर हमारे बाल काट दिये और डराया कि यदि हम उनका नाम लेंगे तो वे उसी उस्तुरे से हमारे गले काट देंगे। उन्होंने हमारे गले में ये रंगीन पट्टियाँ भी बाँध दीं और कहा कि अब वे हिन्दू हो गये हैं और सीधे स्कूल चले जायें।

शास्त्री जी यह सुन कर हक्के–बक्के रह गये। अनु और बधीर दोनों उन्हीं के परिवार के थे। एक पल के लिए वे उन दोनों लड़कों के अतीत और वर्तमान में चले गये। अनु जिसका पूरा नाम अनुरथ पण्डित था, पिछले साल ही समाजशास्त्र में पीएच.डी. की थी और बधीर पाठक ने एम.बी.ए. की डिग्री ली थी। लेकिन जब से वे दोनों गाँव में आये थे, राजनीति में उनकी रुचि बढ़ने लगी थी और वर्तमान सरकार के कई नेताओं से उनके अच्छे सम्बन्ध भी बन गये थे। पिछले एक साल से यानी जब से प्रदेश में सत्ता परिवर्तन हुआ था, शास्त्री जी को उनके रंग–ढंग बदले–बदले से लगे थे। कहाँ तो उन्हें अच्छी नौकरी के लिए प्रयास करने चाहिए थे और कहाँ वे राजनीति के दलदल में फँसते चले जा रहे थे। शास्त्री जी

ने कई बार उन्हें समझाया भी था परन्तु दोनों उनकी बातें कानों के पीछे डाल देते थे। लेकिन किसी ने सोचा भी नहीं था कि वे गाँव में कोई इस तरह की घिनौनी और असंस्कारित हरकत भी कर सकते हैं।

शास्त्री जी इस घटना से आगबबूला हो गये थे। इस बीच पंचायत प्रधान, अन्य स्कूलों के अध्यापक और बच्चे तथा गाँव के कई सेवानिवृत्त और प्रतिष्ठित लोग भी पहुँच गये थे। शास्त्री ने समारोह रोक दिया था। जैसे–जैसे लोगों को इस घटना की भनक लगी, धीरे–धीरे अन्य लोग भी स्कूल में इकट्‌ठे होते चले गये। बदरू और आलम के परिवार को भी इस घटना की सूचना मिल गयी थी और वे भी बदहवास से पहुँच गये थे। इससे पहले कि उन बच्चों के परिवार वाले विरोध में कोई प्रतिक्रिया देते, शास्त्री जी ने स्वयं ही यह ऐलान कर दिया था कि इस कृत्य की सज़ा उन दोनों लड़कों को आज ही इसी मैदान में दी जायेगी ताकि दोबारा कोई इस तरह की हरकतें गाँव में न करे। उन्होंने दोनों लड़कों का पता कर लिया था कि वे कहाँ गये हैं। बधीर के पास गाड़ी थी जिसमें वे दोनों निकल गये थे। इसलिए शास्त्री जी ने उनके रास्ते की पुलिस चौकी को इस घटना की सूचना दे दी थी जिससे पुलिस वालों ने नाका डाल कर उन दोनों को दबोच लिया था और पकड़ कर स्कूल ले आये थे। सिर मूँडने वाले टेकराम को भी कुछ लोगों ने स्कूल पहुँचा दिया था।

अनु और बधीर को पूरा विश्वास था कि अल्पसंख्यक बच्चों के साथ हुए इस कृत्य को उनकी बिरादरी बहादुरी का काम मानेगी लेकिन उन्होंने सोचा भी नहीं था कि उनके अपने ही घर के शास्त्री जी खुद उन्हें पुलिस से पकड़वा देंगे। वे दोनों जैसे ही शास्त्री जी के सामने आये, उन्होंने बिना कुछ पूछे उनकी धुनाई शुरू कर दी। लातों–घूँसों से तो पिटाई हुई ही, उनके हाथ एक डंडा भी लगा जिससे उन्होंने उनको इतना मारा कि वे अधमरे से हो गये। शास्त्री जी को इस तरह आक्रामक और गुस्से में किसी ने कभी भी नहीं देखा था। वे गाँव, पंचायत, परगने और स्कूलों में विनम्रता की एक मिसाल समझे जाते थे। यद्यपि ब्राह्मणों और ठाकुरों के लिए यह कोई बड़ी घटना नहीं थी जिन्होंने इसे महज़ शरारत और एक मज़ाक़ के रूप में ही लिया था परन्तु शास्त्री जी इसे देश के पूरे परिदृश्य में मज़हबी वैमनस्य और धर्मान्तर के नजरिये से देख रहे थे।

जिसने उन दोनों लड़कों के बाल काटे थे उससे उस्तुरा बरामद कर लिया था और शास्त्री ने पुलिसवालों के सामने ही दो–चार उसे भी

धर दिये थे। बाकि की कसर बच्चों के माता–पिता ने पूरी कर ली थी। प्रधान और शास्त्री के परिवार के लोग इस बात को अब यहीं समाप्त करना चाहते थे लेकिन शास्त्री जी इस हक में कतई नहीं थे और उन्होंने स्वयं इसके ख़िलाफ़ शिकायत पत्र लिखकर पुलिस वालों को दे दिया था। गाँव की बात गाँव तक रहे इसी के दृष्टिगत पंचायत प्रधान और अन्य प्रतिष्ठित लोगों ने शास्त्री जी को इस बात पर मना लिया था कि दोनों लड़के और बाल काटने वाले से लिखित माफी पुलिस और प्रधान की मौजूदगी में ले ली जाये। तीनों से माफ़ीनामे ले लिए गये जिसकी तीन प्रतियाँ बनायी गयीं और एक–एक प्रति स्कूल, पंचायत तथा पुलिस के पास रखी गयी ताकि भविष्य में ऐसी किसी घटना की पुनरावृत्ति न हो सके। शास्त्री जी का यह कहना भी था कि इसके लिए दोनों लड़कों के परिवार बच्चों को बतौर दण्ड कुछ राशि भी दें जिसे बच्चों के माता–पिता ने लेने से मना कर दिया था। शास्त्री जी ने आज के दिन को एक गाँव के काले दिन के रूप में परिभाषित किया था और झण्डा लहराने से साफ़ मना कर दिया था। लोगों ने इसका भी विरोध किया था परन्तु उन्होंने साफ़ कर दिया कि इस घटना को देखते हुए स्कूल में कोई भी कार्यक्रम नहीं होगा। यदि पंचायत या लोग चाहते हैं तो वे किसी दूसरे स्कूल या जगह पर आयोजित कर सकते हैं। इस निर्णय के आगे किसी का कोई वश नहीं चला था।

धीरे–धीरे स्कूल प्रांगण से लोग जाने लगे थे। बच्चे भी बिना आज़ादी का जश्न मनाये खाली हाथ घर लौट आये। इस घटना ने जैसे स्कूल और पूरे गाँव में मातम का जैसा माहौल बना दिया था। तरह–तरह की बातें और अलग–अलग प्रतिक्रियाएँ करते–देते लोग अपने–अपने घरों को निकल लिए थे। किसी का भी मन नहीं था कि किसी पाठशाला में अब पन्द्रह अगस्त का कोई आयोजन हो। ...परन्तु कुछ लोग इस मुद्दे को जानबूझकर भड़काने और राजनीतिक लाभ अर्जित करने की फिराक में थे।

स्कूल में अब शास्त्री और बच्चों के परिवार वाले शेष रह गये थे। हालाँकि सबकुछ शान्तिपूर्वक निपट गया था परन्तु शास्त्री जी का गुस्सा अभी भी शान्त नहीं हुआ था। स्कूल से अन्य मास्टर भी निकल लिए थे। केवल चपरासी ही रुका हुआ था जो हमेशा उनके बाद स्कूल बन्द करके जाता

था। शास्त्री जी को पता नहीं क्या सूझा। उन्होंने चपरासी को पुकारा और अपने कमरे की ओर इशारा करते हुए कहा कि नई किताबों के जो बंडल पड़े हैं उन्हें बाहर ले आए। ये किताबें बदले हुए पाठ्यक्रमों की थीं। उसकी समझ में कुछ नहीं आया। आदेशों का पालन करते हुए वह उन्हें बाहर ले आया। शास्त्री जी ने उन्हें बीच मैदान में रखने को कहा और उसने वैसा ही किया। शास्त्री जी के दराज में नये सर्कुलरों की एक फ़ाइल भी थी जिसे भी उन्होंने मँगवा कर उसी ढेर के ऊपर रखने को कहा। इसके बाद चपरासी से मिट्टी के तेल की गेलन मँगवायी। इस तेल का प्रयोग रसोइया दिन के भोजन के लिए आग जलाने में किया करता था।

किसी की कुछ समझ नहीं आ रहा था कि शास्त्री जी क्या कर रहे हैं? चपरासी उनकी मंशा भाँप गया था। वह उन्हें याद दिलाना चाहता था कि वे सेवानिवृत्त होने वाले हैं और इस तरह का काम उनके लिए आफत ला सकता है लेकिन उनकी गुस्सैल भाव–मुद्रा को देख कर उसने चुप रहना ही बेहतर समझा। शास्त्री जी जैसे ही गेलन उठाकर किताबों के बण्डलों की ओर बढ़े, दोनों बच्चे बदरू और आलम उनके पीछे–पीछे हो लिए। चपरासी और बच्चों के परिवार वाले दूर से इस दृश्य को देख रहे थे। शास्त्री जी ने मिट्टी के तेल की पूरी गेलन बण्डलों पर छिड़का कर उसे भी वहीं फेंक दिया। फिर चपरासी को आवाज़ लगाकर माचिस माँगी। उसने जैसे ही माचिस दी शास्त्री ने तिल्ली निकाल कर जलानी चाही तो नज़र दोनों बच्चों के मुँडे सिर और चोटी पर ठहर गयी। बच्चे एकटक शास्त्री को देख रहे थे और उनकी आँखों में आज भी वही अनुत्तरित प्रश्न कौंध रहा था जिसे केवल व केवल शास्त्री वेदराम सुन सकते थे।

उन्होंने माचिस की तिल्ली जलाई और किताबों के ढेर पर फेंक दी। आग का भभका काले धुएँ के साथ आसमान की ओर ऐसे उठा मानो उसे जला कर भस्म कर देगा। फिर फुर्ती से मुड़े और अपने कमरे से अपना झोला उठा कर जाने लगे। चपरासी और बच्चों के परिवार ने जब उनकी तरफ़ देखा तो लगा कि मैदान से ज़्यादा आग तो उनकी आँखों में जल रही है। बच्चे अभी भी उसी प्रश्न के साथ एक किनारे खड़े थे।

शास्त्री के कानों में फिर वही प्रश्न गूँजा,

'गुरुजी! गुरु जी! हिन्दू क्या होता है...?'

उनके पाँव रुक गये। पीछे मुड़े तो देखा बदरू और आलम खड़े थे। एक मन किया कि कमरे से शीशा मँगवा कर उन दोनों को उनकी

ही शक्लें दिखाएँ और कहें कि ये होता है पर उन्होंने अपने को संयत कर लिया। एक नज़र आग की लपटों की ओर दी और सीधी उँगली उस पर तान दी, जैसे कह रहे हों कि यही होता है....और चुपचाप गेट से बाहर निकल लिए।

दोनों बच्चे, उनका परिवार और चपरासी स्तब्ध खड़े एकटक भभकती आग को देख रहे थे।

प्रभात ख़बर : दीपावली विशेषांक–2017

फ्लाई किल्लर

उस चिनार के पेड़ पर सारे मौसम रहते थे।

उसके नीचे लगी लोहे की बेंच अंग्रेज़ों के ज़माने की थी जिस पर वह बैठा रहता था। वह कई बार अपनी उँगलियों के पोरों पर हिसाब लगाता कि इस चिनार के पेड़ की उम्र इस बेंच से कितनी छोटी रही होगी लेकिन वह सही सामंजस्य नहीं बिठा पाता। वह आसपास खड़े आसमान को स्पर्श करते देवदारों से बतियाना चाहता, जिन पर वह विश्वास कर सकता था कि इस दुर्लभ चिनार के पेड़ को किस समय और किस मौसम में रोपा गया होगा। वह नगर निगम के माली से भी यह बात पूछ सकता था परन्तु उसे किसी पर विश्वास ही नहीं होता कि कोई इस बारे में सही बता देगा। कुछ भी था वह इस बेंच पर बैठा–बैठा अपने को बहुत स्वतन्त्र और सुरक्षित महसूस किया करता था।

गर्मियाँ शुरू होने से पहले चिनार पर चैत्र–बैसाख बैठ जाते और उसके सूखे जिस्म से छोटी–छोटी हरी कोंपले निकलने लगतीं। बेंच पर बैठा वह अपने भीतर बसन्त महसूस करता और उसके अप्रतिम सौन्दर्य से अभिभूत हो जाता। हर पत्ते की ओट में उसे ज्येष्ठ और आषाढ़ भयंकर गर्मी की झुलस से छुपते दिखते। हवाएँ जैसे तीव्र लू से बचती, उन्हीं के बीच छुपछुपी करती, शीत झोंकों में तब्दील होती लगतीं और तीखी गर्मी में उस बेंच पर बैठा वह अपने भीतर ग़ज़ब की ठण्डक महसूस करता। उसके देखते–देखते चिनार के पत्तों पर पूरा यौवन बस जाता और सावन–भादों उन्हें अपने आलिंगन में ले लेते। रिमझिम या भारी वर्षा में भी वह अपने रूमाल से बेंच के मध्य भाग को सुखा कर वहाँ बैठ जाता। इन दिनों उसके पास एक छाता होता। कई बार बादलों की पतली परतें उसके छाते पर इठलाने लगतीं और उसे अपने शरीर में काँटो जैसी हल्की चुभन महसूस होती। उसे अचानक माँ याद आ जातीं जो बरसात में अकसर

उसे समझाया करतीं कि रिमझिम वर्षा के साथ जो सफ़ेद घुईं खेतों में पसरी रहती है उसके काँटे बदन में चुभ जाते हैं।

आश्विन और कार्तिक के महीनों का आक्रमण जैसे ही उस हरियाते पेड़ पर होने लगता वह विचलित हो जाता। इन महीनों के साथ माघ और फाल्गुन भी चले आते। चारों मिलकर उस चिनार को नंगा और निर्जीव करने में कोई कसर नहीं छोड़ते। एक–एक करके उसके पत्ते झरते रहते और बेंच के चारों तरफ़ उनका ढेर लग जाता। वह बैठने के लिए जैसे ही उन्हें हटाने लगता वे अजीब तरह से चीखने लगते। पौष के आते–आते उन पत्तों का कहीं नामोनिशां नहीं मिलता। माघ और फाल्गुन तो जैसे उसका पूरी तरह चीर हरण कर लेते और वह पेड़ ऐसा लगता जैसे सदियों से सूखा खड़ा हो। निर्जीव। अचेत। निस्तेज। उसकी निराशा, शिथिलता, बुझापन और उल्लासता मानो पूरे परिवेश पर छा गयी हो। इन्हीं सभी के बीच वह भी अपने को जैसे निपट नंगा पाता...महसूस करता। उसे ये महीने कई राजनीतिक दल के गठबन्धनों जैसे लगते, जिनके मिजाज़ तो अलग–अलग होते पर उस हरे–भरे पेड़ पर पतझड़ से लेकर शीत–आक्रमण तक वे एकमत हो जाते और उस चिनार के जीवन को विरामित कर देते। पेड़ निर्जीव ज़रूर दिखता पर वह और अधिक प्रामाणिकता के साथ उन प्रतिकूल प्रहारों को सहते हुए किसी तपस्वी जैसा सम्पूर्ण अक़ीदत के साथ नया जीवन पाने तक विश्रामशील लगता।

उस बेंच पर एक साथ चार लोग बैठ सकते थे। वह लंच टाइम में आकर वहीं बैठ जाता और उन मौसमों को अपने भीतर जीने लगता। उसका बैठना बेंच के मध्य इस तरह होता ताकि उसके अकेलेपन में कोई दूसरा खलल न डाले। वह जितनी बार भी वहाँ आता उसे बेंच खाली मिलता। शायद ही कभी ऐसा हुआ हो कि उस पर पहले से कुछ लोग बैठे हों और उसे अपने बैठने का इन्तज़ार करना पड़ा हो। कभी जब उस पर कोई बैठा रहता और उसे सामने से बेंच की ओर आते देखता तो वह या कोई भी दो–तीन लोग या बच्चे या औरतें या उसके हम उम्र पचपन साल के आसपास के लोग अचानक उठने लगते जैसे वे सभी उसके सम्मान में बेंच को खाली कर रहे हों। उसे अपने होने पर गर्व होता और वह बीच में बैठ जाता। कुछ पल बैठने के बाद वह मानसिक रूप से स्खलित होने

लगता। एकाएक खड़ा हो जाता। अपने कपड़े झाड़ता। अपनी पैण्ट की जिप को देखता कि कहीं खुली तो नहीं रह गयी है। फिर जेब से अपना एंडराएड फ़ोन निकालता और उसकी स्क्रीन में अपना चेहरा देखता। बाल देखता। गले में बँधी टाई हाथ से ठीक करता। अपनी छोटी–छोटी मूँछों को उँगलियों के पोरों से सिधाता। जब पूरी तरह आश्वस्त हो जाता कि उसके यहाँ होने या बैठने में कोई अवनति, अपकर्ष या अभद्रपन नहीं है जिसकी वजह से वह दुर्यश का कारण बने, वह फिर अपनी पूर्व मुद्रा में बैठ जाता और चिनार के पेड़ पर बैठे मौसम को निहारने लगता।

कुछ देर बैठने के बाद पता नहीं क्यों उसका अर्जित आत्मविश्वास टूटने लगता और आत्मसन्देह में परिवर्तित हो जाता। उसे लगता कि क्या उसके शरीर से कोई अशिष्ट संकेत तो नहीं मिलने लगे हैं जिससे लोग उससे दूरियाँ बना लेते हैं। वह अपने भीतर की गन्ध को महसूस करने लगता। कई बार अपने नाक से सूँघने की कोशिश करते हुए जल्दी–जल्दी ऐसे साँस भीतर और बाहर लेता–छोड़ता मानो सुदर्शनक्रिया का अन्तिम चरण पूरा कर रहा हो। बहुत प्रयास के बाद वह अपने को थोड़ा स्थिर और सहज कर लेता और अपने विश्वास को समेटते हुए आश्वस्त हो जाता कि कहीं कुछ ऐसा दुष्कर नहीं है जिससे लोग उसकी उपस्थिति से असहजता महसूस करने लग जायें।

किसी भी काम से यदि किसी ने मिलना होता तो वह डेढ़ से दो बजे के मध्य इसी जगह चला आता और खड़े–खड़े उससे बातें करता। उसे अपने ऑफिस, मित्रों और रिश्तेदारों के बीच कई असामान्य गुणों की वजह से ऐसी मक़बूलियत हासिल थी जो आज किसी में भी विरल देखने को मिलती। हालाँकि योजना निदेशालय में वह किसी बड़े पद पर तैनात नहीं था फिर भी कम्प्यूटर विज्ञान में महारत हासिल होने की वजह से उसे इन्फॉरमेशन टेक्नोलॉजी विंग का इन्चार्ज बनाया गया था। इसलिए कम्प्यूटर और इण्टरनेट से जुड़ी तमाम तकनीकें उसे बख़ूबी मालूम थीं। गूगल जैसी विश्व प्रख्यात साइट से तो उसका रिश्ता दादी–पोते जैसा हो गया था। अपने देश सहित विश्व भर की तमाम जानकारियाँ उसके ज़ेहन में दादी के उपले में रखी आग की तरह छुपी रहती। बेंच पर बैठा वह कभी किसी को मिलने खड़ा नहीं होता और न ही मिलने वाला उसके अगल–बगल बैठता। लोग उसके पास कई तरह की सलाहें और मशविरें लेने आते रहते जिनमें आधुनिक तकनीक से लैस एंडराएड फ़ोन का कल्चर

समझने वाले अधिक होते। किसी का इण्टरनेट नहीं चल रहा होता। किसी की फेसबुक या दूसरे एकाउण्ट नहीं खुलते। कोई अपना पासवर्ड भूल जाता। कोई अपने थ्री जी फ़ोन को फोर जी में कनवर्ट करने की तकनीक समझता। किसी का फ़ोन हैंग हो जाता तो कोई हिन्दी में टाइप न होने की वजह को जानता–समझता। अब तो लोग विशेषकर उसकी सेवाएँ मोबाइल इण्टरनेट बैंकिंग और पेटीएम को समझने के लिए लिया करते और अपने–अपने बैंक के एकाउण्ट उससे खुलवाकर साथ–साथ पेटीएम एप भी डाउनलोड करवा लेते। उसके मित्र इस काम के बदले उसे चाय–कॉफ़ी ऑफर करते लेकिन वह साफ़ मना कर देता। वह इन कामों को करते कभी भी अमृदुल या असहज नहीं होता। वह हमेशा विनम्र बना रहता। किसी ने कभी भी उसके चेहरे पर मायूसी या शिकन नहीं देखी होगी। उसके चेहरे पर हमेशा चिनार के पेड़ की तरह चैत्र–बैसाख बैठे रहते और उस बसन्ती मुस्कान से उसके मित्र भी उस जैसा बनने का प्रयास करते।

उसकी सेवानिवृत्ति भी उसी मौसम में हुई थी जब आश्विन और कार्तिक के महीनों ने चिनार पर बैठ कर उसके पत्तों को एक–एक कर गिराना शुरू किया था। अपनी सेवानिवृत्ति के दूसरे दिन भी वह पहले की तरह तैयार होकर जब घर से बाहर निकलने लगा तो पत्नी ने पूछ लिया था–

'जी, ऐसे सजधज कर कहाँ जा रहे हो?'

उसके क़दम ठिठक गये। क्योंकि आजतक तो कभी पत्नी ने इस तरह टोका नहीं था। खड़े–खड़े वह पीछे मुड़ कर उसके चेहरे को गौर से देखने लगा कि कहीं उसकी तबीयत तो खराब नहीं। इससे पहले वह कुछ प्रतिक्रिया देता पत्नी ने उसकी शंका का समाधान कर लिया था।

'आप पिछले कल रिटायर हो गये हैं?'

रिटायर शब्द ने उसे भीतर तक झिंझोड़ दिया। उसे लगा जैसे पल में ही वह चिनार की तरह नंगा हो गया है। वह उस शब्द की विलोम ध्वनि कुछ देर अपने भीतर महसूस करता रहा। सचमुच उसे बिल्कुल याद नहीं था कि वह अब सेवानिवृत्त हो गया था। अपने को सहज करते हुए वह थोड़ा पास आया और प्यार से समझाने लगा–

'मैं तुमसे झूठ नहीं बोलूँगा। सच में मुझे नहीं याद रहा। तुम तो

जानती हो 37 सालों तक नौकरी की है और वह भी एक ही दफ़्तर में। अब यह आदत तो धीरे–धीरे जायेगी न। वैसे भी घर से बाहर तो उसी रूटीन में निकलना होगा। नहीं तो कुछ दिनों में ही जड़ हो जाऊँगा।'

'तो लंच साथ ले जाओ। अब दफ़्तर की कैण्टीन तो नहीं है कि भूख लगने पर कुछ मँगा लिया।'

पत्नी ने रसोई में जाते–जाते कहा था।

उसे उसकी बात जँच गयी। पता नहीं कितना समय लौटने को लगेगा। फिर उसे रिटायरमेण्ट के बाद के कई काम याद हो आये। अपने पर गुस्सा भी आया कि क्यों उसे इतनी–सी बात याद नहीं रही। याद रहती तो पेंडिंग कामों की एक लिस्ट ही बन जाती। दफ़्तर के भी तो अभी कई काम शेष थे।

इसी बीच पत्नी ने उसे लंच पकड़ा दिया और हिदायत दी कि समय पर खा लें और जल्दी घर आ जायें।

उसने लंचबाक्स पकड़ कर अपने बैग में डाला और बाहर निकल गया।

बाहर निकलते ही उसे नारों का शोर सुनाई दिया। उसने सामने देखा तो एक विशाल हुजूम गाजे–बाजे के साथ सब्जीमण्डी ग्राउण्ड की ओर जा रहा था। उसे एकाएक झटका–सा लगा। उसे याद आया कि पूरे देश में नई पार्टी जीत कर आयी है। रिटायरमेण्ट की पार्टी और मिलने–जुलने आने वाले लोगों की वजह से पिछले दिन उसे याद ही नहीं रहा कि चुनाव में विपक्ष भारी बहुमत के साथ जीत गया है। पिछली रात को उसने पहली बार इतनी थकावट महसूस की कि समाचार तक ध्यान से नहीं देख–सुन पाया। हालाँकि उसके कमरे में टीवी नहीं था, वह अपने कम्प्यूटर पर ही इण्टरनेट से यह काम चला लेता था। समाचार तो वह अपने ऑफिस में लगे टीवी पर ही देख लिया करता।

इन्हीं नारों की ध्वनियों के मध्य वह अपने रास्ते चलता रहा। बहुत से ख़याल उसके मन में आते–जाते रहे। सबसे आहत करने वाली बात यह थी कि जिस एक पार्टी को वह बरसों से, या आज़ादी के बाद से वोट देता रहा, वह पूरी तरह हर जगह हारती चली गयी। उसे चिनार पर बैठे मौसम याद हो आये कि परिवर्तन तो समय की माँग है, उसे कौन रोक सकता है। लेकिन किसी भरे–भराये पेड़ पर से सारे मौसमों का इस तरह चले जाना दुःखद तो है ही।

आज जब वह उठा तो उसे अपने घर में कई परिवर्तन देखने को मिले। पहले उसका बेटा कमरे में आया। उसके हाथ में पाँच सौ और हज़ार के कई नोट थे। फिर बहू आयी और उसके बाद पत्नी। उनके हाथों में भी कुछ नोट थे। बेटे ने ही शुरुआत की थी, 'कैसा लग रहा है डैड फ्री होकर?'

वह मुस्कुरा दिया था। कहा कुछ नहीं।

'आप जानते हैं कि पाँच सौ और हज़ार के नोट बन्द हो गये हैं।'

उसे झटका सा लगा।

'कब हुआ यह सब...?'

'अरे डैड, रात से ही तो टीवी पर आ रहा है।'

उसने कुछ नहीं कहा। वैसे वह इसका बढ़िया जवाब दे सकता था कि घर के दोनों टीवी तो आप लोगों के कमरों में हैं। मनमर्ज़ी के कार्यक्रम देखने के लिए। अब मुझे तो समाचारों के लिए तीसरा टीवी ख़रीदना होगा। पर वह चुप्पी साध गया।

बेटे ने अपनी पत्नी और माँ से नोटों को लेकर उसे पकड़ा दिये थे।

'डैड! ये नोट हमारे पास थे। कुछ माँ के पास भी। आपके पास भी तो होंगे ही। अब समय ही समय है। बैंक जाकर इन्हें बदलवा लीजिए। आपकी तो जान–पहचान भी बहुत है।'

अपना–अपना काम बता कर सभी कमरे से बाहर निकल गये। उसे आज अच्छा लगा कि वह अब अपने परिवार के लिए भी समय दे सकता है। उसका छोटा–सा परिवार था। बेटा यूनिवर्सिटी में प्रोफ़ेसर था और बहू एक प्राइवेट स्कूल में अध्यापिका। दो पोतियाँ थीं जिनकी शादियाँ हो गयी थीं। उसने नोटों को समेटा और अपनी अलमारी खोली। पाँच सौ और हज़ार के कुछ नोट रखे थे। आज घर में जितना भी धन जिस किसी ने अपने–अपने हिसाब या ज़रूरत के मुताबिक़ रखा था वह सभी निकल गया। कुल पैंतालीस हज़ार के करीब। उसे ज़ोर की हँसी आयी कि जीवन कुमार के पास 37 सालों की नौकरी के बाद घर में बस यही काला धन है? उसने पैसों के साथ कुछ दूसरे काग़ज़ अपने बैग में डाल दिये। तैयार हुआ और नये काम पर निकल गया।

आज पूरे शहर का माहौल गर्म था। हर तरफ़ नोटबन्दी की चर्चाएँ थीं। बौखलाहट थी। मायूसी थी। हड़कम्प था। वह सीधा अपने बैंक में गया।

वहाँ देखा तो सर चकरा गया। तक़रीबन पाँच सौ लोगों का जमघट लगा था। कई लाइनों में लोग खड़े थे। वह भी एक लाइन में खड़ा हो गया। इधर–उधर झाँकता रहा। बैंक में बहुत से कर्मचारी थे जो पूर्व में उसकी सेवाएँ लेते रहे थे। लेकिन आज कोई दिखाई नहीं दे रहा था। एक दो बार उसने लाइन से बाहर निकल कर बैंक के भीतर जाने का प्रयास किया लेकिन वहाँ खड़े पुलिस वालों ने रोक दिया। पूरे दिन वह भूखा–प्यासा खड़ा रहा लेकिन उसकी बारी नहीं आयी। थका–हारा वह घर चला आया।

कई दिनों तक वह उसी रुटीन में बैंक के चक्कर काटता रहा परन्तु नोट बदलवाने या जमा करवाने में कामयाब नहीं हो पाया। घर में सभी आश्वस्त थे कि वह सभी के पैसों को बैंक में या तो जमा करवा लेगा या बदलवा देगा। आज जब वह घर पहुँचा तो सीधा बिना कुछ बात किये अपने कमरे में चला गया।

उसका माथा पसीने से तरबतर था। जितना पोंछता उतना ही गीला हो जाता। अपने को इतना कमज़ोर और असहाय कभी महसूस नहीं किया जितना उसने इन दिनों बैंक की लाइन में खड़े–खड़े किया था। उसने कई बार बैंक में फ़ोन पर बात करनी चाही लेकिन सभी के फ़ोन बन्द मिले। दिन को अब वह बेटे के कमरे में जाकर समाचार देख लिया करता था। जिस चैनल पर भी देखों, बैंक के बाहर लम्बी–लम्बी लाइनें ही नज़र आतीं। कहीं पैसों के लिए झगड़े होते तो कहीं भीड़ पर पुलिस वाले लाठियाँ बरसाते रहते। फिर ख़बरें आने लगीं कि लाइनों में खड़े–खड़े कई बुज़ुर्ग बेहोश होकर मरने भी लगे हैं। उसके मन में अचानक विचार आया कि उसके साथ भी तो ऐसा ही कुछ हो सकता है। वह एक पल के लिए जड़–सा हो गया। दूसरे पल सोचने लगा कि थोड़े से पैसों के लिए वह अपने को क्यों इतना विवश या मजबूर कर देगा कि वह इस परिस्थिति तक पहुँच जाये। लेकिन जिस तरह का माहौल बन रहा था उससे उसे यह चिन्ता ज़रूर थी कि वह समय रहते परिवार के इस छोटे से काम को कैसे निपटा पायेगा? रिटायमेण्ट से पूर्व ऑफ़िस में रहते हुए तो उसके सारे काम चपरासी या उसका कोई क्लर्क करवा दिया करता। उसके मन में यह भी ख़याल आया कि क्यों न वह अपने दफ़्तर जाकर किसी को इन पैसों को दे दे ताकि वह अपनी सुविधा से जमा करवा दे या उन्हें नये नोटों से बदलवा कर उसे दे दे। फिर उसे कई पहले के रिटायर लोगों का ध्यान आया कि जब वे उसके अपने दफ़्तर आते थे तो लोग कैसे उनकी उपेक्षा करने से नहीं चूकते। अब

वह भी उन्हीं की श्रेणी में शामिल है। ...यह सोचते–सोचते उसे लगा कि वह 'रिटायरमेण्ट' शब्द कहीं उसकी जीभ पर चिपक गया है। उसने एक–दो बार जीभ के मध्य दाँत फँसा कर उसे बाहर निकालना चाहा लेकिन वह धीरे–धीरे कहीं भीतर घुसता चला गया था।

आज पहले वह बैंक की क़तार में लगा रहा। भारी जद्दोजहद के बावजूद उसकी बारी नहीं आ सकी। फिर थका–हारा वह कई दिनों बाद चिनार के पेड़ के नीचे लगी बेंच पर बैठने चला आया। वहाँ पहुँचा तो देखा कि उस पर सूखे पत्तों की कई परतें जमी पड़ी थीं। पतझड़ के महीने जैसे हर टहनी पर बैठे उम्रदराज पत्तों को एक–एक करके बेघर करने में लगे थे। वह कभी बेंच को देखता तो कभी नंगे होते उस चिनार को। हल्की–सी हवा से कोई पत्ता नीचे गिरता तो उसे लगता जैसे अथाह वेदना से वह कहरा रहा है। वह घिसटता, लड़खड़ाता–सा अधमरा हो कर दूर–पार चला जाता। हवा तेज़ चलती तो बहुत से पत्ते भुरभुराकर उसके आसपास और कुछ उसके ऊपर गिरने लगते। उसने देखा कि समय के साथ–साथ कितना कुछ नहीं बदल जाता? यह सोचते वह 'समय' शब्द पर अटक गया। एक समय था जब वह नौकरी के लिए शहर आया, एक समय था जब उसकी नौकरी लगी, एक समय था जब उसकी शादी हुई और बच्चे हो गये, एक समय यह भी है जब वह रिटायर है और अकेला–अकेला सा चिनार और पत्तों का सहारा ढूँढ़ रहा है...असहाय–सा बैंक के बाहर लगी पंक्तियों में दिन भर खड़ा रहता है और अपने ही थोड़े से पुराने नोटों को बदलवाने में नाकामयाब हो रहा है।

पर वह इस मौसम का क्या कर सकता था जो अब चिनार के साथ उस पर भी बैठने लगा था। कई प्रश्न उसके मन में आये थे...कि क्या वह भी इस चिनार का ही कोई प्रतिरूप है....क्या वर्ष भर के सारे मौसम उस पर भी ऐसे ही आकर बैठ जाते हैं...उसका या किसी का भी जीवन इसी चिनार जैसा है...? उम्र के अन्तिम पड़ाव में आदमी का जीवन भी सभी मौसमों से विच्छिन्न हो जाता है। पर एक मौसम हमेशा उसका साया बनकर उसके साथ अन्त तक होता है, कभी विलग नहीं होता–पतझड़। वह निराश होकर कभी उस बेंच को देखता। कभी चिनार को तो कभी अपने ढलते जीवन को। तभी उसे लगता जैसे वह चिनार उससे बतियाने

लगा हो...उस से कह रहा हो कि...देखो मैं भी तो सर्दी में ठिठुरता रहता हूँ। साँस भी नहीं ली जाती। फिर भी मुझे डट कर इन प्रतिकूलताओं का सामना करना है, ताकि मौसम ख़ुद–ब–ख़ुद चल कर आये और फिर से मुझे हरा–भरा करे। देखो, मैं कहीं नहीं जाता। एक जगह अडिग रहता हूँ। भयंकर अँधेरों में भी। तूफ़ानों में भी। मुसलाधार वर्षा में भी और बर्फ़ के दिनों में भी।

इन्हीं खयालों में खोया वह बेंच की तरफ़ बढ़ा और हाथ से सारे पत्ते हटा लिए। फिर अपनी जेब से रूमाल निकाला और उस पर जमी धूल की परत को साफ़ कर दिया। बेंच पहले जैसा चमकने लगा था। पता नहीं कितने दिनों से उस पर कोई नहीं बैठा होगा।...क्या लोग अब किसी पेड़ की छाँह में नहीं बैठते होंगे...क्या लोगों ने अब आराम करना छोड़ दिया होगा...क्या अब सभी के भीतर पतझड़ घुस गया होगा...उसके मन में ऐसे कई विचार कौंधे और चले गये। उसने महसूस किया कि जैसे चिनार और बेंच उसके जीवन के दो छोर हो। एक जीना सिखा रहा है और दूसरा घड़ी–दो घड़ी उस जीने को ठहराव दे रहा है। यह ठहराव आराम है, जो जीवन का अभिन्न अंग है। इसी के साथ उसने एक ओर बैग रखा और बैठ गया था।

आज वह बेंच के मध्य नहीं बैठा। किनारे बैठ गया था। इसलिए ही कि शायद कोई दूसरा थका–हारा, उस जैसा, आये तो पल दो पल यहाँ आराम कर लें। बैठते–बैठते उसे नयी सरकार के बदलने के बाद के कई परिदृश्य याद आ गये। अचानक वह एंटी रोमियो सेना और गौररक्षक की कुछ असभ्य वारदातों के मध्य उलझ गया। पिछली रात जो कुछ समाचार उसने अपने ओर कई दूसरे शहरों के देखे–सुने उन्होंने उसे बहुत विचलित कर दिया था।...बैंको के बाहर लम्बी क़तारें, लोगों का आक्रोश, पुलिस का लाठीचार्ज और लड़का–लड़की को एक साथ देख कर पुलिस और लोगों द्वारा उनकी पिटाई। वह उन स्मृतियों और छवियों को अपने मन से ऐसे बाहर निकालने का प्रयास करता रहा जैसे कोई कोट पर बैठी धूल को झाड़ता है, लेकिन उन समाचारों या घटनाओं के धुँधलेपन को वह झाड़ने और बाहर निकालने में पूरी तरह नाकाम रहा था। वह उसी तरह बेंच पर बैठ गया कि दो–चार घड़ी सुकून से गुज़ारेगा।

वह अभी बैठा ही था कि सामने से एक लड़की आती दिखाई दी। उसने अन्दाज़ा लगाया कि उसकी उम्र सात या आठ बरस होगी। उसके हाथ में आइसक्रीम थी। उसकी नज़र अचानक लड़की के दायी ओर पड़ी, जहाँ एक बन्दर आइसक्रीम को झटकने की ताक में था। वह झटके से उठा और उसे पकड़कर बेंच तक ले आया। लड़की बन्दर को देखकर घबरा गयी थी। उसने उसे अपने साथ बिठा दिया। उसका दिल ज़ोर–ज़ोर से धड़क रहा था। वह स्थानीय नहीं थी। बाहर से अपने परिजनों के साथ घूमने आयी थी। उसने उसकी पीठ सहलाई और ढाढस बँधाया कि उसे डरने की आवश्यकता नहीं है। लड़की थोड़ा सहज होकर जल्दी–जल्दी बची हुई आइसक्रीम खाने लगी। वह इधर–उधर देखता रहा कि उसके परिजन उसे लेने आयेंगे पर पता नहीं वह उसे छोड़ कहाँ निकल पड़े थे। वह यूँ ही उससे बातें करने लग गया था।

तभी अचानक दो–तीन पुलिस वाले कुछ युवाओं के साथ वहाँ धमक पड़े। नौजवानों के गले में एक विशेष रंग के पट्टे थे जिन पर लिखा था एंटी रोमियो सेना। उसे कुछ समझ नहीं आया। तभी एक पुलिस वाले ने पूछ लिया–

'तुम्हारी लड़की है?'

'नहीं तो...।'

'फिर ये इधर कैसे....?'

वह कुछ बोल पाता, पीछे से एक नौजवान ने आकर सीधा उसका कालर पकड़ लिया।

'हम बताते हैं न अंकल। ऐसे ही तुम इसे फुसलाओगे, बहलाओगे और गलत काम करके निकल जाओगे। जानते हैं हम तुम जैसे बूढ़ों को। ले चलो इसे पुलिस थाने।'

उस नौजवान की हरकत से पुलिस वाले एक पल के लिए भौचक रह गये पर क्या करते अब माहौल ही इसी तरह का था।

उसे कुछ समझ नहीं आ रहा था कि यह क्या हो रहा है। उस नौजवान ने उसका कालर अभी भी पकड़ा हुआ था। उसने पुलिस वालों की तरफ़ इस आस के साथ देखा कि वे इस बदतमीजी के लिए उसकी मदद करेंगे। जब कोई प्रतिक्रिया नहीं हुई तो उसने झटके से उस नौजवान का हाथ कालर से हटा दिया। झटका इतना तेज़ था कि वह तक़रीबन दस फुट दूर औंधे मुँह गिर पड़ा।

'तुमको इतनी भी शर्म नहीं है कि सीनियर लोगों से कैसे बात करते हैं। मैं तुमको बदमाश, गुण्डा दिखता हूँ...?'

कालर सीधा करते हुए वह उन नौजवानों और पुलिस वालों पर टूट पड़ा था। उन्होंने सोचा भी नहीं था कि पतला–दुबला दिखने वाला वह आदमी पल भर में एक हंगामा खड़ा कर देगा। वे कई लोग थे। उसे क्या मालूम कि अब इस तरह कोई अधेड़ या युवा किसी लड़की के साथ नहीं बैठ सकता। साथ नहीं चल सकता। कोई बच्ची भी किसी पराये आदमी के साथ नहीं बैठ सकती।

काफ़ी देर वहाँ हंगामा होता रहा और आखिर उसे पुलिस वालों के साथ थाने में जाना पड़ा। बच्ची के परिजन अभी भी नहीं आये थे।

पुलिस स्टेशन में जब उसे ले जाया गया तो वह गुस्से से तमतमाया हुआ था। भीतर जाते ही उसने जेब से अपना फ़ोन निकाला और सीधे सिटी के एस.पी. को लगा दिया। पुलिस वालों ने कभी सोचा भी नहीं था कि इस तरह कुछ हो जायेगा। इससे पहले कि पुलिस वालों को बात समझ आती उसने सारी बात एसपी को बता दी थी। एस.पी ने इस मध्य चौकी इन्चार्ज से बात कर ली थी। चौकी प्रभारी ने स्थिति को ज़्यादा बिगड़ने नहीं दिया और समझा–बुझाकर इस मामले को खत्म करवा लिया। शायद अब पुलिस वालों और उन नौजवानों को थोड़ा एहसास हुआ होगा कि उन्होंने बिना वजह ही यह हंगामा कर दिया। लड़की अभी भी सहमी हुई थी। इसी बीच उसके परिजन वहाँ पहुँच गये थे। पुलिस वालों ने उसे उनके हवाले कर दिया।

इस छोटे–से वाक्य ने उसे भीतर तक हिला दिया था। वह सड़क पर चल तो रहा था लेकिन उसे लगा जैसे उन नौजवानों के गले के पट्टे उसके अपने गले में फँसने लगे हों। वह चलते–चलते जैसे उनको गले से उतार कर फेंकने की कोशिश कर रहा हो। उसने इस तरह कई बार कोशिश की लेकिन गले में कुछ नहीं था। वह सड़क में सभी से बच कर चल रहा था। विशेषकर उसे कोई बच्ची या लड़की दिखती तो उसकी साँसे रुक जातीं। वह झटपट उनसे दूर हो जाता या भाग कर निकल पड़ता। राह चलते लोगों की आँखें उसे दूर तक जाते देखती रही। उन्हें वह शायद साधारण आदमी नहीं लग रहा था...कोई मानसिक विक्षप्त व्यक्ति जो इस तरह की सायास हरकतें करता चला जा रहा है। उसे इस बीच कोई भी परिचित नहीं मिला। वह अपने साथ हुई और अपने

द्वारा की जा रही तमाम बातों से इस तरह परेशान हो गया जैसे उसने न जाने आज कितनी शर्मनाक हरकतें कर ली होंगी। शर्म जैसी कोई चीज़ उसके शरीर और भीतर तक ऐसे महसूस हुई जैसे किसी मोबाइल या कम्प्यूटर में कोई ख़तरनाक वायरस घुस गया हो। फिर लगा कि यह वायरस कहीं उस नई सरकार के साथ–साथ तो नहीं चला आया है जो इस शहर जैसे कई शहरों में घुस कर उसे अशान्त कर देगा। घर तक वह कई ऐसी बातें सोचता रहा था जिनका कहीं कुछ औचित्य नहीं था पर वे जैसे होने को तैयार बैठी थीं। घर पहुँच कर उसे कुछ राहत महसूस हुई पर न जाने क्यों उन पट्टों पर लिखा 'एंटी रोमियो' और थोड़ी देर मस्तिष्क में कौंधा 'वायरस' शब्द उसकी आँखों में घुस गये। वह सीधा बाथरूम गया और पानी से आँखें धोता रहा। वे शब्द अब आँखों के पारों से निकल कर अपने कानों में पसरते लगे। उसने दायें और बायें हाथ की तर्जनी से कई बार कान खुजलाए लेकिन लगा कि वे कहीं उसके भीतर घुस कर बैठ गये हैं।

उस दिन के बाद कई शब्द जैसे उसकी आँख, कान, गले और मस्तिष्क में चिपक गये थे। कभी वे आँखों में चुभने लगते तो अजीब तरह से आँखें इधर–उधर घुमाता। खोलता और बन्द कर देता। दूसरे पल कान खुजलाने लगता। उन्हें कुछ पल बन्द किये रखता। फिर उसके हाथ अनायास ही नाक के नथुनों को बायें हाथ की तर्जनी और अँगूठे से बन्द कर लेते। वह भीतर ही भीतर कपाल–भाती जैसा कुछ करता और ज़ोर से उज्जैयी प्राणायाम की मुद्रा में आ जाता।

आज फिर सीधा वह बैंक चला गया था। लोगों की पंक्तियाँ अभी भी समाप्त नहीं हुई थीं, जैसे सभी काला धन लेकर बैंक के बाहर खड़े हों। बहुत मशक्कत और जद्दोजहद के बाद भी वह अपने नोट नहीं बदलवा पाया। वह पिछले कई दिनों से देख रहा था कि एक पतली सी अधेड़ महिला लाठी के सहारे जब भी आती तो सबसे पीछे पंक्ति में खड़ी हो जाती। कुछ देर के बाद वह बैठ जाती। फिर उठती और कुछ हिम्मत जुटा कर लाइन में लग जाती। अचानक वह खाँसने लगती तो जैसे सारे शरीर का बोझ दोनों हाथों की हथेलियों से ज़मीन में गड़ाई लाठी पर सिमट जाता। वह काफ़ी आगे लोगों के मध्य खड़ा होकर उसे देखता तो

लाइन तोड़ कर उस औरत को अपनी जगह खड़ा करने का प्रयास करता। लोगों की असंवेदनशीलता और अधैर्य इतना हो जाता कि वह जहाँ से पंक्ति से बाहर होता उस औरत के वहाँ पहुँचाने तक लोग एक–दूसरे से चिपक जाते और उसे उनसे बहुत अनुनय करके उसे वहाँ खड़ा करना पड़ता। परन्तु वह देखता कि उसका भी कोई लाभ उस बेचारी को नहीं मिलता और वह दिनभर उसी हालत में खड़ी रहती।

एक दिन पंक्ति में खड़ी–खड़ी वह अचानक गिरी और बेहोश हो गयी। उसने अपने नोटों की परवाह न करते हुए तत्काल उसे अपनी बोतल से पानी पिलाया और 108 एम्बुलैंस को बुला कर अस्पताल भिजवा दिया। वह कभी उससे उसके परिजनों के बारे में भी नहीं पूछ पाया। न ही उसने कभी किसी और को उसके साथ देखा। जब उसे एम्बुलैंस में स्ट्रेचर पर रख रहा था तो उसकी मुट्ठी में एक नोट दिखा। उसने धीरे से उसे खींचा और देखा कि वह पाँच सौ का पुराना नोट है। वह अचम्भित रह गया कि महज़ पाँच सौ रुपये के लिए वह बेचारी इतने दिनों से परेशान थी। उसने नोट को अपने पास रख कर अपनी जेब से सौ–सौ के दस नोट निकाले और 108 में सेवारत महिला डॉक्टर की उपस्थिति में उसकी जेब में डाल दिये। वह उसके साथ जाना चाहता था पर खुद भी कई दिनों से नोट बदलवाने और जमा करने के चक्कर में परेशान था। इसलिए उसका जाने का मन नहीं हुआ। उसने देखा कि जहाँ वह खड़ा था वहाँ अब लोग एक–दूसरे से चिपक गये थे। वह अपनी जगह खड़ा होना चाहता था लेकिन लोगों ने उसे लाइन में पीछे खड़े होने के लिए बाध्य कर दिया। सभी के सामने वह घटना घटी थी और वे जानते थे कि उसने लाइन से बाहर होकर एम्बुलैंस बुलाई थी पर किसी को उससे कोई लेना–देना नहीं था। वह आहत, अपराजित, असहाय सा चुपचाप सबसे पीछे खड़ा हो गया था। अब उसने महसूस किया कि वह अधेड़ औरत उसके भीतर पसर गयी है। उसने अपने शरीर को बेतहाशा भारीपन से लबरेज महसूस किया और एक पल के लिए ज़मीन पर बैठ गया। उसे दिमाग़ में वह पाँच सौ का नोट घुसता महसूस हुआ। इस बीच बैंक में लंच हो गया और सभी को दूसरे दिन आने की हिदायत दे दी गयी थी कि आज नोट नहीं बदलवाये जायेंगे।

लोग धीरे–धीरे लाइनों से बाहर हो लिए। सभी के चेहरों पर अपने ही पैसों के बोझ की ऐसी विकट थकान थी जिसे शब्दों में नहीं बाँधा जा

सकता था। केवल देखा और परखा जा सकता था। महसूस किया जा सकता था। वह बैठा–बैठा सभी के चेहरों की उस थकान को अपने भीतर कुछ देर जुगालता रहा और फिर ऐसे उठा जैसे टाँगों में जान ही नहीं रह गयी हो। उसका एक मन हुआ कि वह अस्पताल जाकर उस औरत की सुख–सांद ले पर दूसरे पल सोचा कि इतने बड़े अस्पताल में बिना उसका नाम–पता जाने उसे कहाँ तलाश करेगा।

चलते–चलते उसने अपने भीतर पता नहीं कितने शब्द उठते–बैठते, बिलखते, अटपटाते, चीखते, विलगते महसूस किये थे...सरकार, रोमियो, नोटबन्दी, पुलिस, लड़की, आइसक्रीम, चिनार, मौसम, 108 एम्बुलैंस और पाँच सौ का नोट...ये शब्द नहीं जैसे नुकीली छुरियाँ हों जो उसे भीतर ही भीतर घोंपती चली जा रही हों।

थका–हारा वह बेंच तक गया और हाथ से पत्तों को साफ़ करके वहाँ बैठ गया। अब पत्ते कम होने लगे थे। जैसे वे अपने–अपने घर चले गये हों और जो कुछ विरल चिनार की टहनियों और बेंच तथा उसके आसपास थे वे मानो किसी का इन्तज़ार कर रहे हों।

संयोग से उस दिन उसे मिलने कोई नहीं आया। उसे पेड़ पर हल्की–सी काँव–काँव की आवाज़ सुनायी दी। ऊपर देखा तो एक कौवा बैठा उसी की तरफ़ नीचे देख रहा था। सोचा वह भूखा होगा। उसने उठ कर पास वाली दुकान से एक बिस्कुट का पैकेट लिया। उसे खोला और दो बिस्कुटों को तोड़कर कर बेंच के बायें किनारे पर डाल दिया। कौवा पेड़ से आकर उन्हें खाने लगा। इसी तरह लगभग पाँच मिनट की अवधि में उसने कौवे को सारे बिस्कुट खिला दिये। वह खुश हुआ कि उसकी सेवानिवृत्ति के बाद बेंच और चिनार के साथ उसका एक और दोस्त भी हो गया है। वह इस बात के लिए अपने को धन्य समझ रहा था कि उसने अपने पितरों को आज ख़ुश कर दिया है। बचपन में स्कूल के समय जब गाँव में श्राद्ध होते तो उसकी दादी और अम्मा दोनों मिलकर पहले कौवों को खाना खिलाया करती थीं। दादी एक थाली में रोटी के टुकड़े करके आँगन की मुँडेर से 'आओ कागा, आओ कागा', बोल कर आवाज़ें लगाती तो कई कौवे पलक झपकते ही वहाँ आ जाते और सारी रोटियाँ खा जाते। उसके बाद जब वह शहर आया,

जैसे कौवों को देखना ही भूल गया। कभी–कभार ही ऐसा होता कि कोई कौआ उसे कहीं पेड़ पर चुपचाप बैठा दिखायी देता। उनकी नस्लें जैसे गुम होने लगी थीं। कौवा तो उड़ गया था लेकिन 'कौवा' शब्द उसके सीधे मन में बैठ गया।

वह बेंच से उठा और घर की तरफ़ चलने लगा। बैग में रखा पुराने नोटों का बण्डल इस दृष्टि से देखा–छुआ कि कहीं गिरा तो नहीं दिया है। एक छोटे–से काम के लिए इतनी मशकत उसे शायद ही जीवन में करनी पड़ी हो। आज वह इसलिए भी अपनी ही नज़रों में अपमानित महसूस कर रहा था कि पहली बार वह अपने परिवार का इतना छोटा–सा काम नहीं कर पाया है। चलते–चलते किसी ने उसे बताया कि जिस अधेड़ महिला को उसने अस्पताल भिजवाया था वह अब नहीं रही।

'वह बेचारी अपने सांजे हुए पैसे के लिए मर गयी।'

उसकी आँखें भर आयी थीं। वह उसे नहीं जानता था पर एक इन्सानियत का रिश्ता तो था ही। फिर वह तो अभी भी शब्दों में उसके भीतर ज़िन्दा थी। उसे एकाएक वह कौआ याद आ गया। शायद वह मौत का संकेत लिए वहाँ आया होगा। उसे एक पल के लिए अच्छा लगा कि उस महिला के लिए ही कहीं वह बिस्कुट का श्राद्ध तो नहीं लगा होगा। अब दो और शब्द उसके भीतर पसर गये थे। श्राद्ध और कौआ। पर उन सब पर भारी 'मौत' शब्द था जिस पर वह कई तरह से सोच रहा था। यह बात उसके भीतर कहीं चिपक गयी थी कि इस आज़ाद देश में और वह भी इक्कीसवीं सदी के समय में कोई अपने ही पैसे बैंक से लेने के लिए कैसे मर सकता है? पर सच तो यही था।

वह आज बहुत निराश, आहत और दुखी मन से घर पहुँचा। कई पल दरवाज़े के बाहर ऐसे खड़ा रहा जैसे किसी अजनबी घर के बाहर खड़ा किसी का पता ढूँढ़ रहा हो। बहुत हिम्मत से उसने डोरबैल दबा दी। पत्नी ने दरवाज़ा खोला था। आज पत्नी ने उसे नहीं टोका कि नोट बदले या नहीं। वह जानती थी कि इन दिनों किसी बुज़ुर्ग का लाइन में खड़ा होना कितना ख़तरनाक हो रहा है। टीवी पर दिखायी जाने वाली ख़बरों से वह पूरी तरह वाक़िफ़ हो गयी थी। वह दबे पाँव, हारा हुआ–सा अपने कमरे में चला गया। आज उसे दरवाज़े के पास बूट खोलने की याद भी नहीं रही। उसकी पत्नी ने ही उसके बूट उतारे थे और सामने एक पानी का गिलास रख दिया था। उसने एक ही घूँट में पूरे गिलास को भीतर उड़ेल

दिया। बहुत राहत मिली उसे। लगा कि जितने भी शब्द भीतर जोश में उछाल मार रहे थे, वे पानी में कहीं विलुप्त हो गये हैं।

उसे नींद आनी कम हो गयी थी। वह देर रात तक ख़बरें देखता और सुनता। उसने अपने जीवन में अख़बार और टीवी समाचारों को कभी इतनी गम्भीरता से नहीं लिया था, जितना अब लेने लगा था। पहले तो काम के बोझ से वह समय ही नहीं निकाल पाता था। उसने आज एक टीवी रिपोर्ट देखी थी जिसमें भारत में हुए आतंकी हमलों के साथ–साथ दुनिया में हुए कुछ बड़े नरसंहारों को भी दिखाया गया था। साथ ही अपने देश में किसानों को किस तरह आत्महत्या करने के लिए विवश होना पड़ रहा है, इस पर कुछ निष्पक्ष विशेषज्ञों की बहस आयोजित की गयी थी। 1990 के बाद जिस तरह की परिस्थितियाँ देश में उत्पन्न हुईं, उन्होंने अब तक लाखों किसानों को आत्महत्या करने पर विवश कर दिया। सत्ताएँ अपने स्वार्थ और अतिजीविता के लिए कितनी क्रूर और आततायी हो सकती हैं, ये रिपोर्टें उसका अभूतपूर्व उदाहरण थीं।

एक चैनल पर देश में मासूम लोगों पर गौ–रक्षकों के हमलों तथा उसमें मारे गये कुछ अल्पसंख्यकों और दलितों के बारे में रिपोर्ट दिखायी जा रही थी।

वह इन रिपोर्टों को देखकर बहुत विचलित हो गया था। उसके दिमाग़ में पहले से घुसे कई शब्दों के बीच अब आत्महत्याएँ, आतंकी हमलें, नरसंहार और गौ–रक्षक जैसे शब्द ऐसे घुस गये थे कि वह बार–बार उन्हें याद करके भयभीत होने लगा था। इन शब्दों को अपने दिमाग़ से कई बार बाहर निकालने का प्रयत्न किया पर उसे लगा जैसे ये शब्द फेवीकोल के जोड़ की तरह मज़बूती से भीतर फँस गये हैं।

उसने अपना कम्प्यूटर बन्द कर दिया और आरामदेह कुर्सी पर पीछे की तरफ़ गर्दन लटकाये आँखें बन्द करके बैठ गया। उसने लाइट बुझा दी थी। वह चाहता तो अपने दिमाग़ को आराम देने की गरज से सो भी सकता था परन्तु उसे लगा कि वह कुर्सी पर आगे–पीछे झूल कर थोड़ी राहत महसूस कर लेगा। पर ऐसा नहीं हुआ। उसका विचलन बढ़ता ही गया। उसने जो टीवी में देखा था और जो कुछ समय–समय पर अपनी स्मृतियों में सँजोया था उसके धुँधले–से परिदृश्य भीतर उमड़ने–घुमड़ने

लगे थे। उसे पहले मुम्बई का छब्बीस ग्यारह याद आया। फिर अमेरिका का नौ ग्यारह और पेशावर के स्कूल में मारे गये बच्चे याद हो आये। फिर न जाने दुनिया के कितने आतंकी हमलों ने उसे घेर लिया। उसने अपने भीतर ऐसा घमासान महसूस किया जैसे अभी एक विस्फोट हो जायेगा और अपने घर समेत उसके परखच्चे उड़ जायेंगे। उसने अँधेरे में ही मेज़ पर रखी पानी की बोतल का सारा पानी एक साँस में गटक लिया। भीतर ऐसे लगा जैसे ठण्डा पानी गर्म तवे पर गिरा हो। वह अप्रत्याशित काले धुएँ के मध्य घिर गया और कुर्सी से उठ कर बदहवास–सा अँधेरे कमरे में भागता रहा। कुछ देर बाद अचानक एक निःस्तब्धता कमरे में पसर गयी। उसने सोने का जैसे ही प्रयास किया उसके सिरहाने दुनिया के कई नरसंहार आकर बैठ गये थे।

उसे पहला विश्वयुद्ध याद आया जिसमें अन्दाज़न एक करोड़ लोगों की जानें चली गयी थीं। इससे कहीं अधिक बीमारियों और कुपोषण से मर गये थे। आर्मीनिया उस समय आर्थिक और सांस्कृतिक रूप से बेहद सम्पन्न था। यह नरसंहार आर्मीनियाइयों के प्रति तुर्की सरकार की गहरी नफ़रत का नतीजा था। वह यह सोचकर दहल गया कि किस तरह सैकड़ों लेखकों, पत्रकारों, वैज्ञानिकों और अन्य बुद्धिजीवियों को पकड़ कर विशाल रेगिस्तानों में मरने के लिए छोड़ दिया गया था। मज़दूरों और आमजन तो कीड़े–मकोड़ों की तरह मसल दिये गये थे।

अब दूसरे विश्वयुद्ध का नरसंहार हिटलर के रूप में उसकी छाती पर बैठ गया। उसकी आँखों में करीब सात करोड़ लोगों की लाशें तैरने लगी। हिटलर उसे बहुत याद आया क्योंकि वह अपने ऑफ़िस में अपने कई उच्चाधिकारियों को हिटलर के नाम की संज्ञा देकर नवाज चुका था। हिटलर ने किस तरह अपनी डेथ यूनिट्स को बेरहमी से यहूदियों को क़त्ल करने के आदेश दे दिये थे और देखते–ही–देखते साठ लाख से ज़्यादा यहूदियों को बेरहमी से मार दिया गया। उसके तुरन्त बाद उसे हिरोशिमा और नागासाकी याद आ गये। उसका कलेजा जलने लगा जैसे वह भी कहीं 'लिटल बॉय' और 'फैट मैन' परमाणु बमों के ध्वंस के मध्य आखिरी साँस ले रहा हो। उसकी साँसे तेज़–तेज़ चलने लगी थीं। वह बिस्तर से उठना चाह रहा था लेकिन उसे लगा कोई भारी चीज़ उसे दबाये हुए है।

काफ़ी देर बाद वह उठ कर बैठ गया था। उसने शान्त होने के लिए ओम का मन–ही–मन उच्चारण आरम्भ कर दिया। लेकिन वे नरसंहार पहले

से ज़्यादा मुखर होकर कमरे के अँधेरे खोह में विचरने लगे और एक–एक कर पुनः उसके कानों से होते हुए मस्तिष्क में घुसने लगे थे। इस बार उसे चीन के नरसंहार ने परेशान किया जो दुनिया के सर्वाधिक क्रूरतम नरसंहारों में से एक था। उसे अचानक चीनी साम्यवादी नेता माओत्सेतुंग याद आ गये। जिसने भी माओ की सरकार का विरोध किया वे मौत के घाट उतार दिये गये थे।

तदोपरान्त उसके दिमाग़ में बारी–बारी चलचित्र की तरह युगोस्लाविया, युगाण्डा, पूर्वी पाकिस्तान, चिली, कम्बोडिया, इथोपिया, इरान, अफ़गानिस्तान, श्रीलंका और फिलीस्तीन के नरसंहार घूमने लगे थे। उसने मन को थोड़ा एकाग्र और शान्त करने के लिए भ्रामरी प्राणायाम का सहारा लिया। उसी बीच वह अपने बाल्यकाल में लौट आया, जब वह 10–12 साल का रहा होगा। उसके दादा उस समय शहर में एक अंग्रेज़ अधिकारी के पास रसोईए का काम करते थे। देश आज़ाद हुआ तो उसके दादा का अंग्रेज़ अफ़सर भी देश छोड़ कर चला गया। दादा फिर काम की तलाश में शहर में ही रहे। दादा बताते थे जब देश का बँटवारा हुआ तो कितने लोगों का क़त्ल हो गया। भाई–भाई, पड़ोसी–पड़ोसी एकाएक कैसे एक–दूसरे के ख़ून के प्यासे हो गये थे।

अब वह भ्रामरी मुद्रा में ही 1984 में पहुँच गया। उसके सामने हज़ारों सिक्ख भाईयों की लाशों के ढेर बिछ गये। फिर वह 2002 में चला आया और मुसलमान भाईयों के क़त्लेआम का साक्षी बन बैठा। वहाँ से निकला तो किसानों की आत्महत्याओं के मध्य फँस गया। एक पल उसे लगा जैसे वह अपने ही पंखे से लटक गया है और घुट–घुट कर मर रहा है। उसने भ्रामरी मुद्रा तोड़ी और दोनों हाथों से गला ऐसा पकड़ा जैसे फाँसी की रस्सी को खींच कर निकाल रहा हो। पर वहाँ कुछ नहीं था। उसकी गर्दन में अथाह पीड़ा होने लगी थी। वह महसूस करने लगा कि उसके पास लाखों का क़र्ज है...साहमकारों और बैंक के दलाल हाथ में डंडे लिए उसके दरवाज़े पर खड़े हैं...जैसे वे उसकी ज़मीन हथियाना लेंगे...गौशाला से बैलों को खोल कर ले जायेंगे...उसकी पत्नी और बेटियों से बदसलूकी करेंगे...? मानो अब उसके पास कोई रास्ता नहीं है और वह अपनी कमर में लपेटी चादर को पेड़ में बाँध कर उस में लटक गया है...?

उसे महसूस हुआ कि उसका रक्तचाप बढ़ रहा है। उसने तत्काल

बिजली जला दी थी। वह दूसरे कमरे में सोयी पत्नी को उठा कर रक्तचाप मापने की मशीन को मँगाकर अपना रक्तचाप देखना चाहता था लेकिन उसकी नज़र जब घड़ी पर पड़ी तो वह रुक गया। रात का एक बज रहा था। उसने बिजली बुझा दी और पुनः सोने का प्रयास किया। लेकिन नींद कोसों दूर भाग गयी थी। अँधेरे में जैसे ही आँखें बन्द कीं उसे कुछ बड़ी राजनीतिक और बौद्धिक हत्याएँ याद आ गयीं। उसके मस्तिष्क में पहले कई राजनेता आये और बाद में एक–एक कर सफदर हाशमी, दाभोलकर, पानसरे और कलबुर्गी बैठ गये। वह सोचता रहा कि स्वतन्त्र अभिव्यक्ति, विचार, लेखन और अभिनय भी कितने घोर अपराध की श्रेणी में आते होंगे कि उसके लिए सत्ता या उसके अन्धभक्त उनका ख़ून कर दें। वह सिहर उठा। उसे अपने शरीर में ऐसी कँपकँपी महसूस हुई कि बाहर बर्फ़ गिर रही हो। उसने पास पड़ी रज़ाई से अपने शरीर को ढँक लिया। धीरे–धीरे मन का विचलन, मस्तिष्क की थकान और परेशानियाँ उसकी आँखों के भीतर पसरने लगी और वह बेहोशी की जैसी हालत में अपने को महसूस करने लगा। अचानक उसे जयपुर में गाय ख़रीदते हुए पहलू और उसके चार साथी याद आ गये। उसके बाद राजस्थान का अलवर, आन्ध्रप्रदेश का पूर्वी गोदावरी ज़िला और गुजरात का उना याद आया जहाँ गौ–रक्षकों ने दलितों की न केवल पिटाई की बल्कि कुछ को मार भी दिया था। उसे इस तरह के अनगिनत क़िस्से याद आये जो सरकार के बदलने के बाद इस देश में आये दिनों हो रहे थे।

उसे नहीं पता सुबह कब हो गयी। परन्तु उसकी आँखों में नींद की वजह से अजीब–सी ऊँघ पसर गयी थी। वह रात भर जो कुछ भी मन की आँखों से देखता रहा उसकी धुँधली–सी छवियाँ अभी तक आँखों में बसी थीं। उसने उठ कर कई बार आँखों में पानी मारा और कुछ देर पलकों को यूँ झपकाता रहा जैसे उनके बाहर–भीतर नरसंहार और हत्याओं के कुछ बारीक कतरे फँसे हों।

वह रोज़ की तरह तैयार होकर बैंक के लिए चल दिया। उसने अपने बैग में रखे पुराने नोटों के बण्डल को हाथ से छुआ। आश्वस्त होकर बाहर निकल गया। पत्नी ने उसके चेहरे पर जब नज़र डाली तो घबरा गयी। उसे ऐसा महसूस हुआ कि वह एक रात में ही इतना बुढ़ा गया है।

उसका मन हुआ कि उसे आज न जाने के लिए कहे, पर पैसे याद आ गये। समय रहते नहीं बदले तो नोट बेकार हो जायेंगे।

अपनी तरफ़ उसने पूरा प्रयास किया कि वह जल्दी जाकर बैंक की पंक्ति में खड़ा हो जाये, लेकिन आज भीड़ पहले से ज़्यादा थी। उसने देखा कि पंक्तियों में असंख्य बिहारी, नेपाली और उत्तर प्रदेश के मज़दूर अपनी पासबुकें हाथ में लिए खड़े हैं। कई नेपाली औरतों की पीठ पर बच्चे हैं। उसी भीड़ में कई गाँव के किसान भाई भी हैं। मज़दूरों का कहना था कि वे अपने खाते बन्द करवा रहे हैं क्योंकि अब शहर में काम नहीं रहा। ठेकेदारों के पास पैसे नहीं है। वे अपने–अपने गाँव लौट जायेंगे। किसान कह रहे थे कि बिना पैसों के उनके छोटे–छोटे काम रुक गये हैं। खेती–बाड़ी चौपट हैं। ब्याह–शादियाँ बन्द हो गयी हैं। यहाँ तक कि दो जून की रोटी भी नसीब नहीं हो रही। उसके साथ ही दो–तीन पत्रकार भाई भी थे, जिनके चेहरे से लग रहा था कि उनकी क़लम कई दिनों से उनके झोले में बन्द पड़ी है और वे लाइनों में या तो नोट बदलवाने या कुछ पैसे निकलवाने के लिए रोज़ आकर खड़े हो जाते हैं।

उसका मन लाइन में खड़े होने का नहीं हुआ। उसने दो–चार चक्कर भीड़ के आसपास ऐसे लगाये जैसे वह किसी अख़बार का रिपोर्टर हो या किसी एजेंसी का निरीक्षक। उदास–हताश वहाँ से आते हुए उसका मन कॉफी पीने का हुआ। पहले उसने सोचा कि वह कॉफी हाउस चलें लेकिन वह आज किसी शान्त–एकान्त जगह पर बैठना चाहता था। कॉफी हाउस के मिज़ाज से तो वह वाक़िफ था कि वहाँ कितना शोर होता है।

चलते–चलते अब उसके मस्तिष्क में मजदूर, किसान और पत्रकार–लेखक जैसे कुछ और शब्द पसर गये थे जो पहले से विराजमान शब्दों पर भारी पड़ते महसूस हुए। उसे पंक्तियों में इसी तरह के आमजन खड़े मिल रहे थे। जो सम्पन्न थे, या रसूखदार या राजनीति से जुड़े नेता या अफ़सर, उन्हें तो उसने कभी पंक्तियों में खड़े नहीं देखा। वह सोचने लगा कि क्या यह नोटबन्दी हम जैसे आम लोगों के लिए ही है...क्या उन लोगों के पास...पाँच सौ या हज़ार रुपये के नोट नहीं होंगे...क्या उन्हें पैसों की आवश्यकता नहीं होगी...?

यह सब सोचते हुए वह शहर के सबसे बढ़िया रेस्तराँ में घुसा और एक किनारे की मेज़ पर बैठ गया। वेटर ने जैसे ही पानी के गिलास के साथ मैन्यू मेज़ पर छोड़ना चाहा उसने कोल्ड कॉफी का आर्डर दे दिया।

वह यह तय करके क़तई नहीं आया था कि कोल्ड कॉफी पियेगा। उसे यदि कुछ ठण्डा ही लेना था तो वह बाहर आइसक्रीम या सॉफ्टी भी ले सकता था, यह सोचते हुए उसे पास ही से 'चट' की आवाज़ सुनायी दी। यह उसे साधारण आवाज़ नहीं लगी। पता नहीं इस आवाज़ में ऐसा क्या था कि वह सीधे उसके मस्तिष्क में चुभती हुई दिल पर बैठ गयी। उसने सामने ध्यान से देखा। वहाँ फ्लाई किल्लर लगी थी जिसके समीप जैसे ही कोई मक्खी जाती, चट की आवाज़ से उसके छिछड़े उड़ जाते। हालाँकि उसने किसी मक्खी को मरते हुए नहीं देखा था परन्तु उस मौत की आवाज़ ने उसे परेशान कर दिया। इसी बीच वेटर कॉफी लेकर आ गया और मेज़ पर रखते हुए उसने दो सौ रुपये थमाकर बिल काटने के लिए कह दिया। जैसे ही उसने कॉफ़ी का गिलास मुँह तक लाया पुनः दो–तीन आवाज़ें उससे टकरा गयीं। उसने पूरा गिलास पानी की तरह गटक लिया और यह भी नहीं सोचा कि आसपास बैठे लोग उसे क्या कहेंगे? उसने बकाया पैसे भी नहीं लिए और रेस्तरां से उन मौत की भयंकर आवाज़ों के साथ बाहर निकल गया। एक जगह खड़ा होकर सोचता रहा कि मौत किसी की भी हो शायद उसकी आवाज़ें ऐसी ही होती होंगी। उसे चिनार से अलग होते पत्तों का स्मरण हो आया और दिमाग़ पर ज़ोर देकर सोचता रहा कि इस तरह की असंख्य आवाज़ें उसके भीतर पहले से मौजूद हैं। उसे एक पल के लिए अपने ऊपर गर्व हुआ कि वह दुनिया का शायद पहला आदमी होगा जिसने मौत की आवाज़ को इतने करीब से महसूस किया है। वह जानता था कि रेस्तराँ में ये आवाज़ें बहुतों के कानों तक जाती होंगी लेकिन उनके लिए तो ये आम आवाज़ें होंगी...केवल एक मक्खी के मरने की आवाज़ भर।

वह जिस शान्ति के लिए रेस्तरां में गया था उसे उन मौत की आवाज़ों ने भंग कर दिया था। वह अशान्त मन से उसी बेंच पर बैठने चला आया। उसने देखा कि चिनार बिल्कुल नंगा हो गया था। बेंच के ऊपर और आसपास कुछ पत्ते ज़रूर औंधे मुँह पड़े दिखे जिन्हें न जाने कितने पैरों ने मसल दिया होगा। उसके भीतर, बेंच पर बैठते–बैठते, उन पत्तों के मरने की आवाज़ें पसर गयीं। वह उनकी वेदनाओं में खो गया। आज चिनार के पेड़ से पत्तों का यूँ विलग हो जाना उसे अच्छा नहीं लगा। न ही रेस्तरां में उन निर्दोष मक्खियों का मरना ही। उसकी आँखें भर आयीं। वह बहुत देर गर्दन झुकाये रोता रहा था। चिनार की तरह का अकेलापन

उसने अपने भीतर महसूस किया। उसे पहली बार ऐसी आतंकानुभूति हुई जो इससे पूर्व उसने कभी महसूस नहीं की थी। वह अपने भीतर के इस मनोविकार में कई कुछ तलाशने लगा था...मन की अस्थिरता...मस्तिष्क का असन्तुलन...न्यूरोसिस या साइकोपैथी जैसा कुछ...या फिर इस चिनार के साथ–साथ उस पर वर्ष भर के मौसमों ने उसकी ज़ेहनीयत या मनोवृत्ति को बिल्कुल तब्दील कर दिया है। वह अपने भीतर रिटायरमेण्ट से पूर्व के जीवन कुमार को ढूँढ़ने लगा जो उसे कहीं नहीं मिला। उसकी जगह उसे अकर्मण्यता, अचेतनता, अजीवन्तता, अवसाद और निराशा के चक्रव्यूह में फँसा एक दूसरा ही आदमी दिखाई दिया। वह कई बार खड़ा हुआ और बेंच के दायें–बायें बैठता रहा। उसने अपने को स्थिर करने का भरसक प्रयत्न किया। इस ठहराव में उसे एक बात यह सूझी कि वह व्यर्थ इतनी दुनिया की चीज़ों को अपने भीतर घुसा बैठा है जिसका शायद कोई मतलब नहीं हो...वह आग को शायद अपने दामन में ढँकने का प्रयास कर रहा है। उसने एक गहरी साँस ली और आँखें बन्द कर लीं। उसे पता ही नहीं चला कि कब उसकी आँख लग गयी और किसी अचम्भित करने वाले स्वप्नलोक में चला गया।

स्वप्नलोग में उसने जिस दुनिया में प्रवेश किया वह उसके अपने देश जैसी नहीं थी, क्योंकि बचपन से लेकर सेवानिवृत्ति तक जो कुछ उसने देखा या महसूस किया उस जैसा वहाँ कुछ नहीं था। अपने देश में तो वह अभी 4जी में ही जी रहा था जबकि जिस दुनिया में वह चला आया था वह 11जी से भी आगे की दुनिया थी। वह यह देख कर स्तब्ध था कि इस अत्याधुनिक तकनीक से सम्पन्न इस दुनिया के राजा को किन्हीं तीन लोगों की तलाश थीं जिन्होंनें उसका जीना हराम कर रखा था।

उसने अपने को जहाँ खड़ा पाया, सामने भीतर प्रवेश के लिए एक विशालकाय गेट था जिसे सोने, चाँदी और हीरों से मढ़ा गया था। उसके बीच कई रंगों में नहायी कुछ पंक्तियाँ लिखी थीं जो रोशनियों के साथ रंग बदलती रहती थीं। शीर्ष पर लिखा था–11जी राष्ट्र। बहुत संकोच से उसने जब भीतर पाँव रखा तो उसे किसी ने नहीं रोका। वह बहुत भय और संकोच के साथ चला जा रहा था। परन्तु सड़कों पर चलते हुए उसे गजब का सुकून महसूस हो रहा था। बहुत देर तक वह इसी में

खोया रहा। अचानक कोई चीज़ उससे टकरायी और वह गिरते–गिरते बचा। इधर–उधर देखा, कुछ दिखायी नहीं दिया। वह आगे चलता रहा। चलते–चलते उसे महसूस हुआ कि उसके कन्धो पर कोई चीज़ है। उसने कई बार अपने कन्धे उचकाये। गर्दन आड़ी–तिरछी की। आगे–पीछे मुड़ा। सिर कई बार झाड़ा। लेकिन वह कुछ ऐसा था जो कन्धे से हिलने का नाम नहीं ले रहा था। परेशान होकर जब वह एक पेड़ के नीचे खड़ा हुआ तो उसे एक आवाज़ सुनाई दी जिसे वह पहचान गया...कौए की आवाज़। वह सोच में पड़ गया कि इस नई दुनिया में कौवा कहाँ से आ गया। कुछ और सोच पाता, कौवा आदमी की आवाज़ में बोलने लगा था।

'सुनो जीवन कुमार! मैं भी तुम्हारे साथ हूँ। तुम्हारे कन्धे पर हूँ। मैं पिछले कई सालों से भटक रहा था कि मुझे कोई सुरक्षित जगह मिले। मैं अब तक बहुत मुश्किल से अपने को बचाते हुए ज़िन्दा हूँ।'

'पर कैसे?'

'मेरे पास उस राजा के कोट की 11जी चिप जो है।'

'मतलब...?'

'जैसे टू जी, थ्री जी, और फिर फोर जी। तुम तो अपने देश में फोर जी के माहिर थे। तुम्हारे देश में यही सब कुछ तो चल रहा है। बच्चों और बूढ़ों के हाथों में अब फोर जी फ़ोन हैं। लेकिन इस दुनिया में तो लोग ग्यारह जी तक पहुँच गये हैं।'

उसकी समझ में कुछ नहीं आया। कन्धे उचकाते हुए चिढ़ कर उसने पूछा था,

'तुम क्या बक रहे हो मेरे पल्ले कुछ नहीं पड़ रहा है?'

'बताता हूँ, बताता हूँ। सब बताता हूँ। मैं जानता हूँ, तुम्हारी समझ में कुछ नहीं आ रहा है। सुनो, मैं विस्तार से समझाता हूँ।'

कौवा उसे पूरी कहानी सुनाने लगा था।

इस दुनिया का जो राजा है वह पहले नमक बेचता था। उसने धीरे–धीरे इस धन्धे से अपना वर्चस्व स्थापित कर लिया और नमक के व्यापार में देश–विदेश में मशहूर हो गया। वह जिसे भी नमक देता वह उसका दीवाना बनता गया। इसी नमक और अपने वाग्जाल की सीढ़ियाँ चढ़ते–चढ़ते वह राजनीति में पहुँच गया। उस राजनीति की कई सीढ़ियाँ थीं। घर, पड़ोस, गाँव, पंचायत, नगर, शहर, जिले। राज्य और उसके बाद देश। वह धीरे–धीरे देश के आख़िरी पायदान तक पहुँच गया और देश का

एकमात्र मुखिया बन गया। अपने झूठे प्रपंच और अनेक कारनामों से उसने देश में ऐसा जादू फैलाया कि वह उस देश का राजा घोषित हो गया। उसने अपने साथ बुर्जुवा क़िस्म के लोगों को लिया जिसमें अभिजात और रईस क़िस्म के लोग मौजूद थे। पूँजीवादी समाज का शासक वर्ग और उत्पादन के समस्त साधनों के स्वामी थे। उनके पास इतना पैसा था कि वे देश की 90 प्रतिशत जनता पर भारी थे। उन्होंने उस राजा को राजा बनाने के लिए पानी की तरह पैसा बहाया और अत्याधुनिक तकनीक से लैस कर दिया।

लेकिन जैसे–जैसे दिन गुज़रते रहे, उसके आगे अनेक समस्याएँ खड़ी हो गयीं। उसके देश में पचास प्रतिशत से ज़्यादा ऐसे लोग थे जो भूखे थे। नंगे थे। ग़रीब दलित थे। किसान–मज़दूर थे। लेखक–पत्रकार थे। हड़तालें होती थी। विपक्ष किसी को चैन से नहीं रहने देता था। एक तरफ़ उन साधन–सम्पन्न लोगों का पैसा किसी–न–किसी योजना में लाभ देकर चुकाना था तो दूसरी तरफ़ वहाँ गरीबी और बेकारी की समस्याओं से निजात पाना था। धर्म और जाति के नाम पर रोज–रोज़ दंगे–फसाद हो रहे थे। किसानों के पास ज़मीनें थीं पर वे अन्धाधुन्ध क़र्ज़ों में डूबे हुए थे। आये दिनो वे आत्महत्याएँ कर रहे थे। उनकी ज़मीनों पर उन चन्द बनिया किस्म के लोगों की नज़रें गड़ी थीं जो वहाँ बड़े–बड़े उद्योग लगाना चाहते थे। कामगारों के हाथों का काम अत्याधुनिक मशीनें छीने जा रही थीं। हर तरफ़ आक्रोश का माहौल बन रहा था। आतंकवाद ज़ोरों पर था। लोग मर रहे थे। पानी के लिए लड़ रहे थे। धर्म एक–दूसरे का दुश्मन हो गया था। ईश्वर और जानवरों के प्रतीक भयंकर नरसंहार की ओर अग्रसर थे।

इसीलिए राजा इन सभी समस्याओं से अलग व मुक्त दुनिया बनाना चाहता था। उसकी सोच में फटेहाल लोगों के लिए कोई जगह नहीं थी। वह नहीं चाहता था कि कोई ग़रीब या नंगा–भूखा उसकी दुनिया में रहे। वह जानता था कि यदि गरीब मज़दूर और किसान रहेंगे, विभिन्न संस्कृतियाँ और धर्म होंगे तो अख़बारों और पत्रकारों की दुनिया चलेगी। नेताओं की दुनिया जीवित रहेगी। उसकी इच्छा थी कि उसका एकछत्र राज हो जहाँ ऐसी सम्पन्नता हो कि सभी के पास ऐश–आराम के साधन हों।

वह चुपचाप कौवे की कथा सुन रहा था। हालाँकि उसके मन में कई प्रश्न थे पर वह शान्त बना रहा। कौवा बताये जा रहा था...

अब समस्या यह थी जीवन कुमार कि इन सभी मुसीबतों से राजा को मुक्ति कैसे मिले.....? इन्हीं समस्याओं से निजात पाने के लिए उसने एक उच्चस्तरीय समिति का गठन किया जिसमें महज़ उसके बेहद विश्वसनीय तीन लोग थे। उन्हें इस काम के लिए पूरी छूट और सुविधाएँ दी गयीं।

इससे पूर्व उस राजा को किसी ने एक ऐसा सूट भेंट किया था जिसमें उस देश की पचास प्रतिशत जनता जितने राजा के नाम बहुत ही बारीक शब्दों में लिखे गये थे। राजा जहाँ भी उसे पहन कर जाता वाहीवाही हो जाती। उस सूट को पहन कर उसने जिस भी देश की यात्रा की, वही उसका दीवाना होने लगा। लेकिन करोड़ों रुपये के उस सूट ने राजा का जीना हराम कर दिया। देश के आमजन की नज़रें उस पर थीं। सभी उसे शक़ से देखने लगे थे। समाचारों में अब केवल वह सूट ही था। हर आदमी की ज़ुबान पर वह चढ़ गया था। परेशान होकर राजा ने उस सूट को नीलामी के लिए एक उद्योगपति को दे दिया। वह जानता था कि इस कोट की करोड़ों की बोली लगेगी। परन्तु जो तीन लोगों की समिति राजा ने बनायी थी उन्होंने उस सूट की नीलामी को रुकवा दिया था।

'पर क्यों...?'

उसने थोड़ा रुक कर कौवे से पूछा था।

'बताता हूँ, बताता हूँ...जल्दी भी क्या है...?'

वे कई आलीशान रेस्तरां में जा कर मन्त्रणा करते कि इन समस्याओं से कैसे छुटकारा पाया जा सकता है। एक दिन वे एक सात सितारा होटल के आलीशान रेस्तरां में उच्चकोटि की शराब और खाना ले रहे थे। हालाँकि उन तीनों की पसन्द एक–दूसरे से नहीं मिलती थी पर सोच में वे एक समान थे। पहला केवल 'पेनफोल्ड्स एम्पूल वाइन' पीता था जो पैन की शेप जैसी बॉटल में आती थी और उसकी क़ीमत एक करोड़ ग्यारह लाख तक थी। दूसरा सदस्य उससे हल्की शराब का शौक़ीन था जिसका नाम 'शैटियू डी क्यूम' था जो 85 लाख से ऊपर क़ीमत की थी। तीसरा शराब का ज़्यादा शौक़ीन नहीं था पर उसे बीफ़ के साथ 'द विंस्टन कॉकटेल' चाहिए होती जो नौ लाख से ज़्यादा की क़ीमत की थी। अकसर वह 80 हज़ार रुपये कीमत वाली 'वियल बॉन सीकॉर्स ऐल' बीयर ही पीता था।

उन में से एक की नज़र सामने लगी मक्खीमार मशीन पर चली गयी। वह उठा और कई पल मशीन के पास खड़ा रहा। उसने होटल के

मालिक से मशीन के निर्माता के बारे में पूछा और आदेश दिये कि उसे होटल में बुलाया जाये। आदेशों का तत्काल पालन हुआ। मशीन निर्माता कुछ पलों में वहाँ पहुँच गया। वह जानता था कि उसकी बैठक आज देश के तीन उच्च राजनेताओं से होने वाली है जो राजा के विशेष दूत हैं। उसने विनम्रता से अपने को उनके सामने प्रस्तुत कर दिया।

बातचीत शुरू हुई। यह अति गोपनीय मीटिंग जिस कमरे में हो रही थी वहाँ किसी को भी आने की अनुमति नहीं थी।

'तो यह मक्खीमार मशीन आपने बनायी है?'

पहले सदस्य ने पूछा।

'जी सर! यह हमारी कम्पनी की ही क्रिएशन है। हमने देश के हर छोटे बड़े रेस्तरां और होटलों के लिए यह मशीन सप्लाई की है। इसमें अब अत्याधुनिक क़िस्म के कई फीचर शामिल कर दिये गये हैं।'

'वैरी गुड, वैरी गुड।'

दूसरे ने शराब की घूँट पीते हुए कम्पनी मालिक की पीठ थपथपायी।

'तो इसमें मच्छर और मक्खियाँ ही मरती होंगी?'

तीसरे ने बीफ के टुकड़े को मुँह में ठूँसते हुए पूछा।

'जी सर। पर इस मशीन की यह ख़ासियत है कि यह दो फुट की दूरी पर से मक्खी और मच्छर को अपनी ओर घसीट कर मार देती है। साथ ही छिपकली जैसी कई चीज़ों को तो इतनी फुर्ती से निगलती है कि साँप भी देखता रह जाये।'

'एक्सेलैंट जॉब डन।'

उसने सोने की डिबिया से दुनिया की सबसे महँगी सिगरेट डनहिल ब्राण्ड निकाली और उसी डिबिया के किनारे लगे एक माइक्रो लाइटर से सुलगा दिया। उसके कश लेते हुए जब कई रंगों के धुएँ निकलने लगे तो बाकी बैठे लोग थोड़ा हैरत में पड़ गये। उसने एक–एक सिगरेट सभी को थमा दी थी।

पहला सदस्य उठकर मशीन के पास चला गया। उसने कुछ दूरी पर अपना हाथ रखा तो उसे अजीब–सी झनझनाहट महसूस हुई। उसने हाथ थोड़ा आगे किया तो ऐसा लगा कि उसके हाथ को कोई अदृश्य तरंगे चुम्बक की तरह अपनी ओर खींच रही हो। वह एकाएक हँस दिया। कई पल की उस हँसी में दोनों सदस्य और मशीन निर्माता भी शामिल हो गये। काफ़ी देर ठहाके लगते रहे। लेकिन उनकी समझ में यह नहीं

आ रहा था कि पहला सदस्य हँस क्यों रहा है। इस हँसी के बीच सभी ने ख़ूब शराब पी।

लड़खड़ाती आवाज़ में पहला सदस्य मशीन मालिक की ओर झुका,

'एक्सेलैंट। मक्खीमार यानी लाई किल्लर।'

'सुनो'।

उसने मशीन निर्माता को पास खींचते हुए कहा,

'देखो हम तुम्हें मुँहमाँगी कीमत देंगे। पर इस मशीन को 'फ्लाई किल्लर' से 'वेस्ट किल्लर' में विकसित करना होगा।'

'वेस्ट किल्लर'...?

'मतलब बेकार की चीज़ों का खात्मा।'

'पर सर वो तो पहले से हमारी कम्पनी बना रही है। उन्हें कूड़ा संयन्त्र कहते हैं। जिसमें देश का कूड़ा खपाया और जलाया जाता है।'

'वही तो, वही तो। हम भी देश के बेकार हो रहे 'जीवित कूड़े' को खपाना चाहते हैं और फ्लाई किल्लर से बेहतर विकल्प क्या हो सकता है?'

एक पल के लिए भीतर सन्नाटा छा गया।

दोनों सदस्यों के साथ मशीन मालिक की समझ में कुछ नहीं आ रहा था।

चुप्पी देख कर पहले सदस्य ने फिर ज़ोर के ठहाके लगाये। उसके साथ वे तीनों भी ठहाकों में लीन हो गये।

थोड़ी देर बाद पहले सदस्य ने समझाना शुरू किया,

'ध्यान से सुनो। ये जो लाई किल्लर मशीन है, आपको इसकी तकनीक बदलनी होगी। इसे आपको अत्याधुनिक रूप से विकसित करके जी–11 यानी ग्यारहवीं जेनरेशन तक पहुँचाना होगा। हम वैसे भी अब 4–जी से धीरे–धीरे वहीं पहुँच रहे हैं। यह एक मानव आकार में परिवर्तित होनी चाहिए। जिसमें विशेष प्रकाश की टयूबें लगायी जायेंगी। उस मशीन में अत्याधुनिक कम्प्यूटर फिट होंगे जो तकरीबन सौ फीट से किसी भी अवांछित को अपनी गिरफ़्त में लेकर पहले अदृश्य करेंगे और बाद में मक्खी की तरह चूस लेंगे, लेकिन उसमें कोई आवाज़ नहीं आनी चाहिए। वह साइलैंण्ट किल्लर की तरह काम करेगी।'

क्यों नहीं सर, बिल्कुल हम बना देंगे। मेरे पास दुनिया के बेहतरीन सॉफ्टवेयर इंजीनियर हैं। पर एक बात समझ नहीं आयी कि वे अवांछित हैं कौन।'

अब दोनों सदस्यों को पहले सदस्य की सोच समझ आ रही थी। तीनों मन्द मन्द मुस्करा दिये। पहले सदस्य ने ही कहना शुरू किया, 'अवांछित'?

सभी हँस दिये।

मशीन मालिक अभी भी खामोश था और विस्फारित आँखों से उन तीनों को देख रहा था।

'अरे, अरे इतना मत सोचो। आपकी कम्पनी रातों–रात देश की सबसे बड़ी कम्पनी बन जायेगी। अरबों–खरबों की मशीनें बिकेगीं। मान लो, आपके मज़दूर किसी बात को लेकर हड़ताल कर दें तो पिटोगे न। अब तो वो लाल–लाल झण्डों वाले कुछ भी करने पर उतारू हैं। 80 प्रतिशत किसानों की आबादी वाले देश में 76 फीसदी किसान अपनी खेती छोड़ रहे हैं और जगह–जगह मज़दूरी कर रहे हैं। ये कभी भी इस सरकार और देश की शक्ल बदल सकते हैं। फिर उनके साथ ये क़लम, पैन वाले, कैमरे और माइक वाले। उनके पीछे विपक्ष के लोलुप नेता लोग। क़र्ज़ में डूबे हलईए। कौन–कौन नहीं नारे लगाने आ जायेगा।'

'सर वो तो है। बहुत मुश्किल पैदा कर देते हैं ये लोग।'

'यही तो। यही तो। समझो। जब ये लोग ही नहीं रहेंगे, न बजेगा बाँस न बजेगी बाँसुरी। कहावत पुरानी है पर सटीक बैठती है।'

'जी...जी...जी।'

'पर सर इनका क्या करेंगे। कैसे करेंगे?'

'लाई किल्लर भई, उसी में जा मरेंगे सब।'

कमरा ठहाकों से गूँज गया। इस बार मशीन मालिक इतने ज़ोर से हँसा कि तीनों सदस्यों की हँसी उसके ठहाकों में दब गयी।

'मान गये सर आपका दिमाग। कम्प्यूटर से कहीं ज़्यादा। मानो किसी दूसरी दुनिया से लाये हों।'

'वही तो, वही तो। हमारे राजा भी ऐसी दुनिया बनाना चाहते हैं जहाँ एक वर्ग हो। एक रंग हो। एक सोच हो। एक सरकार हो। एक राजा हो। एक धर्म हो। एक ड्रैस कोड हो। एक ही सोच की एलीट सोसाइटी हो। किसानों, मज़दूरों का काम केवल रोबोट करें। इन रोज–रोज़ के झमेलों से तंग आ गये हैं हम। हम भी ख़ुश और विपक्ष भी। सभी अपने–अपने स्वार्थों के लिए तो लड़ते हैं भाई। शुरुआत समाज सुधार से, फिर समाज जाये भाड़ में, अपना सुधार शुरू। आसानी से नहीं मिले तो ख़ून–खराबा, दंगे फसाद, साज़िशें, धर्म के नाम पर मारपीट, जाति के नाम पर वोट।

ये सब अब पिछड़ों के मुद्दे रह गये हैं। हम एक सम्पन्न दुनिया बनाना चाहते हैं और वह तभी बनेगी भाई जब इन वांछितों का कुछ होगा।'

मशीन मालिक थोड़ी देर चुप रहा। फिर कहने लगा,

'वह तो ठीक है सर, पर उसकी जद में तो कोई भी आ सकता है।'

'भई हम आपको इतनी राशि एक मशीन के लिए क्यों दे रहे हैं। बोलो एक करोड़, दो करोड़, पाँच करोड़, कितनी राशि चाहिए आपको। तकनीक ऐसी होनी चाहिए ताकि ये वांछित ही उस मशीन के शिकार हों। चुन–चुन कर।'

'ठीक है सर। हो जायेगा। हों जायेगा। पर आपको उस राजा का जो कोट है उसे हमें देना होगा।'

'पर किस लिए?'

'आप नहीं जानते सर, उसमें राजा के उतने ही नाम हैं जो उनके अपने हैं, उनकी सोच के हैं और सम्पन्नता में हैं। अमीर हैं। उद्योगपति हैं। यानी बुर्जुवा वर्ग। समझ रहे हैं न आप। इस देश की आधी आबादी जितने।'

'पर आपको कैसे पता?'

'क्या सर, इतना भी नहीं जानते? उसे हमने अपने राजा की विशुद्ध साम्राज्यवादी सोच के दृष्टिगत ही निर्मित किया था। वह पूरी तरह आधुनिक तकनीक के उच्चस्तरीय कम्प्यूटर से बना है। उसमें राजा के नाम विशेष चिप से गुने गये हैं। हम उन्हीं चिपों को अपनी सोच के लोगों में वितरित कर देंगे। जिनके पास वह चिप होगी, वे उस मशीन की जद में आ ही नहीं पायेंगे।'

'पर उन्हें अपनी सोच के लोगों में बाँटेंगे कैसे?'

'वह हमारी कम्पनी पर छोड़िए सर। हमारे पास एलियन से ज़्यादा दिमाग़ के इंजीनियर है। हम ऐसी तकनीक विकसित करेंगे जैसे एक ही बार में एक ई–मेल या सन्देश लाखों लोगों को जाता है। उसी तरह हम एक विशेष तकनीक से अपनी सोच के लोगों में वह चिप अति गोपनीयता से फिट कर देंगे। यानी हमारे कम्प्यूटर यह काम करेंगे। काम भी उनका, चयन भी उनका।

ऐसा कहते ही फिर कमरा ठहाकों से गूँज गया।

बहुत देर बाद जीवन कुमार ने अचम्भित होकर कौवे से पूछा,

'हमारे पास भी तो चिप नहीं है?'

अब तुम इस दुनिया के नहीं हो न। आत्मा हो। जो अभी मरी नहीं। सुप्त अवस्था में है। तुम जानते हो, मैं भी आत्मा हूँ। कोई भी आत्मा मेरे बिना अधूरी है। यानी उसकी गति नहीं है मेरे सिवा। तुमने शास्त्र तो पढ़े होंगे। और हम तो किसी को दिखते भी नहीं न।'

'वह तो है।'

कौवा आगे बताता चला गया।

'...और इस तरह लाखों फ्लाई किल्लर मशीनें जगह–जगह लगा दी गयीं। और आहिस्ता–आहिस्ता बिना चिप के लोग उसमें मक्खियों की तरह गुम होते चले गये। बहुत कम समय में उन वांछितों का खात्मा हो गया। राजा के लिए कोई समस्या नहीं रही। मनचाही योजनाएँ बनी। हर तरफ़ एक सामन्ती स्वामित्व तथा प्रत्यक्ष उत्पादकों के शोषण की ऐसी सामन्ती प्रभुओं वाली संरचना होने लगी कि सब कुछ राजा की सोच के मुताबिक़ होता चला गया। राजा ने अपनी सोच के मुताबिक़ दुनिया बना ली। कोई विपक्ष नहीं, कोई बोलने वाला नहीं। कोई लिखने वाला नहीं। कोई विरोध करने वाला नहीं। कोई चीखने–चिल्लाने वाला नहीं। पर उसके बाद भी...?'

'उसके बाद क्या...?'

जीवन कुमार ने उत्सुकता से पूछा था।

'तीन लोग हैं जो पकड़े नहीं गये हैं। उनके पीछे राजा ने अपनी तमाम फ़ौजें, पुलिस और सुरक्षा एजेंसियाँ लगा रखी हैं। लेकिन वे नहीं मिल रहे, न ही वे उस मशीन की जद में आते हैं।'

'पर वे कौन लोग हैं। ?'

कौवा उसके कन्धे से उतर कर एक सुन्दर पेड़ पर बैठ गया। उसने पेड़ के नीचे लगी एक बेंच पर जीवन कुमार को बैठने का इशारा किया। यह कोई ऊँची जगह थी जहाँ से बहुत दूर–दूर तक देखा जा सकता था।

कौवा जीवन कुमार को उन तीनों के बारे में बताने लगा था।

'एक के पास हल है, दूसरे के पास क़लम और तीसरे के पास हथौड़ा है। राजा को यह समझ नहीं आ रहा है कि इन तीनों के लिए कौन–सी मशीन विकसित की जाये जिसकी जद में वे जहाँ भी हो तुरन्त आ जायें।'

कौवा अभी यह बता ही रहा था कि सामने से राजा की फ़ौजें आती दिखीं। जीवन कुमार भूल गया कि वे उसे नहीं देख सकते। वह आतंकित हो गया। भागा, जितना भी भाग सकता था और एक अँधेरी खाई में गिर गया। होश आया तो अपने को बदहवास–सा चिनार के नीचे बेंच पर बैठे

पाया। उसे दायीं तरफ़ के कन्धें में कुछ खिंचाव–सा महसूस हुआ। गर्दन घुमायी तो देखा कि बगल में लटके बैग के भीतर एक गाय मुँह घुसाये कुछ चबा रही है। उसने जैसे ही अपने बैग को छुड़ाया, गाय के मुँह में वही पुराने नोटों की गड्डी थी जो अब आधी–अधूरी झाग के बीच दिख रही थी। वह बौखलाया–सा जैसे ही उसके मुँह से उन नोटों को छुड़ाने उठा सामने वही विशेष पट्टे वाले लोग खड़े थे।

'क्यों अंकल! आज दूसरा धन्धा शुरू। गाय को बेचने ले जा रहे हो...?'

बोलने वाला वही व्यक्ति था, जिसने उस मासूम लड़की के चक्कर में उसका कालर पकड़ लिया था।

यह सुनकर उसका मुँह खुले का खुला रह गया। तभी अचानक उसको याद आया कि वह जिस दुनिया से लौटकर आया है वहाँ का राजा अभी तक भी उन तीन लोगों को पकड़ने में असमर्थ है। उन परिदृश्यों को याद करते हुए सिर उठा कर उसने चिनार के पेड़ की तरफ़ देखा जिस पर चैत्र–बैसाख अपने शाही अन्दाज़ से बैठ रहे थे। ...और इसी के साथ वहाँ से निकलते हुए इतनी ज़ोर से ठहाका लगाया कि पास के पेड़ पर बैठे पक्षी भी उड़ गये।

❑❑